Jo Jonson wurde 1988 in einem kleinen Dorf bei Leipzig geboren. Als sie an einem Sommernachmittag im Jahr 2004 aus lauter Langeweile anfing, Geschichten zu schreiben, konnte sie nicht ahnen, dass sie nie wieder damit aufhören würde. Im Frühjahr 2017 erschien ihr Debütroman. Im Herbst des selben Jahres folgte gleich ihr zweites Werk "Behind the Spotlights - Tage aus Licht". Im September 2019 erschien ihr Liebesroman "Right for Love" im Digital Publishers Verlag. Ein Jahr später folgte ihr Inselroman "Sommerküsse im Paradies" und der romantische Spannungsroman "Love and Lies – Riskantes Spiel", den sie mit ihrem guten Autorenfreund Phil Schönenberg schrieb. Aktuell sitzt Jo an der Fortsetzung ihres Romanes "Behind the Spotlights".

JO JONSON

Ein irisches Cottage zum Verlieben*

Erstausgabe April 2022

© 2022 dp Verlag, ein Imprint der dp DIGITAL PUBLISHERS
GmbH

Made in Stuttgart with ♥
Alle Rechte vorbehalten

Ein irisches Cottage zum Verlieben

ISBN 978-3-96817-928-5
E-Book-ISBN 978-3-96817-906-3

Covergestaltung: Christin Peulecke
Umschlaggestaltung: ARTC.ore Design
Unter Verwendung von Abbildungen von
shutterstock.com: © Chansom Pantip, © hollandfotograaf, ©
FedBul, ©Eugen B, © Dawid K Photography
Lektorat: SL Lektorat
Satz: dp DIGITAL PUBLISHERS GmbH
Druck und Bindung: Books on Demand GmbH, Norderstedt

Für Davin Elias

Du bist meine große Liebe.

Durch dich bin ich endlich angekommen!

Für meine lieben Kollegen von grueneinsel.de, die

mir ein 2. Zuhause gaben.

„Mögen Zeichen an der Straße Deines Lebens sein,

die Dir sagen, wohin Du auf dem Wege bist.

Mögest Du die Kraft haben, die Richtung zu ändern,

wenn Du die alte Straße nicht mehr gehen kannst.“

Irischer Segenswunsch

Prolog

„Warum ausgerechnet Irland?“

Natürlich hatte Tamara nur darauf gewartet, dass Simon ihr diese Frage stellte. Nach so vielen gemeinsamen Jahren Beziehung fiel es leicht, den anderen einzuschätzen. Somit hatte sie die passenden Argumente parat. Da es um eine Reise anlässlich ihres zehnjährigen Jubiläums ging, hätte die Antwort einfach lauten können: Weil ich es mir wünsche. Aber sie kannte Simon und wusste, dass ihm das nicht genügte. Er brauchte schlagkräftige Argumente und – was noch viel wichtiger war – einen persönlichen Nutzen, den er daraus ziehen konnte. All das hatte sie in der Hinterhand.

„Wo soll ich anfangen? Weil es eines der wenigen Länder ist, die wir noch nicht gesehen haben?“ Und das war eine beachtliche Leistung. Sie beide arbeiteten für das Reisemagazin *Traveler* – er als Fotograf, sie als freie Autorin – und hatten mit ihren achtundzwanzig Jahren bereits die halbe Welt bereist. Das war auch der Grund, warum sie noch nie eine gemeinsame Wohnung besessen hatten. Oder zumindest einer der Gründe. Der andere machte die Reise nach Irland in Tamaras Augen zur obersten Priorität.

Die meiste Zeit lebten sie aus dem Koffer. Hielten sie sich doch einmal länger in Deutschland auf, wohnten sie im Haus von Simons Eltern in Frankfurt, wo sie die komplette obere Etage für sich hatten. Sehr zur Freude seiner Mutter Sonja, deren Ehe vor dem Ende stand und die alle Kraft aus den wenigen Momenten mit ihrem

Sohn schöpfte. Meist buhlte sie in diesen Zeiten mit Tamara um Simons Aufmerksamkeit. Ein ewiges Streitthema. Wenn sie bei Simons Eltern wohnten, kam es Tamara manchmal vor, als wäre sie mit einem Teenager zusammen. Simon ließ sich von seiner Mutter verhätscheln, was Tamara, die ein sehr schlechtes Verhältnis zu ihren Eltern hatte, extrem nervte. Und da waren noch die anderen Dinge. All die kleinen Sachen in einer Beziehung, die mit den Jahren immer mehr störten. Dass er das letzte Stück Kuchen aß und sie erst danach fragte, ob sie es hätte haben wollen. Dass er bei jedem Urlaub entschied, wohin es ging und was sie unternahmen. Dass er einfach voraussetzte, dass sie den Weg ging, den er ihr vorgab. Und dass sie zunehmend das Gefühl hatte, dass es nicht mehr der ihre war. Wenn sie unterwegs waren, konnte Tamara all das erfolgreich beiseiteschieben. Aber zurück in Deutschland kam es zusammen mit der angestauten Schmutzwäsche wieder und wieder zum Vorschein. Der Berg wurde immer größer. Und genau wie bei der Wäsche schien es Simon nicht aufzufallen. Oder nicht im Geringsten zu kümmern.

„Wie wäre es mit den Seychellen? Dort sind wir auch noch nicht gewesen", weckte seine Stimme sie aus ihren Gedanken.

Am liebsten hätte sie genervt aufgestöhnt. Dieser Vorschlag war so typisch für Simon. Natürlich hatte sie so etwas erwartet. Und auch hier hatte sie das passende Argument parat. „Ein sonniges Strandsetting im typischen Urlaubsparadies. Das hatten wir schon oft. Februar war es Bali, letzten August Kuba. *Der Traveler* braucht mal etwas ganz anderes – unberührte Natur, singende Menschen in Pubs, verregnete Gassen, eine tragische Vergangenheit."

Dem Funkeln in seinen braunen Augen entnahm sie, dass sein Interesse geweckt war. Aber er hatte viel zu gern die Hosen an, als dass er so schnell kleinbeigegeben hätte. „Ich weiß nicht. Irland – da denke ich an Regen und Schafe."

Sie lachte auf, warf ihr langes schwarzes Haar in den Nacken und zog ihren Joker, indem sie ihr Tablet vom Tisch nahm und die Fotos aufrief, die nur darauf gewartet hatten, ihren vollen Glanz entfalten zu können. „Was sagst du hierzu?" Das erste zeigte die Cliffs of Moher, über die ein Vorhang aus Nebel zog.

Er beugte sich zu ihr und sie sah, wie der Ehrgeiz des Fotografen in seinen Augen aufblitzte. Er griff nach dem Tablet, um sich das Foto näher anzusehen. Wie immer fiel Tamaras Blick auf das große Tattoo, was sich über seinen ganzen rechten Arm zog. Darauf zu sehen waren die Umrisse der philippinischen Inseln mit einem Flugzeug darüber. Und wie immer lächelte sie beim Anblick des Tattoos in Erinnerung an den wunderbaren, ersten gemeinsamen Urlaub.

„Wo hast du das her?"

„Von Andys Reiseblog. Er war vor einem Monat dort. Ist den gesamten Wild Atlantic Way abgefahren", sagte sie und konnte ein Lächeln kaum unterdrücken.

Wie zu erwarten, verdunkelte sich bei der Erwähnung von Andys Namen seine Miene. Simon konnte ihren Kollegen auf den Tod nicht ausstehen, und Tamara gab ihm im Stillen Recht. Allerdings hatte Andy ihr gerade einen wertvollen Dienst erwiesen. Seit Jahren versuchten die beiden Männer, einander zu übertrumpfen, was ihre Reisen betraf. Der eine musste unbedingt mehr gesehen haben als der andere. Flog Andy in die USA und brachte es fertig, in drei Wochen sechs Staaten zu erkunden, so musste Simon unbedingt acht schaffen. Auf keinen Fall war es akzeptabel, dass Andy ein Land gesehen hatte, das Simon nur aus Filmen kannte.

„Vor einem Monat? Irland ist nicht gerade dafür bekannt, dass es im Februar besonders sonnig ist. Kein Wunder, dass die Fotos so dunkel sind. Und das hier wurde mit einem völlig falschen Winkel aufgenommen“, kommentierte er das Foto seines Kontrahenten. „Er hat gegen das Licht fotografiert. Wie kann ihm so ein grober Fehler passieren, wenn er schon so lange dabei ist?“

Tamara zuckte die Schultern. „Wahrscheinlich ist das Fotografieren wegen der unbeständigen Wetterverhältnisse nicht so einfach wie an den Stränden, die wir sonst so sehen.“

Sie wusste, dass sie ihn hatte. An seinem verkniffenen Mund sah sie genau, dass er in Gedanken schon das Setting für das perfekte Foto erstellte. „So ein Unsinn. Man muss eben etwas improvisieren und Geduld haben. Angeber-Andy wird einfach nur wild drauflosgeknipst haben wie ein dahergelaufener Touri. Wäre ja nicht das erste Mal.“

„Glaubst du, dass du es besser hinbekommen würdest? Es ist erst März, aber trotzdem sollte es auf der Insel etwas sonniger sein.“

Er funkelte sie mit dem Feuer in den Augen an, in das sie sich verliebt hatte und das sie jetzt nur noch sehr selten zu sehen bekam. „Ich hätte es im Dezember besser hinbekommen als er. Ich werde es dir beweisen.“

Tamara verzog ihren Mund zu einem Lächeln.

Warum ausgerechnet Irland? Die Wahrheit lag hinter dem perfekten Foto. Weit ab von dem Argument eines unbekannten Settings. Fern von all dem oberflächlichen Zeug, das ihre Beziehung vermüllte. Sie versprach sich von dem Land Romantik und Einsamkeit. Seit Jahren rasten sie von einer Ablenkung zur nächsten. Tamara fühlte, dass sie sich dabei aus den Augen verloren. Simon sah beinahe nur noch durch seine Kamera

Dinge von Interesse – Landschaften, Skulpturen, schöne Frauen.

Sie kannte niemanden, der ein solch turbulentes Leben führte wie sie. Und dennoch steckten sie fest. Mit Ende zwanzig waren sie lediglich zwei rastlose Reisende.

Simon hatte sie bisher nichts von ihren Gedanken erzählt. Sie wusste, dass sie in seinen Augen einen Traum lebten. Seinen Traum. Sie hatte über die Jahre geglaubt, er würde auch zu ihrem werden, aber mit Schrecken erkannte sie jeden Tag mehr, dass ihre Vorstellungen vom perfekten Leben so sehr auseinanderdrifteten wie Züge auf zwei Gleisen. Sie hoffte, dass sie fern von den turbulenten Großstädten mit ihren Leuchtreklamen, Sehenswürdigkeiten und Menschenmassen wieder zueinander finden würden.

Kapitel Eins

Drei Wochen später war es endlich so weit. Nach all den Reisen mit Simon konnte sich Tamara nicht erklären, warum sie dieses Mal so aufgeregt war. Vielleicht, weil es um so viel ging. Sie versprach sich von dieser Reise einen Neuanfang mit Simon. Sie würde all die Punkte ansprechen, die wie spitze Pfeile in ihrer Brust steckten und das Atmen zur Qual machten. Sie würden diese Dinge aus der Welt schaffen. Sie musste endlich den Mut haben, Simon zu sagen, dass sie nicht mehr das rastlose Mädchen von vor zehn Jahren war. Oder es zumindest nicht länger sein wollte.

Aber da war noch etwas anderes. Ein dunkler, wunder Punkt in ihr. Sie konnte es weder lokalisieren noch die genaue Materie bestimmen. Sie hatte Angst, dass es wachsen würde. Wachsen an den vielen Abenden, da Simon sich in seiner Arbeit vergrub und Stunde um Stunde Fotos bearbeitete. Wachsen an den Ablenkungen durch die immer häufiger wechselnden Orte. Manchmal hatte Tamara das Gefühl, dass sie für ihn nur noch jemand war, der ihm die Ausrüstung zurechtlegte oder ab und an die Lichtverhältnisse korrigierte. Sie fürchtete sich, dass er seine Kamera zur Geliebten genommen hatte und nicht merkte, wie ihre Beziehung daran zerbrach.

Also hatte sie beschlossen, die Dinge selbst in die Hand zu nehmen und ihre Hoffnungen in Irland gesetzt. Irgendetwas zog sie dorthin. Etwas, das sie genauso wenig erklären konnte wie ihre Unzufriedenheit. Doch dort hätte sie endlich die Ruhe, mit Simon zu sprechen. Keine Sonja, keine ständig wechselnden Unterkünfte, kein ausufernder Partytourismus. Die Insel stellte für Tamara die Essenz dessen dar, was war und immer sein würde. So wollte sie auch ihre Liebe neu erfinden.

„Werte Damen und Herren, in Kürze erreichen wir Shannon Airport. Es war uns eine Freude, Sie an Bord von Green Line begrüßen zu dürfen", ertönte die Ansage der ständig lächelnden Flugbegleiterin mit dem flammend roten Haar und der grünen Uniform. Bei ihrem Anblick musste Tamara an die irischen Legenden über Kobolde und Feenhügel denken, auf die sie bei ihrer Recherche über das Land gestoßen war. Sofort überzog ein Lächeln ihr Gesicht. Grinsend wandte sie sich Simon zu, um ihn auf die feenhafte Stewardess aufmerksam zu machen, doch er schlief tief und fest, seit sie Frankfurt hinter sich gelassen hatten.

Das Flugzeug tauchte durch dichte, graue Wolken hinab wie ein Schwimmer, der sich lustvoll in dieses grüne Meer stürzte.

Tamara sah aus dem Fenster, und die Begeisterung packte sie sofort. Unter ihr breitete sich ein Teppich aus Grüntönen aus. Fifty Shades of Green. Die Weiden lagen so friedlich zwischen den sanften Hügeln eingebettet wie ein Neugeborenes in den Armen seiner Mutter.

Als sie landeten, goss es wie aus Kübeln. Der Regen zog wie ein schwerer, silberner Schleier über den Flughafen. Von der Erschütterung des Bodenkontakts aus dem Schlaf gerissen, sah Simon aus dem Fenster und zog die Brauen zusammen. „Was für ein Scheißwetter."

Der Flughafen war klein, aber hübsch. Kein Vergleich zu Paris Charles de Gaulle oder London Heathrow, aber er hatte etwas, das Tamara auf Anhieb gefiel, während Simon beständig die Nase rümpfte. Sie sorgte sich nicht wegen seiner Laune, da sie viel zu sicher war, dass der

Charme des Landes auch ihn früher oder später für sich einnehmen würde.

Ihr erster Weg führte sie zu der Autovermietung, bei der sie ihren Leihwagen abholten, und dann ging es Richtung der Halbinsel Dingle. Simon fluchte beständig über den Linksverkehr. Tamara ärgerte sich allmählich über seine schlechte Laune und sagte spitz: „Auf Jamaika hat dir der Linksverkehr nichts ausgemacht. Lag das daran, dass es eine von dir gebuchte Reise war?"

Sofort herrschte Ruhe. Sie wusste, dass Simon sie mit seinem Schweigen bestrafen wollte. Zuhause funktionierte das meist und sie entschuldigte sich schnell, da sie ein friedliebender Mensch war. Heute begrüßte sie die Stille und versank in den spektakulären Einblicken, die ihr die Natur auf der zweistündigen Fahrt eröffnete. Auf der Autobahn war kaum Verkehr, nichts im Vergleich zu den summenden Todesstraßen Deutschlands. Selbst Simon hätte die Schönheit der Natur bewundern können, hätte er ein Auge dafür gehabt. Tamara genoss die ruhige Fahrt und das prasselnde Geräusch des Regens auf dem Autodach.

Die Route führte sie durch Limerick, wo Tamara beim Anblick der alten Kirchengemäuer, umrahmt von farbenfrohen, kleinen Häusern, schwärmerische Seufzer ausstieß. Sie kamen auch durch Newcastle und Tralee, wo die Straßen praktisch mit Blumen in allen erdenklichen Farbnuancen gepflastert waren.

Als sie auf die Halbinsel Dingle fuhren, riss schlagartig der Himmel auf, als wollte er sie angemessen im Paradies begrüßen. Die dunkle Wolkendecke war so schnell verschwunden, als wäre sie lediglich Einbildung gewesen. An ihre Stelle trat ein babyblauer Himmel, über den sich gleich drei schillernde Regenbögen spannten. Der Anblick raubte Tamara den Atem. Endlich sah auch Simon die Schönheit der Insel. Er lenkte den Wagen auf den Seitenstreifen der Küstenstraße. Dort stellte er den Motor ab und griff nach seiner Kamera. Keine fünf Gehminuten entfernt befand sich der kilometerlange, weiße Inch Beach. Zusammen mit dem Spalier aus Regenbögen war der Anblick der sanft heranrollenden Wellen so schön, dass man hätte weinen mögen.

„Das muss ich festhalten", murmelte Simon und verließ fluchtartig den Wagen. Tamara seufzte und wünschte sich, dass er einen solchen Anblick einfach einmal zusammen mit ihr genießen könnte. Gleichzeitig verstand sie seinen Drang, diese Schönheit auf ewig bannen zu wollen.

Dennoch machte sie das Klicken seiner Kamera ruhelos, und so stieg sie aus und lief auf den Strand zu. Bald schlug ihr der würzige Duft des Meeres entgegen. Es war ein anderer, als sie ihn von Stränden mit ihrem Gemisch aus Sonnencreme, Salzwasser und Zuckerwatte gewöhnt war. Das hier war weitaus ursprünglicher. Sie nahm den scharfen Geruch der Algen und Wasserlebewesen wahr. Die vom Regen noch feuchte Luft benetzte ihre Haut. Im Sand fanden sich allerlei Spuren von Leben – Seesterne, Muscheln, Quallen. Nichts im Vergleich zu den klinisch sauberen Stränden auf Hawaii oder Sardinien. Und doch ...

„Mara!"

Sie wandte sich um. Simon stapfte samt Kamera durch den Sand. Als er die Linse auf sie richtete, rief er: „Bitte lächeln!"

Und sie tat es, mit aller Hoffnung dieser Welt für sie beide im Herzen. Der Wind peitschte ihr das Haar aus dem Gesicht. Nie zuvor hatte sie sich so kühn und frei gefühlt.

Die Weiterfahrt war pure Wonne. Ihr Weg führte sie die Küstenstraße entlang mit dem Meer als stillem

Begleiter, auf dessen wilden Wogen sich die Sonne spiegelte. Plötzlich war die Stimmung zwischen ihnen wieder so gelöst und spielerisch wie schon viel zu lange nicht mehr. Simon drehte das Radio laut auf, und sie amüsierten sich über die melancholischen Seefahrerlieder.

Nach einer weiteren Stunde mit zwei Fotostopps an besonders schönen Aussichtsbuchten erreichten sie ihr Bed and Breakfast. Tamara hatte sich aufgrund der Abgeschiedenheit bewusst für das *Fishermans Farmhouse* entschieden, für das sie sofort Feuer und Flamme gewesen war.

Bei Simon sorgte die Lage allerdings für neuerliche Irritation. „Hier ist ja nicht einmal ein Dorf. Das Haus steht mitten im Nirgendwo einfach am Straßenrand."

Und herrscht auf einem kleinen Hang über das direkt angrenzende Meer, fügte Tamara in Gedanken hinzu. Trotzdem konnte sie Simon nicht widersprechen. Neben dem niedlichen Häuschen aus Naturstein, das sie für die nächsten drei Wochen bewohnen würden, war nur eine Handvoll Häuser auf dem sanft ansteigenden Hügel entlang der kaum befahrenen Küstenstraße verteilt.

„Ich dachte mir, es ist mal etwas anderes. Außerdem haben wir ja den Wagen", erwiderte sie leicht verstimmt.

Über Simons Gesicht huschte ein Lächeln, als wäre der Gedanke an das Auto als Fluchtmöglichkeit für ihn der Silberstreif am Horizont. „Du hast recht."

Sie bogen in die Einfahrt. Außer ihnen schien sich kein Gast im Bed and Breakfast zu befinden. „Sieht ziemlich ausgestorben aus. Ich hoffe, wir sind hier richtig", sagte Tamara.

„Erkennst du es nicht von den Fotos wieder?", fragte Simon ungeduldig.

„Es gab online nur ein einziges Foto, und zwar das von dem Strand da vorn", erwiderte sie und ahnte die Reaktion, die prompt folgte. Simon stöhnte gereizt. Natürlich glaubte er, sie hätte schlicht vergessen, sich die Unterkunft vorher virtuell anzusehen.

In Wahrheit hatte sie sich überraschen lassen wollen. Sie war diese ständig durchgeplanten Reisen leid, auf denen es weder Platz für magische Momente noch für Impulsivität gab. Natürlich hätte Simon ihr sofort widersprochen, da er sich für die Spontaneität in Person hielt.

„Die Adresse stimmt", sagte er, nachdem er die Daten auf dem Ausdruck mit den Buchungsinformationen noch einmal durchgegangen war.

„Klingeln wir doch einfach mal", schlug Tamara vor.

Dazu kam es jedoch nicht. Als sie den gewundenen Weg zum Cottage hinaufgegangen waren, begrüßte sie ein Zettel an der Tür.

Liebe Tamara, lieber Simon,
herzlich willkommen im Fishermans Farmhouse! Es tut mir leid, dass ich euch nicht persönlich in Empfang nehmen kann, aber um diese Jahreszeit ist einiges für mich drüben in Dingle zu tun. Ich habe alles vorbereitet. Fühlt euch wie zuhause. Wenn etwas ist, ruft mich jederzeit an. Ich wohne gleich in dem kleinen Anbau am Haus. Wir sehen uns also bald.
Henrik McLegan.

Unter der Nachricht stand eine Telefonnummer. Neben dem Zettel hing unübersehbar der Schlüssel am Haken. Tamara und Simon sahen einander an. „Da hätte er die Tür genauso gut offenlassen können. Wenn das die irische Gastfreundschaft sein soll, würde ich sie durch das Wörtchen Dummheit ersetzen", sagte Simon.

Tamara griff wortlos nach dem großen, alten Messingschlüssel und schloss die Tür auf. Drinnen schlug ihr eine Welle aus Behaglichkeit und Wärme entgegen – das Ergebnis einer Mischung liebevoller Kleinigkeiten. Auf dem nackten Steinboden lagen kleine Fransenteppiche. Im Kamin prasselte ein Feuer. Davor stand ein abgenutztes Sofa, auf dem eine weiche Decke lag, die dazu einlud, sich in ihr einzukuscheln. Darauf schlummerte eine rabenschwarze Katze tief und fest. Gleich neben der Eingangstür hatte ihr Gastgeber ein Gästebuch samt Informationsmaterial zu den Sehenswürdigkeiten der Insel sowie Ausflugstipps und Landkarten platziert. Auf einem Holztischchen standen Kannen mit Tee, Kakao und Kaffee bereit. Dazu ein Glas mit Mini-Marshmallows. Dort wartete eine weitere Botschaft von Henrik.

Lasst es euch schmecken!

„Ich glaube, das hier ist mit irischer Gastfreundschaft gemeint", kommentierte Tamara gerührt die Eindrücke, die auf sie einströmten. Noch nie hatte sie sich ohne ein Wort – ja, ohne Anwesenheit des Gastgebers – derart willkommen gefühlt.

„Die Einrichtung ist ziemlich von gestern", erwiderte Simon.

„Ich finde es perfekt", entgegnete sie kühl. Seit der Landung in Shannon hatte er nahezu kein gutes Haar an der Insel gelassen.

Da er einen Streit zu wittern schien, lenkte er schnell ein. „Wo schlafen wir?"

Sie sah sich um. Von dem Raum gingen drei Türen ab. Zwei standen offen. Hinter einer erkannte sie eine altmodische Landhausküche. Die andere offenbarte einen kleinen, separaten Essbereich.

Sie deutete auf die geschlossene Tür. „Dort, würde ich mal vermuten."

Sie durchquerte den Raum und drückte die Klinke nach unten: Es handelte sich um ein Schlafzimmer. Sie hielt den Atem an. Das Wort Zimmer schien unpassend und lapidar. Tamara taufte den Raum im Geiste *Höhle der Romantik*. Die Decke erstreckte sich in einer unregelmäßigen Abrundung – einer Höhle gleich – mindestens fünf Meter über ihren Köpfen. Sie umgab das Bett mit den schmiedeeisernen Pfosten wie einen Baldachin. Es thronte als Herzstück mitten im Raum, eingerahmt von zwei Nachttischen, auf denen einige Bücher und Kerzen liebevoll angeordnet waren. Wie schon im Vorraum waren die Wände aus grobem Naturstein. An dem kleinen Fenster befanden sich grüne Läden, wie Tamara sie nur aus alten Filmen kannte. Auf dem Fenstersims stand ein Topf voll frischer, lila blühender Heide.

Dieser Henrik scheint ein äußerst interessanter Mann zu sein, schoss es Tamara unweigerlich durch den Kopf.

Selbst Simon stieß einen anerkennenden Pfiff durch die Zähne aus, dann sah er sich das angrenzende Badezimmer an.

„Basic", kommentierte er und machte sich daran, den Raum zu verlassen. „Ich hole die Koffer."

Tamara blieb zurück und beobachtete ihn durch das Fenster. Dieser Ort summte regelrecht vor Romantik und Magie. Das musste er doch ebenso spüren wie sie!

Die Wahrheit war – er spürte es nicht. Als Simon mit den Koffern zurückgekehrt war, hatte sie sich einladend aufs Bett gelegt, die Tagesdecke zurückgeschlagen und sagte: „Lass uns erst einmal richtig in unserem Liebesurlaub ankommen!"

Er musterte sie und lachte laut los, offenbar nicht ahnend, wie sehr er sie damit verletzte. Hätte er es nach zehn gemeinsamen Jahren nicht wissen oder zumindest in ihren Augen sehen müssen? Doch wie auch – er hatte sich sofort von ihr abgewandt. „Du weißt, dass ich immer zuerst auspacke."

Stimmt, das wusste sie. Und hatte er in all den Jahren einmal danach gefragt, was sie gern zuerst getan hätte? Zum Beispiel alles stehen und liegen lassen und hinunter zu dem paradiesischen Strand gehen, von dem sie durch ihre Recherche via Google Maps wusste, dass er sich in unmittelbarer Nähe zum Haus befand. Vom Fenster aus konnte sie die Bucht sehen, hinter der er lag. Der Strand selbst blieb ihren Blicken verborgen, was sie seltsam rastlos und melancholisch werden ließ. Simons Reaktion auf ihre eindeutige Einladung hatte ihr Übriges zu dieser Stimmung beigetragen.

Die Traurigkeit ging tiefer, als es die Situation rechtfertigte. Und Tamara wusste auch warum. Sie hatte es lange schon bemerkt, diesen schleichenden Prozess vom feurigen Liebespaar zu – ja, zu was eigentlich? Seit Monaten versuchte sie sich einzureden, dass sich eine Beziehung nach zehn Jahren nun einmal so anfühlte. Aber selbst wenn das der Wahrheit entsprach, wollte sie nicht so fühlen. Tamara kam sich wie eine gelangweilte, zurückgewiesene Ehefrau vor, nur ohne Ring an ihrem Finger. War es dumm gewesen, all ihre Hoffnungen in diese Reise zu setzen?

Sie atmete tief durch. Sie dramatisierte. Es war gerade mal der erste Tag. Sie waren beide erschöpft. Sie drehte sich um und sah Simon auf dem Bett an seiner Kamera herumhantieren. Ein Schatten huschte über ihr Gesicht. Am liebsten hätte sie ihm das Ding aus der Hand geschlagen. Was war los mit ihnen?

„Ich gehe unter die Dusche", sagte sie durch zusammengepresste Zähne.

Er gab kein Zeichen von sich, ob er sie gehört hatte.

Trotz ihrer Müdigkeit hatte sie nur schwer in den Schlaf gefunden und wälzte sich die ganze Nacht von einer Seite auf die andere. Die Gedanken ließen ihr keine Ruhe. Ihr Herz raste, und etwas schien sie aus der Dunkelheit zu beobachten. Ein lauernder Verfolger – wie eine Raubkatze bereit zum Sprung, die zuschlug, wenn sie eine Sekunde nicht wachsam genug war. Sie hatte ihn schon in Deutschland gespürt, aber nie hätte sie damit gerechnet, dass er sie bis hierher verfolgen würde. Nun hörte sie ihn sogar kratzen. Krallen, die über Holz fuhren. Eine Gänsehaut rann über Tamaras Körper. Schweißperlen bildeten sich trotz der kühlen Nacht auf ihrer Stirn.

„Simon", wisperte sie. Er brummte. „Hörst du das?"

„Das wird die blöde Katze sein", erwiderte er und zog sich die Decke über den Kopf, ein deutliches Zeichen, dass das Gespräch beendet war.

Tamara fielen unzählige Steine vom Herzen. Kurzerhand schlüpfte sie aus dem Bett und schlich durchs Zimmer. Der Boden war eiskalt, sie fröstelte. Als sie die Tür zum Vorraum öffnete, sauste etwas Kleines, Schwarzes an ihr vorbei ins Zimmer. Belustigt schloss sie die Tür und tastete sich durch das Halbdunkel bis zum Nachttisch, auf dem ihr Handy lag. Sie schaltete es ein und leuchtete in den Raum. Lange musste sie nicht suchen. Die Katze saß zufrieden auf ihrem Kopfkissen und sah sie aufmerksam an. Tamara unterdrückte ein Lachen.

„Na hör mal", flüsterte sie. „So geht das nicht. Was, wenn dich dein Herrchen sucht?"

Das Tier starrte sie unbeeindruckt an. Unschlüssig blieb Tamara vor dem Bett stehen. Sie brachte es einfach nicht über sich, die Katze aus dem Zimmer zu werfen. Viel zu sehr freute sie sich über die Gesellschaft.

„Okay. Wir machen einen Deal. Du machst Platz und darfst dafür bleiben."

Vorsichtig nahm sie das warme Fellbündel vom Kissen, legte sich ins Bett und platzierte es an ihrem Bauch, wo es sich zufrieden schnurrend einkringelte. Tamara lächelte und schlief innerhalb weniger Sekunden ein.

Kapitel Zwei

Am nächsten Morgen wurde sie durch ein unsanftes Rütteln geweckt. „Mara! Mara! Kannst du mir mal sagen, was das Vieh hier macht?"

Träge öffnete sie die Augen. Zu mehr war sie nicht fähig, denn die Katze hatte sich auf ihrem Brustkorb ausgebreitet.

„Sie hat an der Tür gekratzt", erwiderte sie verschlafen.

„Wer weiß, was die für Ungeziefer hat", regte Simon sich auf.

Sie ignorierte ihn und streichelte lächelnd über das weiche Fell. Sie hatte sich schon immer eine Katze gewünscht, aber das ständige Verreisen hatte ihr stets einen Strich durch die Rechnung gemacht. Und Simon mochte Hunde lieber. „Du hast keine Flöhe, stimmt's, mein Schatz?"

„Du hast sie ja nicht mehr alle", murmelte Simon, konnte sich aber ein kleines Lächeln nicht verkneifen. „Ich gehe uns Frühstück machen. Wenn du nicht rechtzeitig erscheinst, verputze ich alles ohne dich."

Sie sah ihm lächelnd nach. Na bitte. Morgens sah die Welt meist anders aus. Ein neuer Tag, eine neue Hoffnung. „Und du, Miez? Wenn du nicht willst, dass ich dich mit unter die Dusche nehme, musst du von mir runtergehen."

Das Tier streckte sich wohlig und schnurrte noch etwas lauter. Tamara seufzte. „Okay, noch fünf Minuten."

„Von unserem Vermieter sieht und hört man nichts", bemerkte Simon nach dem Frühstück, als sie das Geschirr in die Küche trugen.

„Aber er muss hier gewesen sein. Die Brötchen und das Obst haben gestern noch nicht da gelegen", erwiderte Tamara.

„Nicht zu vergessen der selbstgemachte Joghurt von glücklichen Kühen", ergänzte Simon, den Satz auf dem Joghurtglas zitierend.

Sie verzog genüsslich das Gesicht. „Wie könnte ich den vergessen!"

„Was meinst du, wo er sich die ganze Zeit herumtreibt?"

„In Dingle, steht doch auf seiner Nachricht."

„Ja, aber *wo auf* Dingle?", fragte Simon genervt und betonte die Präposition dabei absichtlich stark.

Doch der Irrtum war auf seiner Seite, weshalb sie herzlich auflachte. „Dingle ist eine Stadt auf der Halbinsel Dingle. Hast du noch nie etwas von Fungie gehört, dem berühmten Dingle-Delfin, der dort in der Bucht für Aufsehen sorgt?"

„Nein, wie sollte ich?", gab er missmutig zurück. „Da ich keine Liste machen durfte, habe ich auch keinerlei Recherchen angestellt."

Schon allein das Wort Liste war für Tamara ein rotes Tuch geworden. Simon hatte die Marotte, jeden Tag ihrer Reisen von morgens bis abends schon Monate vorher durchzuplanen. Natürlich verstand sie den praktischen Nutzen dahinter, gerade wenn sie mal wieder Rucksacktouristen waren. Sie sahen sehr viel vom Land, hatten meist schon alle Eintrittskarten parat, sparten erheblich viel Geld durch Frühbucherrabatte und nutzten die Zeit maximal aus.

Es gab nur zwei Probleme dabei. Erstens: Simon erstellte sie vorzugsweise allein, vertieft in akribische, wochenlange Internetrecherchen, bei denen er nicht gestört werden wollte. Wenn er mit der Planung fertig war, präsentierte er Tamara die Ergebnisse. Wenn sie es dann wagte, einen Punkt anzumerken, den sie hinzufügen oder weglassen wollte, beschwerte er sich über ihre Undankbarkeit. Und so hatte sie es sich zur Gewohnheit gemacht, selbst nicht mehr vor einer Reise zu recherchieren, weil sie dann nur enttäuscht darüber war, wenn sie eine Sehenswürdigkeit, auf die sie sich gefreut hatte, nicht auf seiner Liste fand. Das zweite und nicht unerhebliche Problem war, dass es keine Möglichkeit für Genuss und Spontaneität gab. Uhrzeiten mussten strikt eingehalten werden, um alles abarbeiten zu können. Das hatte zur Folge, dass er genervt war, wenn Tamara zur Toilette musste, oder dass er die Zelte abbrach, während sie sich einen atemberaubenden Sonnenuntergang ansehen wollte. Sie hatte des Öfteren versucht, ihm zu verstehen zu geben, dass Romantik und Ruhe auf der Strecke blieben. Und wieder hatte er ihr Undank vorgeworfen. Noch ein Grund, warum sie verstummt war.

Im Rückblick schien es ihr, als wäre sie in den vergangenen Jahren immer leiser geworden, um Simon nicht im Flow seines Lebens zu stören. Wieder begann es gefährlich in ihr zu brodeln. Nur zu gut erinnerte sie sich daran, welch harter Kampf es gewesen war, ihm klarzumachen, dass sie diesen Urlaub in Irland als Liebesurlaub ansah. Zeit, die ihnen allein gehörte. Am liebsten hätte sie seine Kamera verbannt, doch das hatte sie nicht übers Herz gebracht. Schließlich hatte sie selbst Block und Stift mitgenommen.

Beides war neu und unbenutzt, seit mehr als fünf Jahren schon. Sie hatte den Traum, jenseits ihrer Artikel ein richtiges Buch zu schreiben. Der Traum war über die Jahre zu einem Drang geworden. Sie spürte die Geschichte in sich brodeln, doch noch war sie gesichtslos. Nichts Greifbares. Und so blieb der Stift, wo er war.

Man hätte meinen können, jemand, der so viel von der Welt sah, müsse vor Ideen nur so platzen. Nun, das Gegenteil war der Fall. Tamara hatte das Gefühl, je mehr auf sie einstürmte, desto mehr drängte es das zurück, was da aus ihr ausbrechen wollte.

Und so hatte sie diesen Urlaub teils auch aus egoistischen Gründen geplant. Sie wollte ihre Gedanken ordnen und erforschen, was da in ihr schlummerte. Mit Schrecken erkannte sie nun allerdings, dass da nichts war außer Wut und Entsetzen über Simons Verhalten.

„Hallo? Jemand zuhause?"

Sie schreckte hoch und sah ihn schockiert an. Sie fühlte sich fahrig und erhitzt. Als wäre sie mitten in einer hitzigen Debatte. Nur, dass sie sich allein in ihr befand, da sie die Worte nicht aussprach, die sie immer mehr quälten. „Was hast du gesagt?"

Er seufzte ungeduldig. „Ich habe dich gefragt, was du heute vorhast."

Wieder dieses Drängen, dieser Druck. Warum war er nur so rastlos? Es brauchte all ihre Stärke, diesem Druck standzuhalten. „Nichts", sagte sie entschieden und beobachtete, wie sich Unmut auf seinem Gesicht breit machte.

„Meine Güte, wir sind doch noch keine achtzig. Willst du den lieben langen Tag hier auf der Couch hängen? Dann hätten wir genauso gut zuhause bleiben können."

„Wir sind gestern erst angekommen. Wie wäre es, wenn wir die nähere Umgebung zu Fuß erkunden?"

Sie sah, dass es ihm nicht passte. Dass es ihm nicht genügte. Doch anscheinend spürte er, dass er mehr nicht bekommen würde, also setzte er ein Lächeln auf. „Also gut. Da ich Frühstück gemacht habe, bist du mit Spülen dran. Sag einfach, wann du so weit bist."

Damit ließ er sie in der Küche zwischen dem schmutzigen Geschirr stehen. Noch eine Art, sie zu bestrafen. Nur schien all das hier nicht zu funktionieren. Sie machte sich mit einer Freude und Energie, die sie so nicht mehr von sich kannte, an die Arbeit. War es die Luft oder die wundervolle Umgebung? Egal, aber es fühlte sich verdammt gut an.

Tamara war sich sicher gewesen, dass die Spannungen zwischen ihnen auf dem Spaziergang durch die grünen Hügel verblassen würden. Stattdessen wurden sie immer stärker. Das Schweigen dehnte sich über die weite Landschaft und hallte über das tosende Meer hinaus. Die Kulisse war zum Weinen schön, aber Simon verlor kein Wort darüber, nahm nicht einmal seine Kamera zur Hand. Tamara kannte diesen kühlen Fremden neben sich nicht. Plötzlich nahm ihr seine Gegenwart den Atem. Etwas so Schweres drückte auf ihre Brust, dass sie meinte, ihre Lungen müssten zerquetscht werden. Was geschah hier nur?

„Ist es nicht wunderschön hier?", fragte sie in die Stille hinein, im tapferen Versuch, sie zu durchbrechen. Dabei hörte sie selbst, wie zittrig ihre Stimme klang.

Simon antwortete nur mit einem knappen, kühlen: „Ja."

Und sie hatte mit den Tränen zu kämpfen. Er hätte sie genauso gut schlagen können. Sie wollte so gern hinunter zu dem malerischen Strand, dessen Schönheit man von den hügeligen Feldern nur erahnen konnte. Aber da sie wusste, dass sie in dieser Stimmung den Anblick nicht würde genießen können, schlug sie es Simon gar nicht erst vor. Am liebsten hätte sie ihn wie ein bockiges Kind zurück aufs Zimmer geschickt.

Seit sie in Irland gelandet waren, hing diese dunkle Wolke über ihnen und rückte bedrohlich näher und näher. Je mehr Negativität sie umgab, desto mehr Situationen aus der Vergangenheit fielen Tamara ein, die sie stets beiseite gelächelt hatte. Oder in denen sie sich gefügt hatte. Auf was für ein Arrangement hatte sie sich da nur eingelassen? Warum sah sie erst jetzt, dass sie über die Jahre ihr Glück auf einem Kartenhaus aufgebaut hatte, das bei der leisesten Windbö unweigerlich in sich zusammenfallen musste? War Simon das ebenso bewusst geworden wie ihr?

Sie sah ihn von der Seite an. Seine braunen Augen, deren Blick in Wut und Liebe so intensiv sein konnte, waren stur nach vorn gerichtet. Simon schien weit weg zu sein. Beinahe spürte sie seine Sehnsucht nach einem anderen Ort und hätte vor Wut am liebsten aufgeschrien. Es gab keine Worte, die diese mächtige Stille zwischen ihnen überbrücken konnten.

Doch sie spürte noch etwas anders. Ein Gefühl wie ein sanfter Sonnenstrahl, der sich durch eine dicke Eisschicht Bahn brach. Irgendetwas machte dieser Ort mit ihr. War das die Magie, von der sie in all den Berichten über Irland gelesen hatte? Waren es unsichtbare Feen, die um sie herumtanzten und sie verhexten? Fühlte und verhielt sie sich darum so anders? Waren es Irrlichter und stumme Kobolde, die sie in einen Sumpf locken wollten, damit sie sich auf ewig in ihm verlor?

Sie sah wieder aufs Meer hinaus, das wie ein Saphir in der Sonne schimmerte – anziehend und gefährlich schön. Die saftigen, grünen Hügel eiferten mit ihm um die Wette für den ersten Platz des märchenhaftesten Anblicks. Das kleine *Fishermans Farmhouse* lag eingebettet zwischen ihnen. Der Anblick brachte etwas tief in ihr zum Klingen, und ihr drängte sich die Frage auf, wonach sie all die Jahre so verzweifelt gesucht hatte.

Nach dem entgleisten Spaziergang hatte sie sich von Simon zurückgezogen. Sie hatte das Gefühl, dass sie ihnen beiden den Freiraum geben musste. Und sie hatte keine Kraft mehr zum Kämpfen. Besser, sie lenkte sich ab. Dafür hatte sie ihr leeres Notizbuch und einen Stift aus ihrem Koffer gekramt und sich im Wohnzimmer auf die Couch vor dem Kamin zurückgezogen.

Doch als sie die weißen Seiten aufgeschlagen vor sich sah, den kühlen Stift in ihrer rechten Hand, überkam sie eine heiße Übelkeit. Da war nichts in ihr, was es wert gewesen wäre, aufgeschrieben zu werden. Nur ein paar hirnrissige Sätze über die Schönheit der Umgebung. Sie war Autorin für ein Reisemagazin, nicht mehr und nicht weniger. Wem machte sie etwas vor? Wie kam sie auf die Idee, mehr zustande bringen zu können als kleine, hübsche Artikel über die Länder, die sie bereiste?

Nur woher kam dieser Drang, mehr zu schreiben? Sie wünschte von ganzem Herzen, sie könnte den Wunsch einfach vergessen; sich sagen, dass sie es versucht hatte, und mit ihrem Leben fortfahren wie gewohnt. Wieder sah sie auf das Notizbuch in ihrem Schoß. Sie hätte den Stift vor einer Stunde schon beiseitelegen und den Anblick des Sonnenunterganges hinter dem Haus genießen sollen. Aber sie konnte es einfach nicht. Minute um Minute starrte sie die leeren Seiten an. Und diese starrten höhnisch zurück. Je mehr sie nach Worten suchte, desto mehr spielten sie Katz und Maus mit ihr. Der Drang, sie sich von der Seele zu schreiben, war mittlerweile so stark wie das Bedürfnis nach dem nächsten Atemzug. Schon spürte sie das Brennen in ihren Augen.

Es war Simon, der sie aus ihrer Verzweiflung holte. Zögerlich blieb er vor der Couch stehen und deutete auf das Notizbuch in ihrem Schoß. „Störe ich gerade?"

„Ich wünschte, es wäre so", erwiderte sie seufzend und wartete auf die alte Diskussion über ihren Schreibdrang, die unweigerlich folgen musste.

Simon verstand nicht, warum sie sich seit Jahren derart mit etwas quälte, das ihr einfach nicht gelingen wollte. Wäre jeder zum Schriftsteller geboren, kämen wir aus dem Lesen nicht mehr heraus, waren meist seine Worte. Sie konnte ihm nicht erklären, warum dieser Wahn, eine Geschichte zu Papier zu bringen, sie nicht mehr losließ. Ganz einfach, weil sie es selbst nicht wusste.

Auch jetzt las sie all das in seinem Gesicht, aber offenbar wollte er keinen weiteren Streit provozieren, denn er ließ die Sache auf sich beruhen. Tamara wusste, was ihn dieses Schweigen kostete. Umso dankbarer war sie.

„Ich habe mich heute total blöd verhalten", begann er. „Dabei wolltest du nur Zeit mit mir verbringen. Ganz in Ruhe. Das ist jetzt angekommen. Du weißt, wie ich bin. Ich halte es nie lange an einem Ort aus."

Offensichtlich erschöpft von seinem Eingeständnis, ließ er sich neben sie auf die Couch sinken. Sie lächelte schief. „Nun, wir werden einen Weg finden müssen, unsere Vorstellungen von gemeinsamer Zeit in Einklang zu bringen."

„Lass uns einfach jeden Tag sehen, wohin er uns treibt", erwiderte er und legte einen Arm um ihre Schultern.

Wie automatisch bettete sie erleichtert ihren Kopf an seine Brust. Sie wollte keine Souvenirjagden mehr oder Sehenswürdigkeiten im Marathon abarbeiten. Sie wollte ankommen. Nicht nur hier, in diesem Urlaub, sondern auch in ihrem gemeinsamen Leben. Sie hatte nicht die geringste Ahnung, wie sie ihm das begreiflich machen sollte.

Am Abend schliefen sie miteinander. Dabei zog Simon alle Register. Es war klassischer Versöhnungssex. Und er war großartig. Nach zehn gemeinsamen Jahren war eine derartige Ekstase im Liebesleben für Tamara etwas völlig Neues. Meist taten sie es fast schon automatisch; aus dem Pflichtgefühl heraus, dass sie es eben mal wieder tun sollten.

Jetzt lag sie erschöpft und zufrieden eingerollt wie eine Katze mitten auf dem Bett, während Simon sich aufsetzte und sanft begann, ihre Füße zu massieren. Tamara stöhnte wohlig auf.

„Das hätten wir gleich tun sollen. Am ersten Abend. Anstatt die blöden Koffer auszupacken."

Schläfrig blinzelte sie ihn an. In diesem Moment war sie sich völlig sicher, dass alles wieder ins Lot kommen würde. „Was du nicht sagst."

Er warf sich neben sie in die Kissen. Seine gebräunte Haut mit den zahllosen, bunten Tattoos bildete einen krassen Kontrast zu den weißen Laken. Tamara liebte diesen Anblick, gerade da sie mit sehr bleicher Haut gestraft war. Schneewittchen nannte er sie nicht zuletzt wegen ihres langen schwarzen Haares. „Was hältst du davon, wenn wir morgen nach Dublin fahren? Wir suchen uns für eine Nacht ein sündhaft teures Hotel und tauchen in die Stadt der Dichter und Denker ein. Das wäre doch etwas für dich, oder?"

Der Vorschlag kam so überraschend und war dermaßen hübsch verpackt, dass ihr gar nichts anderes übrig blieb, als ja zu sagen. Und je mehr sie darüber nachdachte, desto besser gefiel er ihr. Natürlich wollte sie nach Dublin. Die Stadt war das irische Mekka für Literaturbegeisterte. Angefangen beim Trinity College über das Book of Kells bis hin zum Writers Museum. „Ja, warum nicht?"

„Klasse! Von Dingle aus fährt ein Bus. Das ist günstiger als mit dem Wagen und ich kann während der Fahrt fotografieren", erwiderte Simon euphorisch.

Tamara horchte auf. „Du bist ja bereits bestens informiert."

Er grinste sie verschmitzt und ohne jeglichen Anflug eines schlechten Gewissens an. „Ich wusste, dass du ja sagen würdest."

Sie starrte wortlos zur Decke. Ihre Freude hatte sich in Luft aufgelöst. Tat er das wirklich für sie oder war sie direkt in seine Falle gelaufen? Es ist kein Punkt auf einer Liste, sagte sie sich abermals, und sie würde den Teufel tun, einen daraus werden zu lassen.

Kapitel Drei

Tamara wurde durch das Geräusch einer zufallenden Autotür aus dem Schlaf gerissen. Die Katze lag wie am Vorabend zusammengerollt in ihrem Bett – schon wieder mitten auf dem Kopfkissen, sodass sie zwischen Simon und ihr zu ersticken drohte. Sie hatte es einfach nicht übers Herz gebracht, sie zu verscheuchen. Genauer gesagt hatte die Kleine so lange an der Tür gekratzt, bis Tamara sie hereingelassen hatte, um wenigstens noch etwas Schlaf zu bekommen.

Die Dunkelheit draußen verriet ihr, dass der Morgen noch nicht graute, dennoch war sie hellwach. Die Geräusche vorm Haus machten sie neugierig.

Sie schlich auf Zehenspitzen über den eiskalten Boden zum Fenster. Mit zusammengekniffenen Augen spähte sie in die Dunkelheit, aber mehr als einen großen Schemen konnte sie nicht erkennen. Er schien sich an etwas im Kofferraum seines Wagens zu schaffen zu machen. Sie warf einen schnellen Blick zur Uhr. Es war noch nicht einmal fünf. Wie es aussah, war er die ganze Nacht auf den Beinen gewesen. Das schien seiner Laune allerdings keinen Abbruch zu tun, denn sie hörte ihn durch die Fensterscheibe munter vor sich hin pfeifen.

Sie konnte ein Lächeln nicht unterdrücken. Er schien etwas aus dem Auto zu laden. Als er damit Richtung Haus strebte, erinnerte sie sich daran, dass er seine Katze vermissen musste. Tamara nahm sich fest vor, ihm eine Entschuldigung zukommen zu lassen, und schlich zurück in ihr Bett.

Sie horchte mit angehaltenem Atem in die Dunkelheit. Im Vorzimmer waren leise Geräusche zu hören –

das Knistern des neuen Holzes im Kamin, das Zuschlagen der Kühlschranktür, das Klappern von Geschirr, der durchlaufende Kaffee, dessen Geruch bald schon durch den Türspalt drang. Am liebsten wäre sie aufgestanden und hätte sich eine Tasse geholt. Sie wusste allerdings nicht, ob sie der Kaffee reizte oder ihr fremder Gastgeber, darum blieb sie, wo sie war. Außerdem trug sie noch immer ihren Pyjama. So hörte sie Henrik dabei zu, wie er alles dafür vorbereitete, dass sie einen angenehmen Start in den Tag haben würden, während seine Katze neben ihrem Kopf zufrieden schnurrte.

***

Henrik war seit mehr als sechsunddreißig Stunden auf den Beinen. Das war keine Seltenheit, wenn er in den Sommermonaten Gäste hatte. Sicher hätten die meisten Menschen den Tag, den er hinter sich hatte, als blanken Horror bezeichnet. Aber er war eben nicht wie die meisten Menschen. Quietschvergnügt und taufrisch von der klaren Morgenluft lud er seine Fischereiutensilien aus dem Wagen, ehe er das Haus betrat. Einige Netze mussten dringend nachgebessert werden.

Es war ein guter Fang gewesen. Zwei prallgefüllte Körbe mit Austern und Miesmuscheln, die er direkt im *The Skipper,* einem beliebten Fischrestaurant am Hafen von Dingle, abliefern konnte. Seine Zuverlässigkeit und jahrelange Freundschaft mit dem Besitzer brachten ihm stets ein paar extra Scheine ein.

Aber der Fang war nur ein Grund für seine gute Laune. Auch der restliche Tag war sehr erfolgreich gewesen. Er hatte drei Delfintouren unternommen. Dreimal achtzehn Leute auf dem Boot, das er seit einem halben Jahr stolz sein Eigen nannte. Er hatte heute nicht weniger als sechs Delfinschulen gesehen und seine Passagiere damit in den siebten Himmel befördert. Die Tiere hatten sich mit ihren spektakulären Sprüngen gegenseitig die Show gestohlen. Die Kinder und Frauen hatten vor Verzückung gequietscht.

Nach einem derart erfolgreichen Tag fuhr man als Ire nicht einfach nach Hause und legte sich ins Bett. Und so war er noch zu *O'Barrys* gegangen und hatte sich sage und schreibe fünf Stunden an ein- und demselben Pint festgehalten – schließlich musste er noch fahren –, und das alles nur, weil Old Barry am Tresen gestanden und eine amüsante Geschichte nach der anderen zum Besten gegeben hatte. Henrik hatte eine Schwäche für gute Geschichten.

Sanfte Schritte im Nebenzimmer rissen ihn aus seinen Gedanken. Schuldbewusst warf er einen Blick zur Uhr. Entweder fand einer seiner Gäste keinen Schlaf oder er war nicht leise genug gewesen. Die Bewirtung anderer erfüllte ihn stets mit Freude und tiefer Befriedigung. Da Henrik ein absoluter Familienmensch war, selbst aber weder Frau noch Kinder hatte, kümmerte er sich mit Vorliebe um seine zukünftigen Freunde. Denn das würden sie für ihn sein, sobald er sie erst kennengelernt hatte. So war es immer schon gewesen.

Er schichtete Torf im Kamin und entzündete ein behagliches Feuer. Dann trug er seine Einkäufe in die Küche und machte sich daran, das Frühstück für seine Gäste vorzubereiten. Er hoffte, er hätte bald Zeit, sie persönlich kennenzulernen. Er wusste, dass es sich um ein junges Pärchen handelte. Ein Fotograf und eine Autorin. Letztere reizte seine Neugierde. Worte hatten Macht in diesem Land. Sei es als vertonte Zeilen in melancholischen Liedern, als geheimnisvolle Geschichten und Legenden oder in guten Büchern.

Er hatte bisher nur zweimal kurzen Mailkontakt mit Tamara gehabt, als sie die Unterkunft gebucht hatte. Sie besaß die typisch wortkarge, kühle Art der Deutschen, doch etwas hatte in den Zeilen mitgeschwungen, was Henrik neugierig gemacht hatte.

Sein Blick fiel auf den unberührten Fressnapf seiner Katze Banshee, und er runzelte besorgt die Stirn. „Das ist jetzt schon der zweite Morgen in Folge, dass du nur zum Frühstück etwas frisst. Langsam mache ich mir Sorgen."

Die meisten Männer hätten sich geschämt zuzugeben, eine Katze abgöttisch zu lieben. Aber Henrik war nicht wie die meisten Männer. Banshee war seine kleine Familie, der sichere Hafen, zu dem er immer zurückkehrte. Und stets erwartete sie ihn mit ihrem bernsteinfarbenen Blick direkt an der Tür. Banshee schien intuitiv zu wissen, wann er zurückkommen würde.

So stellte er sich auch eine gute Beziehung vor. Er träumte davon, dass die Frau seiner Träume ihn erwartete und aus dem behaglichen Heim, das er sich geschaffen hatte, mit ihrer bloßen Anwesenheit ein Zuhause machte. Obwohl er viel von Worten hielt, war er sich sicher, dass Seelenverwandte sich auch ohne verstanden. Er konnte es kaum erwarten, es selbst zu erleben. Da er ein absoluter Optimist war, zweifelte er keine Sekunde daran, dass seine Seelenverwandte irgendwo da draußen war. Und er würde weiter auf sie warten. Er war ein geduldiger Mann.

Mit diesem Gedanken stellte er die zweite Tasse auf den Frühstückstisch, betrachtete zufrieden sein Werk und beschloss, dass es an der Zeit war, ein paar Stunden Schlaf nachzuholen.

Als Tamara und Simon zwei Stunden später ein schnelles Frühstück zu sich nahmen, konnte Tamara vor Vorfreude kaum mehr an sich halten. Schließlich hatte sie wachgelegen und genug Zeit gehabt, sich zu überlegen, was sie in Dublin sehen wollte. Es überraschte sie, dass sie dabei zuerst an die berühmt-berüchtigte Temple Bar im gleichnamigen Viertel denken musste – und nicht an das Writers Museum. Vielleicht, weil sie genug davon hatte, das Leben aus Büchern zu erfahren.

Aber es war egal. Sie würde nicht grübeln oder logisch an die Sache herangehen. Sie hatte sich vorgenommen, die nächsten Wochen jeden Tag so zu nehmen, wie er kam. War sie nicht früher einmal so gewesen? Spontan, spritzig und zügellos? Ja, das waren genau die Worte, mit denen Simon sie damals stolz seinem Freundeskreis präsentiert hatte. Wann genau hatte sie diese Eigenschaften verloren? Oder waren sie einfach so tief in ihr vergraben, dass sie sie nicht mehr finden konnte?

So viel zum Thema nicht grübeln. Sie kehrte in die Gegenwart zurück und starrte auf die heiße Tasse duftenden Schwarztees in ihrer Hand. Unwillkürlich musste sie an Henrik denken, der das alles in aller Herrgottsfrühe für seine Gäste herbeizauberte. Jeden Tag des Jahres. Nichts von dem Arrangement auf dem Tisch wirkte unpersönlich, im Gegenteil. Sie hatte einen Blick für Details, schließlich war sie die langjährige Freundin eines Fotografen. Die Blume in der langen, schlanken Vase war frisch; ihre Vorgängerin hatte gestern schon den Kopf hängen lassen. Auch die Tischdecke war ausgetauscht worden, denn Tamara erinnerte sich mit schlechtem Gewissen daran, dass sie das Tischtuch vom Vortag mit Marmelade bekleckert hatte. Auch die Kannen mit heißem Wasser, Milch, Kakao und Kaffee waren wieder gefüllt. Sie wünschte sich von Herzen, eine solche kraftvolle Hingabe wieder selbst zu spüren.

Während sie nach dem Frühstück den Abwasch erledigte, packte Simon ihre Rucksäcke mit Proviant und seiner Kameraausrüstung in den Wagen, mit dem sie nach Dingle fahren würden, von wo aus der Fernbus nach Dublin gehen sollte. All die Zeit saß die schwarze Katze zu ihren Füßen und beobachtete mit

Argusaugen, ob Tamara wirklich jeden Fleck von dem niedlichen Porzellan mit Schafmotiv entfernte.

„Kommst du?", rief Simon von der Tür her.

„Ja, gleich. Steig schon mal ein", erwiderte sie und nahm sich Zettel und Stift, die auf dem kleinen Tisch neben dem Gästebuch lagen. Eigentlich hatte sie vorgehabt, nur kurz und knapp eine Entschuldigung zu schreiben, dass sie die letzten zwei Nächte Henriks Katze beherbergt hatte. Aber irgendwie kam ihr das in Anbetracht seiner Bemühungen, ihnen ein guter Gastgeber zu sein, zu lieblos vor. Und auf seltsame Weise war eine Art persönliche Beziehung zu ihm entstanden, als sie ihm heute Morgen dabei zugehört hatte, wie er das Frühstück für sie herrichtete. Sie zwang sich, ihren Kopf auszuschalten, und schrieb einfach das, was durch ihr Herz in ihre Fingerspitzen floss.

Lieber Henrik,
wir hatten noch nicht die Gelegenheit, einander kennenzulernen, aber irgendwie habe ich das Gefühl, wir kennen uns bereits. Du machst es so leicht, sich hier zuhause zu fühlen. Deine Gastfreundschaft ist etwas, das ich auf dieser Welt so noch nicht erlebt habe. Es ist eher, als wäre man bei einem guten Freund zu Gast. Vielleicht habe ich deshalb nichts Falsches daran gefunden, deine Katze mit ins Zimmer zu nehmen. Sie hat so jämmerlich an unserer Tür gekratzt und ist dann schnurstracks in mein Bett gehüpft. Erst heute Morgen kam mir der Gedanke, dass du sie vermissen könntest. Bitte entschuldige, wenn ich dir Sorgen bereitet habe.

Morgen brauchst du kein Frühstück für uns herzurichten, denn wir fahren über Nacht nach Dublin und kommen erst am späten Nachmittag zurück.
Alles Liebe
Tamara

Stirnrunzelnd sah sie auf die Nachricht hinunter. War es wirklich angebracht, derart viele Worte zu verlieren, wenn man seinem Gastgeber nur erklären wollte, wo die Katze in den letzten beiden Nächten gewesen war? Verlegen wollte sie schon nach dem Zettel greifen, um ihn zu entsorgen und eine neue, kurze Nachricht zu verfassen, da erschien Simon genervt an der Tür. „Was machst du denn? Wenn wir jetzt nicht losfahren, verpassen wir den Bus, und Gott allein weiß, wann hier am Rande der Welt der nächste fährt."

Also ließ sie alles, wie es war, und folgte ihm nach draußen.

Als sie am Nachmittag im Herzen Dublins ankamen, tauchte sie wie berauscht in den Puls des Lebens ein. Sie waren kaum aus dem Bus gestiegen, schon nahm die Musik sie gefangen. Die Geräuschkulisse war ganz anders, als sie es von anderen Städten gewohnt war. Sie hörte die Musik aus dem berühmt-berüchtigten Viertel Temple Bar schon von weitem. So wie den Gesang der Feierwütigen in den Pubs. Aus den Straßencafés dröhnte Gelächter. Es vermischte sich mit dem Brummen der Motoren unzähliger Sightseeing-Busse – ein Orchester der besonderen Art. Ohne nachzudenken, setzte Tamara einen Fuß vor den anderen.

Simons Stimme riss sie aus ihrer Trance. „Wo willst du denn hin? Die St. Patricks Cathedral und Dublinia sind dort drüben. Zur Guinness-Brauerei ist es auch noch ein gutes Stück. Am besten machen wir Dublinia und die Brauerei zuerst, sie schließen schon um siebzehn Uhr."

Sie hätte widersprochen, wenn sie nicht selbst Lust auf eine Besichtigung der Brauerei am St. James Gate gehabt hätte. Also ließ sie sich breitschlagen und sagte sich, am Abend wäre genug Zeit für die Pubs.

Zuerst statteten sie dem Wikingermuseum Dublinia einen Besuch ab. Die Ausstellung der etwas anderen Art zeigte das mittelalterliche Dublin und die Eroberung durch die Wikinger auf anschauliche Weise. Eigentlich interessierte Tamara sich nicht für Museen. Sie besuchte sie oft nur Simon zuliebe, aber das hier war etwas anderes. Keine trockenen Artefakte hinter Glas und langatmige Vorträge. Hier hörte man über Lautsprecher die Schlachtrufe der Bürgerkriege aus allen Ecken, sah die Pest mittels Wachspuppen an den Körpern der Menschen nagen und konnte sogar Kopf und Arme durch einen Pranger stecken, um makabre Fotos zu schießen, wozu sie Simon zu ihrem Amüsement nötigte.

Anschließend fuhren sie mit einem der zahlreichen Busse zur Guinness-Brauerei und machten alberne Bilder vor dem berühmten St. James Gate. Die Brauerei war einem überdimensionalen Guinness-Glas nachempfunden. Sie arbeiteten sich Treppe um Treppe über sieben Stockwerke nach oben und bewunderten die fantasievolle Veranschaulichung des Brauvorgangs. Simons Kamera klebte ihm buchstäblich am Gesicht, während Tamara jeden Moment in vollen Zügen genoss und alle Eindrücke in sich aufsog. Sie beendeten den Rundgang in der Gravitybar, von wo aus man einen fantastischen Blick über Dublin hatte, und ließen sich ihr erstes frischgezapftes Guinness schmecken.

Es war ein echter Genuss. Für Tamara, die absolut kein Bierfan war, eine völlig neue Erfahrung. Vielleicht lag es nur an den vielen Stufen, die sie auf ihrem Rundgang hatten hinter sich lassen müssen, dass ihr das berühmte Schwarzbier derart gut schmeckte. Aber sie vermutete, dass es an etwas anderem lag. An etwas, das sie nicht erklären konnte. Sie fühlte sich wie eine Nomadin, die nach endloser Reise endlich ihr Zuhause gefunden hatte.

Das Gefühl verstärkte sich, als sie am frühen Abend ins Viertel Temple Bar abtauchten, um sich eine kleine Stärkung zu gönnen. Mit Sandwiches flanierten sie die Grafton Street entlang. Obwohl die ersten Läden bereits ihre Rollläden herunterließen, war es auf den Straßen noch lauter als bei ihrer Ankunft. Alles drängte nach draußen; die Pubs waren bis zum Bersten gefüllt, und Musik dröhnte heraus – Livemusik von echten Menschen mit echten Instrumenten. Laut, nah, unverfälscht.

Tamara wollte Simon gerade erklären, wie wunderschön sie es fand, da meinte er abfällig: „Das klingt ja wie eine Dorfkirmes."

Sofort bekam ihre Freude einen Knacks. Konnte es sein, dass sie nach zehn gemeinsamen Jahren wirklich derart unterschiedlich empfanden? Und warum merkte sie es erst jetzt? Seit sie einen Fuß auf diese Insel gesetzt hatten, kamen sie auf keinen grünen Zweig mehr. Sie hätte gern gesagt, dass es an Irland lag und es verflucht. Aber dafür fühlte sie sich viel zu wohl. Vielleicht hatte sie hier das erste Mal die Augen geöffnet.

Und da war dieser Sog. Er wurde unüberwindbar, als sie an einer riesigen, zweistöckigen Bar ankamen. Es war ein schönes Backsteingebäude. In jedem Fenster stand ein Blumenkasten, aus dem eine Kaskade an farbigen Blüten floss. Die Wände waren von einem Netz aus gelben, kleinen Lichtern bedeckt, sodass sie nur so funkelten. Tamara wusste sofort, womit sie es zu tun hatten. „Das ist die Temple Bar. Dort müssen wir rein."

Simon war nicht begeistert. „Dort drinnen ist es brechend voll. Wir müssen weiter, ehe es dunkel wird."

Die Dämmerung hatte längst eingesetzt. Aber die Kälte, die Tamara plötzlich spürte, hatte einen anderen Grund. „Das hier ist ebenso ein Wahrzeichen wie die

Kirchen. Nichts steht mehr für Irland als die lauten Pubs und ihre Livemusik."

Er seufzte gereizt. „Ich habe keine Lust, mich jetzt da reinzuhocken."

„Aber ich!", sagte sie wütend und wusste, sie argumentierte wie ein Kind. Sie hätte ihm sagen sollen, dass sie an einem Punkt angekommen war, an dem sie es satthatte, dass es immer nur nach seinen Wünschen ging. Dass sie auch Bedürfnisse hatte und es kein Beinbruch für ihn wäre, sie zu begleiten. Aber nach all den Jahren, in denen sie sich automatisch gefügt hatte, ohne sich dessen bewusst zu sein, wusste sie nun nicht, wo sie anfangen sollte.

„Du wolltest von Anfang an nicht nach Dublin. Glaubst du, ich habe deinen Gesichtsausdruck nicht gesehen, nachdem du zugesagt hattest? Und jetzt willst du es mir heimzahlen, indem du so eine Nummer abziehst. Das ist kindisch, Mara. Komm mit oder bleib hier und schmolle!"

Sie war dermaßen wütend, dass ihr die Worte fehlten. Manchmal gab es so viel zu sagen, dass man besser gar nichts mehr sagte. Und zum ersten Mal in fast zehn Jahren kehrte sie ihm den Rücken zu und richtete sich nach ihren eigenen Bedürfnissen. Als sie sich noch einmal umdrehte, war er bereits verschwunden. Fassungslos starrte Tamara an die Stelle, an der Simon noch vor wenigen Sekunden gestanden hatte, und fühlte eine ohnmächtige Wut in sich aufsteigen. Eine Wut, die vielleicht schon allzu lange in ihr geschlummert hatte.

Sie atmete tief durch und betrat entschlossen die Bar. Die Lautstärke erschlug sie beinahe. Die Menschen tanzten wild, lachten, grölten die Lieder mit und rissen derbe Witze. Simon hatte recht, es war brechend voll, aber die Menge zog sie in ihren Bann.

Wenig überrascht stellte sie fest, dass sie näher zur Musik wollte. Sie kämpfte sich durch die Leute und fand sich plötzlich direkt vor der Band wieder. Es waren keine jungen Musiker wie man erwartet hätte, wenn das Publikum derart tobte. Es waren drei alte Männer. *Seebären* war das Wort, das Tamara als erstes in den Sinn kam. Sie waren alle breit und muskulös mit einem mehr oder weniger großen Bierbauch. Zwei von ihnen hatten das Haar unter Mützen verborgen. Der Dritte – Sänger und Gitarrist der Band – trug es lang und offen. Er hatte eine tiefe Reibeisenstimme, die sowohl Lieder über das Feiern als auch über eine verlorene Liebe perfekt transportieren konnte.

Gerade spielten sie *Galway Girl*. Die Menschen sangen lautstark mit und tanzten in einer Art und Weise, wie es Tamara noch nirgendwo auf der Welt gesehen hatte. Es gab keine bestimmte Schrittfolge, sie schienen sich einfach von der Musik leiten zu lassen. Es hätte unrhythmisch aussehen sollen, doch sie alle fügten sich wie ein perfektes Ganzes zusammen. Die meisten hatten ein Pint Guinness in der Hand. Der Boden klebte, und das überschäumende Temperament der Iren riss sie mit. Sie spürte deutlich, dass sie ganz nah an der Quelle des Sogs war. Sie wollte tanzen, doch sie war gehemmt, und so stand sie stumm inmitten der tosenden Masse.

„Du siehst irgendwie verloren aus."

Die warme Stimme erklang direkt hinter ihr, und sie wusste sofort, dass sie gemeint war. Weil sie sich tatsächlich etwas verloren fühlte und als Einzige starr im Raum stand. Die Stimme ging von der Quelle des unsichtbaren Sogs aus. Stimmte es etwa, was man sich über dieses Land erzählte? Dass Magie und Zauber hier viel mehr als bloße Legende waren? Allmählich begann Tamara, daran zu glauben, denn sie wusste mit absoluter Bestimmtheit, dass sie verloren wäre, wenn sie sich jetzt umdrehte. Ihr Sein, ihre Vergangenheit, ihr Leben.

Angst und Erregung packten sie. Sie wollte sich umdrehen und alles hinter sich lassen; und zeitgleich davonlaufen und dem Sog entkommen. Doch im Bruchteil einer Sekunde traf sie eine Entscheidung, die ihr Leben änderte: Sie wandte sich dem lächelnden Mann zu, der sie angesprochen hatte.

Es traf sie mit einer solchen Wucht, dass ihr die Luft wegblieb. Er war einen Kopf größer als sie, hatte rotblondes, zerzaustes Haar, warme grüne Augen und einen gepflegten Vollbart. Seine Statur war muskulös – eine Schulter zum Anlehnen. Alles an ihm wirkte anziehend auf sie, am allermeisten aber sein Lächeln. Es drang durch ihre Kleidung, versengte ihre Haut und nahm schließlich Anlauf auf ihr Herz. Sie hatte nie an Liebe auf den ersten Blick geglaubt, und nun war sie ihr direkt in die Fänge geraten.

„Hast du dich verlaufen?", fragte er warm.

Entsetzt bemerkte sie, dass sie ihn angestarrt hatte. „Irgendwie schon."

Er lachte. „Komm, wir tanzen! Hier findet man ganz schnell zu sich zurück."

Ohne Vorwarnung packte er sie an beiden Händen und zog sie tiefer in seinen Sog.

„Ich weiß nicht, wie ich tanzen soll", rief sie außer Atem.

Er lachte wieder. „Lass dich von der Musik tragen und folge ihr. Es geht von allein. Schalte den Kopf aus."

Das musste sie gar nicht, das war automatisch passiert, als er in ihr Blickfeld getreten war. Nach wenigen Minuten tanzten sie so wild und ausgelassen wie die restlichen Gäste. Automatisch passten sie ihre Schritte an die des anderen an.

Tamara fühlte sich wie im Traum und dachte flüchtig an die Sage von den irischen Feen, die die Menschen in ihre Welt entführten und so lange mit ihnen tanzten, bis sie den Verstand verloren. War es das, was gerade mit ihr passierte? Warum wollte sie nicht, dass es aufhörte? Entsetzt dachte sie an Simon und fühlte sich, als würde sie ihn hintergehen. Dabei tat sie doch nichts anderes, als zu feiern.

Aber es war mehr. Sie tanzten nicht nur über eine Stunde miteinander, sondern unterhielten sich trotz der lauten Musik über Gott und die Welt. Nie zuvor hatte Tamara sich derart wahrgenommen gefühlt. Und schon lange hatte sie kein solches Interesse an einem Gesprächspartner verspürt. Es lag etwas Magisches in der Luft, dabei kannte sie noch nicht einmal seinen Namen.

„Woher in Deutschland kommst du?", fragte er plötzlich.

Sie sah ihn überrascht an. „Woher weißt du, dass ich Deutsche bin?"

Er lachte. „Die Art, wie du die Worte aussprichst."

„Um ehrlich zu sein, einen richtigen festen Wohnsitz habe ich nicht. Ich reise viel, bin mal hier und mal da. Wenn ich in Deutschland bin, lebe ich in der Nähe von Frankfurt aus dem Koffer." Sie merkte, dass sie verschwieg, dass sie bei den Eltern ihres festen Freundes lebte. Ihr Herz raste schmerzhaft.

„Wow, du wirkst nicht wie eine Reisende. Sondern wie jemand, der ein Zuhause sucht."

Und bei diesen Worten gingen die Pferde mit ihr durch. Sie sah in die Augen dieses Fremden, und der Fremde starrte zurück. Sie hatten aufgehört zu tanzen. Zwei stumme Körper in einer strömenden Masse dieser sich ständig ändernden Welt. Er hatte es im selben Moment wie sie erkannt. Sie sah es in diesen tiefen grünen Augen. Irgendetwas geschah mit ihnen, das von einer höheren Macht auszugehen schien. Es war, als würden sie einander erkennen.

Er trat einen Schritt auf sie zu, sein Blick so intensiv wie eintausend Volt. Sie stolperte zurück, die Worte erzitterten auf ihrer Zunge. „Ich muss gehen."

„Nein. Bitte bleib noch", bat er.

Sie schüttelte den Kopf und wandte sich ab. Es kostete sie alle Kraft, die sie besaß.

„Ich kenne noch nicht einmal deinen Namen", rief er ihr nach, doch sie drängte weiter durch die Masse nach draußen. Sie spürte, dass er versuchte, ihr zu folgen, darum rannte sie los, als ihre Sohlen den nassen Asphalt der Straße berührten. Sie rannte bis sie dachte, ihre Lunge müsse bersten. Rannte vor der vergangenen Stunde davon. Doch sein Bild und die Gefühle verfolgten sie bis zum Hotel, wo Simon auf sie wartete.

Sie hatte kaum die Tür geöffnet, da stand er schon vor ihr. Das schlechte Gewissen erdrückte sie beinahe. „Ich bin froh, dass du zurück bist, Mara."

Um Zeit zu gewinnen, schälte sie sich aus ihrer nassen Jacke. Plötzlich fühlte sie sich in seiner sonst so vertrauten Nähe unwohl und befangen. „Ich habe dich noch nicht zurückerwartet. Hat dich der Regen überrascht?"

Er nickte. „Molly Malone und St. Patricks habe ich aber noch geschafft. Es hat keinen Spaß ohne dich gemacht."

Ihr fiel keine Erwiderung darauf ein. Sie wusste, sie hätte die Antwort kennen müssen, aber alles, was sie sagte, war: „St. Patricks würde ich auch gerne sehen."

„Wir gehen morgen noch einmal vorbei, dann kannst du kurz reinschauen", sagte er.

Sie nickte. „Ich werde noch eine heiße Dusche nehmen. Ich bin nass bis auf die Haut."

Aber nicht nur von dem Regen, dachte sie verzweifelt, als sie die Tür zum Badezimmer hinter sich schloss und sich wenig später unter den heißen Wasserstrahl stellte. Sie drehte die Hitze so weit auf, dass es schmerzte und sie beinahe das Gefühl bekam, es schäle ihr die Haut von den Knochen. Sie wollte sich die vergangene Stunde ausbrennen. Aber die Hitze erinnerte sie an das Feuer, das der Fremde in ihr entfacht hatte.

47

Kapitel Vier

Am nächsten Tag nahmen sie sich die wichtigsten Sehenswürdigkeiten der Stadt vor. Sie begannen mit einem Morgenspaziergang durch den St. Stephens Green Park, wo die letzten Nebelschwaden der verregneten Nacht über den Rasen glitten und Tautropfen wie Diamanten auf den farbenprächtigen Blumen in der Morgensonne funkelten. Die Luft roch wie frisch gewaschen. Sie fühlte sich so rein und gesund in den Lungen an, dass man schwer glauben konnte, sich noch immer in der Stadt zu befinden.

Danach besuchten sie das Trinity College mit der Old Library. Dort besichtigten sie in einem abgedunkelten Raum hinter einer dicken Glasscheibe das sagenumwobene Book of Kells. Außerdem bestand Simon auf einen Abstecher zum Museumsschiff Jeanie Johnston, das auf der Liffey ankerte. Er hatte vor, einen Artikel über die Geschichte des ehemaligen Flüchtlingsschiffes aus der Zeit der großen Hungersnot zu schreiben. Dabei kamen sie am Famine Monument vorbei, das die verzweifelten Auswanderer Ende des zwanzigsten Jahrhunderts zeigte. Ausgezehrte Gesichter, spärlich bekleidete Frauen mit schreienden Babys in den Armen und Männer mit Beinen so dünn wie knorrige Äste – ein ewig in Stein eingefrorenes Leid. Simon machte unzählige Bilder von der zum Greifen nahen Verzweiflung, während Tamara stumm dabeistand und bis aufs Tiefste getroffen war.

Sie hatte sich mit Irland als Reiseziel beschäftigt, doch von seiner blutigen und von Leid geprägten Geschichte bekam sie hier nur am Rande etwas mit. Das Monument an sich sprach jedoch Bände, und sie nahm sich fest vor, mehr darüber in Erfahrung zu bringen. Auf dem Museumsschiff wurden bereits einige ihrer Fragen beantwortet. Tamara hing an den Lippen des Guides.

„Also ich könnte mir das nicht vorstellen", sagte Simon, nachdem sie die Tour beendet und sich von dem freundlichen Guide verabschiedet hatten.

Sie blinzelte ins Sonnenlicht. „Was denn?"

„Einfach alles zurücklassen und in ein Land abhauen, wo ich nicht einmal weiß, was mich erwartet."

Und das von jemandem, der nicht die geringsten Anstalten machte, sesshaft zu werden und von einem Ort zum nächsten reist.

Offenbar hatte er ihre Gedanken erraten, denn er fügte hinzu: „Du weißt schon, was ich meine. Für immer weggehen, ohne die alte Basis. Ohne den Ort, an dem man aufgewachsen ist und wo sich all das befindet, was einen ausmacht."

Sie sah zum Famine Monument zurück. „Simon, sie hatten keine Wahl. Es gab kein Essen und keine Arbeit."

„Und was machte sie so sicher darin, dass sie beides in Amerika bekommen würden?", fragte er verständnislos.

Tamara ließ den Blick über den in der Sonne glitzernden Fluss wandern und erwiderte leise: „Ich denke, sie waren sich ganz und gar nicht sicher. Sie hatten schlicht und ergreifend trotz allem noch Hoffnung. Hoffnung, in dem Land ihrer Träume das zu finden, was sie in ihrem Zuhause bis dahin nicht bekommen hatten."

Er lachte unbehaglich auf. „Wenn du in der Lage bist, so in die Gefühlswelt längst verstorbener Menschen einzutauchen, solltest du vielleicht Historikerin werden."

Sie schwieg. Es war nicht schwer, Menschen zu verstehen, wenn man ähnlich fühlte. Natürlich fehlte es ihr nicht an Lebensmitteln. Und dennoch konnte man hungern. Hungern nach Wahrheit, hungern nach Heimat, hungern nach Liebe. Irgendetwas passierte in diesem Land mit ihr. Es erschütterte all ihre Grundfeste. Plötzlich wurden Tamara Defizite in ihrem Leben bewusst, die sie so zuvor nie bemerkt hatte – oder nie hatte bemerken wollen.

Nachdem sie eine Kleinigkeit zum Mittag gegessen hatten – was sich nach dem Vortrag über die Hungersnot mehr als befremdlich angefühlt hatte – besichtigen sie die St. Patricks Cathedral, die mit ihrem Prunk und den Souvenirständen mehr an ein Schloss als an eine Kirche erinnerte. Simon, der all das schon am Vorabend gesehen hatte, drängte nun zur Eile, damit sie ihren Bus zurück nach Dingle nicht verpassten. Tamara hätte als Autorin eigentlich gern noch dem Writers Museum einen Besuch abgestattet, sah aber ein, dass sie keine Zeit mehr hatten.

Im Bus schützte sie Müdigkeit vor und ließ sich voller Erleichterung in diese Ausrede fallen. Sie setzte ihre Kopfhörer auf und schloss die Augen, um ihrer Realität für einen Moment zu entfliehen. Die Eindrücke des Tages zogen wie weiße Wolken durch ihren Geist, der noch immer von einem sonnengleichen Körper wie geblendet schien.

Das Bild des Fremden aus der Temple Bar verfolgte sie. Unwillkürlich riss sie die Augen auf und starrte ein letztes Mal auf die Gehwege der Stadt. Gerade so, als könnte sie ihn zwischen all den Fremden plötzlich sehen. Und dann? Was würde sie tun? In diesem Moment war sie gar nicht so sicher, dass sie nicht in einem kühnen Manöver den Bus zum Stehen bringen und mit ihm durchbrennen würde. Sie fühlte eine blinde Sehnsucht gekoppelt an heillose Verwirrung und abgrundtiefe Scham.

Als sie die Stadt endgültig hinter sich ließen, schnürte es ihr die Brust zusammen. Es ist vorbei, sagte sie sich gedanklich wie ein Mantra, wieder und wieder. Eine Erinnerung, weiter nichts.

Es geschah in Dingle. Am Hafen hatte sich eine Menschentraube versammelt und machte einen solchen Lärm, dass Tamara aus dem Schwebezustand zwischen Melancholie und Sehnsucht erwachte. Es waren bestimmt fünfzig Leute. Sie alle standen am Pier, ganz dicht ans Wasser gedrängt, und gaben Laute der Begeisterung von sich. Die meisten hatten das Handy vorm Gesicht und fotografierten. Sofort war Tamara hellwach und knuffte Simon, der bereits ihre Taschen von der Gepäckablage zerrte, in die Seite. „Sieh mal! Ich wette, da ist Fungie!“

„Bitte was?“, fragte er irritiert und mühte sich weiter mit den Rucksäcken ab.

„Na der berühmte Delfin, von dem ich dir erzählt habe.“ Tamara reckte aufgeregt den Kopf und drückte die Nase gegen die Scheibe. Tatsächlich meinte sie, eine kleine Fontäne aus dem Wasser spritzen zu sehen. „Da müssen wir unbedingt hin!“

Simon lachte kurz auf, als hätte sie einen schlechten Scherz gemacht. „Ohne mich. Ich bin fix und fertig. Wir müssen noch nach Coumeenoole zurückfahren.“

„Das ist nicht mehr als eine halbe Stunde Fahrt! Meinetwegen kann ich das übernehmen. Du bist doch immer für Sensationen.“

„Ich werde mich nicht für einen verrückten Delfin durch die Menschenmenge quetschen. Wir sind in Irland. Früher oder später werden wir schon noch einen sehen.“ Damit nahm er ihr Gepäck und verließ den Bus.

Kochend vor Wut folgte sie ihm. Sofort waren all die negativen Gefühle vom Vorabend und den Tagen davor zurück. In diesem Moment hasste sie den Mann, den sie eigentlich lieben sollte. Wegen eines Delfins. Aber es ging vielmehr darum, wofür dieser Delfin stand. Für zehn Minuten Zeit, die Simon für ihre Interessen hätte opfern müssen. Dafür, dass der Streit von gestern für ihn schon vergessen war und sich überhaupt nichts ändern würde. All ihre Hoffnungen zerschlugen sich genau an diesem Ort zu Staub.

Als sie aus dem Bus stieg, warf sie einen sehnsüchtigen Blick auf die Stelle hinter der Menschenmenge und glaubte, ihren Augen nicht zu trauen. Ganz vorn stand der Mann vom Vorabend. Der Mann aus dem Pub. Der Mann, der all das wieder aufweckte, was sie schon längst tot geglaubt hatte. Sie hielt den Atem an und blieb wie angewurzelt stehen. Dann blinzelte sie, und er war verschwunden. Sie drehte durch. Es konnte nicht sein, dass er gerade jetzt hier auftauchte. Was war nur los mit ihr?

Die Fata Morgana hatte nicht nur die Melancholie zurückgebracht, sondern vor allem auch die Schuldgefühle, die sie gegenüber Simon empfand, sodass sie sich ohne weiteres Murren mit ihm ins Auto setzte und die Rückfahrt zum *Fishermans Farmhouse* antrat.

Als sie zurück waren, fiel ihr als erstes der Zettel mit ihrer Nachricht auf, der auf dem Tisch am Eingang lag. Offenbar hatte sie Antwort erhalten. Schon bei der ersten Zeile huschte ein Lächeln über ihr Gesicht.

Liebe Tamara,
es sagt viel über einen Menschen aus, wenn er eine fremde Katze zu sich ins Bett nimmt, um ihr Geborgenheit zu geben. Danke dafür und auch danke, dass du es mir gesagt hast. Ich hatte mir wirklich langsam Sorgen um Banshee gemacht.
Ich danke dir auch, dass du mich über eure Abwesenheit informierst. Ich denke, ich werde mir den Tag

Sie hatte noch nie zuvor eine solche Nachricht von einem Fremden erhalten. Andererseits war sie selbst ja nicht weniger offen zu ihm gewesen. War das der Grund? *Und ich habe durch deine Nachricht irgendwie jetzt schon das Gefühl, dass wir uns kennen.* Sie las den Satz wieder und wieder und kam nicht umhin, dasselbe zu fühlen. Im Grunde war es schon so, seit sie das Cottage zum ersten Mal betreten hatte. Henrik hatte eine Art an sich, den Gastgeber zu geben, ohne überhaupt anwesend zu sein, dass sie sich sofort zuhause gefühlt hatte. Sie erinnerte sich nicht daran, dieses Gefühl schon einmal erlebt zu haben. In jedem Fall war sie gespannt auf diesen liebenswerten Menschen.

Eine Weile stand sie unschlüssig im Gemeinschaftsraum, in dem durch Henriks Abwesenheit heute kein wärmendes Feuer im Kamin knisterte. Der Raum war ungewohnt kalt. Da sie aber keine Lust verspürte, sich zu Simon zu gesellen, nahm sie sich einfach eine der Decken und machte es sich mit einer Tasse heißem Kakao auf der einladenden Couch gemütlich. Augenblicklich fühlte sie sich besser, auch wenn sie die Fungie-Sache noch immer wurmte. Es war einfach ein Tropfen zu viel.

Als Simon eine Stunde später den Raum betrat, um nach Tamara zu sehen, fand er sie in die Decke gewickelt mit einem Buch vor dem kalten Kamin vor. „Du schmollst also immer noch."

Sie verzog keine Miene, obwohl es in ihr brodelte wie in einem Vulkan kurz vor der Eruption. „Wie du siehst, lese ich."

„Meine Güte, Mara. Es ist kalt hier vorn. Mach kein Theater und komm ins Bett", regte er sich auf.

„Es ist noch nicht mal neun. Ob du es glaubst oder nicht, ich bin nicht müde und lasse mir von dir nicht vorschreiben, was ich zu tun und zu lassen habe." Da sah sie ihn direkt und fest an. „Nicht mehr."

Sie konnte an seinem Gesicht ablesen, dass er aus allen Wolken fiel. Natürlich sah er die Sache ganz anders, und dass sie an diesem Punkt angekommen waren, war mehr ihre Schuld als seine, weil sie es war, die es hatte so weit kommen lassen. Doch wenn sie jetzt nicht die Reißleine zog und einen der beiden Zügel ihrer Beziehung wieder in die Hände bekam, würden sie beide zusammen gegen eine Wand krachen, so viel war klar.

„Was fährst du in den letzten Tagen denn für einen Egotrip?", fuhr er sie an.

„Das ist kein Egotrip. Ich habe nur angefangen zu sagen, was ich möchte und was nicht"

Ihre Ruhe schien ihn noch mehr anzustacheln. „Ich habe das Gefühl, du willst mir eins auswischen, weil es nicht nach deinem Kopf ging. Zuerst in Dublin und jetzt war es dieser doofe Delfin."

„Ich hätte mir gern die Temple Bar mit dir zusammen angesehen", sagte sie, doch als die Erinnerung an den Fremden wieder in ihr hochkam, wusste sie nicht, ob das die Wahrheit war. „Noch viel lieber hätte ich einen kurzen Blick auf Fungie geworfen. Ich habe mich zurückgezogen, weil ich es brauchte. Nicht, um dich emotional zu bestrafen. Das ist eher dein Metier, Simon."

Er sah sie mit offenem Mund an. „Ich kenne dich gar nicht mehr."

Sie nickte traurig. „Das glaube ich dir."

Eine Weile herrschte schweres Schweigen. Ihr schien es, als könnten sie die Stille, die sie umgab, nie mehr überbrücken. Es war, als hielte die Welt den Atem an. Etwas schlich durch den Raum. Etwas, das sie beide schon lange Zeit verfolgte. Nun war es hier, zum Greifen nah. Tamaras Herz schlug wild und hart vor Angst in ihrer Brust. Sie wusste, was kommen musste, und hatte gleichzeitig keine Ahnung, was geschah. Es war fast dasselbe Gefühl wie das Starren auf die unbeschriebenen Seiten ihres Notizbuches.

Als Simon endlich sprach, spürte sie deutlich, dass er etwas ganz anderes sagte, als er eigentlich hatte sagen wollen. „Ich bin kaputt und gehe ins Bett. Kommst du dann nach?"

Trauer und Erleichterung kochten in ihr hoch, sodass sie nur stumm nicken konnte.

„Okay", sagte er flüsternd. „Bis dann."

Als sich die Tür zum Nebenraum schloss, fühlte sich das so endgültig wie ein Abschied an. Sie merkte erst, dass sie die ganze Zeit den Kopf gesenkt hatte und auf ihr Notizbuch starrte, als ihre Tränen die leeren Seiten benetzten.

In der Nacht tat sie kein Auge zu. Das Monster, das ihnen so lange auf den Fersen gewesen war, hatte sie endgültig eingeholt. Sie spürte seinen heißen, fauligen Atem aus der dunklen Zimmerecke. Tamara wusste, dieses Mal würde der Morgen es nicht mehr vertreiben können. Sie konnte die Augen nicht länger vor der Wahrheit verschließen. Und gestern Abend hatte sie zum ersten Mal gespürt, dass es Simon genauso ging.

Ihr heimlicher Wunsch, dass Simon ihr hier endlich den langersehnten Antrag machen würde, zerplatzte wie eine Seifenblase. Es war ein kitschiger Kleinmädchentraum, doch sie wollte eine Hochzeit in Weiß. Und langsam war sie wirklich bereit dazu. Warum verschwamm gerade jetzt vor ihrem geistigen Auge immer wieder das Gesicht ihres Bräutigams, das doch immer das von Simon gewesen war? Das schockierte sie mehr als alles andere.

Sie war erleichtert, als der Morgen kam. Sanft schob sie sich an der schlafenden Katze, die ihr in den quälenden Stunden Trost gespendet hatte, vorbei aus dem Bett. Sie zog ihren dicken Strickpullover, Jeans und Turnschuhe über, dann schlüpfte sie lautlos aus dem Raum.

Als Simon zwei Stunden später verschlafen den Vorraum betrat, fand er Tamara am frisch gedeckten Frühstückstisch wieder. „Wow, das sieht lecker aus. Das ist wirklich süß von dir."

Sie rang sich ein Lächeln ab. Ob er selbst bemerkte, wie angestrengt er klang? Als er sich setzte, gesellte sich auch das Monster zu ihnen an den Tisch.

„Vielleicht könnten wir heute mal zu den Cliffs of Moher fahren", sagte sie in bemüht heiterem Ton und butterte sich ein Croissant, obwohl sie nicht den geringsten Appetit verspürte. Fast wünschte sie, sie hätten da weiter gemacht, wo sie am Abend aufgehört hatten. Sie wünschte, sie könnten das zur Sprache bringen, was da so drohend zwischen ihnen stand. Lieber wäre sie von ihm angeschrien worden, statt diese höfliche, konzentrierte Konversation zu betreiben.

„Super Idee. Heute soll klasse Wetter werden. Bis zu fünfzehn Grad. Das sind Spitzentemperaturen für den März."

Waren sie wirklich schon so weit, dass sie über das Wetter sprachen? Tamara sehnte sich verzweifelt nach etwas, das diese Situation unterbrach. Just in dem Moment hörten sie, wie sich die Haustür öffnete.

„Das wird unser geheimnisvoller Vermieter sein!", sagte Simon und klang dabei genauso erleichtert, wie sie sich fühlte.

Ehrliche Freude wallte in ihr auf. Sie saß mit dem Rücken zur Tür, sodass sie Henrik nicht sehen konnte. Am liebsten hätte sie sich auf ihrem Stuhl umgedreht, konnte ihrer Neugierde aber gerade noch Einhalt gebieten.

„Hey, guten Morgen. Dachte ich mir doch, dass ich euch jetzt hier antreffe", ertönte seine Stimme hinter ihr, und Tamara gefror das Blut in den Adern. Das konnte nicht sein. Ihr Hirn spielte ihr einen Streich.

„Ich bin Henrik", sagte er und reichte Simon die Hand. „Eigentlich begrüßt man die Damen ja zuerst, aber da sie mir den Rücken zukehrt, bist du zuerst dran."

„Simon. Ich denke, dein gutes Frühstück fesselt sie zu sehr." Er schüttelte kurz Henriks Hand und sah Tamara dann mit verständnislosem Drängen im Blick an.

Was konnte sie schon tun? Sie konnte sich nicht in Luft auflösen oder davonlaufen, auch wenn sie beides zu gern getan hätte. Langsam erhob sie sich von ihrem Stuhl und drehte sich zu der ihr so vertrauten Stimme um, die ihr noch in ihren Träumen unter die Haut ging. In Henriks Gesicht begegnete sie demselben erschütternden Erkennen, das auch sie verspürte. Allerdings wurde er sich schnell Simons Gegenwart gewahr und setzte wieder ein freundliches Lächeln auf. Nur in seinen Augen sah sie das Spiegelbild ihrer gemeinsamen Tänze glimmen. Am liebsten hätte sie sich in seine Arme geworfen. „Hallo Henrik. Ich bin Tamara."

Sie wollte ihm ihre Hand schnell wieder entziehen, doch sein Griff war fest und warm. So wie sein Blick, der sie gefangen hielt. „Hallo Tamara. Schön, dass du dir das *Fishermans Farmhouse* ausgesucht hast. Ich hoffe, du fühlst dich hier wohl."

Sie nickte und senkte den Blick, dann entzog sie ihm mit einem Ruck ihre Hand und sagte zu Simon: „Ich packe schon einmal alles. Wenn wir zu den Cliffs of Moher wollen, sollten wir schnell los, ehe die Touristenströme sich in Bewegung setzen."

Damit ergriff sie die Flucht. Sie rannte durch den Vorraum in ihr Zimmer und von dort direkt ins Bad, wo sie sich einschloss. Kraftlos ließ sie sich an den Fliesen hinuntergleiten und begann, hemmungslos zu weinen.

***

Währenddessen gönnte Henrik sich eine lange, heiße Dusche. Natürlich erst, nachdem er etwas Small Talk mit Simon betrieben hatte, schließlich war er noch immer ihr Gastgeber. Aber im Gegenzug zu Tamara verfluchte er die Situation nicht, schließlich hatte er die Frau vom Vorabend unbedingt wiedersehen wollen. Nein, das war untertrieben. Er war ihr Hals über Kopf aus dem Pub auf die regennassen Straßen Dublins gefolgt, aber im dichten Touristenstrom des Viertels hatte er sie bald schon aus den Augen verloren. Und es war ihm so vorgekommen, als wäre seine Sonne damit für immer hinter dem Horizont verschwunden.

Diese Gefühle mochten übertrieben sein, wenn man bedachte, dass sie sich gerade erst kennengelernt und nur eine Stunde miteinander verbracht hatten. Namenlos. Aber Henrik war nun einmal Ire, und er glaubte an das Schicksal. Er wusste, dass diese Frau diejenige war, auf die er sein Leben lang gewartet hatte. Er war nicht der Typ für belanglose, schnelle Affären. Nicht, dass er es nicht versucht hätte. Auch er hatte sich ausprobiert, das Leben genossen. Aber der Genuss hatte schnell ein jähes Ende gefunden und eine schmerzliche Leere zurückgelassen.

Also hatte er all seine Kraft in das Farmhouse und die Fischerei gesteckt, im stillen Vertrauen darauf, dass

58

Gott die Frau, die er für ihn bestimmt hatte, zu ihm führen würde. Religion spielte für Henrik wie für die meisten seiner Landsleute eine große Rolle, auch wenn er nicht der Typ war, der jeden Sonntag zur Messe ging.

An diesem Sonntagmorgen allerdings hatte er sich die Zeit genommen, wenn auch schuldbewusst und mit gesenktem Haupt. Natürlich konnte er weder sich und erst recht nicht dem lieben Gott weismachen, dass er aus bloßer Frömmigkeit kam. Er war als Bittsteller in die St. Patricks Cathedral gekommen, nicht wissend, dass seine Traumfrau nur wenige Stunden später denselben Weg einschlagen würde. Hätte er es gewusst, er hätte gewartet. Und wäre es nur, um einen Blick auf sie zu werfen, schließlich käme sie mit einem anderen Mann.

Normalerweise waren Henrik der Prunk und die Souvenirstände von St. Patrick zuwider. Er bevorzugte die schlichten Kirchen auf dem Land. Schließlich war Jesus selbst es gewesen, der den Pharisäern damals vorgeworfen hatte, den Tempel mit ihren Souvenirständen in einen Marktplatz zu verwandeln. Aber heute warf er seine Prinzipien über Bord. Von verzweifelter Sehnsucht gesteuert, hatte er sich in eine der vordersten Bänke gesetzt, die Augen geschlossen, die Hände gefaltet und so inbrünstig gebetet wie schon lange nicht mehr.

Nun lief ihm das heiße Wasser seiner Dusche über das Gesicht, und er dankte dem Herrn. Natürlich dachte er nicht im Traum daran, Tamara irgendetwas von seinen Gefühlen zu sagen. Schließlich war sie bereits vergeben, und das war für Henrik ein Tabu, das er niemals brechen würde. Allerdings glaubte er noch immer an das Schicksal. Wenn Gott sie auf diese Weise zusammengeführt hatte, hatte er sicher seine Gründe dafür.

Also blieb Henrik nichts anderes übrig, als abzuwarten und Vertrauen zu haben. Dass er den Widerhall seiner eigenen Sehnsucht in ihren Augen gesehen hatte, machte es ihm leichter. Und jetzt verstand er auch den Zwiespalt und die kopflose Flucht vom Abend zuvor. Auch sie war anscheinend eine treue Seele. Eine Seele, die verloren gegangen ist, fügte er in Gedanken an ihre traurigen Augen hinzu.

Als er den Motor ihres Wagens aufheulen hörte, stellte er die Dusche ab und machte sich fertig, um alles vorzubereiten, damit sie bei ihrer Rückkehr ein behagliches Heim vorfinden würden.

Kapitel Fünf

Die Autofahrt zu den Cliffs of Moher dauerte knapp vier Stunden, in denen sich Tamara in einen tiefen, unruhigen Schlaf flüchtete. Ein Traum jagte den nächsten. Zuerst rannte sie durch die dunklen Straßen Dublins – so schnell, dass ihr Herz so schmerzhaft in ihrer Brust pochte, als wollte es ausbrechen. Hinter ihr ertönten Schritte auf dem nassen Asphalt. Heiße Panik kochte in ihr hoch, denn sie wusste, wenn ihr Verfolger sie einholte, gäbe es kein Zurück mehr. Angst und Erregung vermischten sich zu einer gefährlich zähen Masse, die das Blut in ihren Adern ersetzte. Sie wollte fliehen, und sie wollte sich ergeben. Sie wusste nicht, welches Gefühl stärker war, aber ihre Beine trugen sie unermüdlich weiter. Dann tauchte vor ihr plötzlich eine einsame Tür in der Dunkelheit auf, hinter der ein sachter Lichtschein lockte. Tamara wusste, dass sie dahinter alles finden würde, was sie jemals begehrt hatte – Sicherheit, Geborgenheit, Stabilität.

Ohne weiter nachzudenken, riss sie die Tür auf und stolperte blindlings ins *Fishermans Farmhouse*. Schnell nahm sie den Schlüssel, der für sie bereitlag, und schloss hinter sich ab. Für einige Sekunden wog sie sich in trügerischer Sicherheit, bis sie das Schloss von außen knacken hörte. Sie saß in der Falle. Wie ein in die Enge getriebenes Tier verharrte sie bewegungslos und still auf der Stelle, als könnte ihr Jäger ihre Witterung dann nicht aufnehmen. Aber die Tür öffnete sich, und sein Blick fand sie sofort.

Im nächsten Moment schmiegte sie sich an Henriks Brust. Wenn das ihr Verderben war, dann sollte es so sein. Begierig sog sie seinen Geruch ein, genoss das

Gefühl seiner starken Arme um ihren zierlichen Körper, während sein wilder Herzschlag gegen ihre Brust trommelte.

Ein unsanftes Schleudern warf sie nach vorn, nur der Gurt hielt sie davon ab, gegen die Windschutzscheibe zu prallen. Simon fluchte hinter dem Steuer wie ein Berserker. Erst da wurde sie sich bewusst, dass sie sich im Auto befand. Auf den Weg zu den Klippen, mit Simon. Das schlechte Gewissen schien zusammen mit dem lautlosen Ungeheuer ihr neuer Begleiter zu sein. Und die beiden schienen sich prächtig zu verstehen.

„Was ist passiert?", fragte sie und sah sich orientierungslos um. Sie befanden sich auf einem großen Parkplatz. Stoßstange reihte sich an Stoßstange. Jeder wollte den nächst freien Platz ergattern.

„Der Idiot da vorn hat mir die Vorfahrt genommen. Nicht nur, dass er uns den Parkplatz einfach weggeschnappt hat, ich wäre beinahe mit ihm zusammengestoßen, während du seelenruhig geschlafen hast."

Sie wehrte sich nicht gegen seinen vorwurfsvollen Ton. Das war die gerechte Strafe für den verwirrenden Tagtraum. Wieso musste von fast fünf Millionen Iren gerade Henrik ihr Vermieter sein? Sie verfluchte das Schicksal. Wenn sie darüber nachdachte, dass sie die nächsten drei Wochen mit diesem Mann Tür an Tür wohnen musste, wurde ihr ganz schlecht. Wie sollte sie es aushalten, ihn ständig zu sehen, wenn allein der Gedanke an ihn sie schon derart die Fassung verlieren ließ?

„Kannst du jetzt bitte mal aus deinen Träumereien erwachen und mit mir nach einem Parkplatz Ausschau halten?", knurrte Simon.

„Entschuldige", erwiderte sie schuldbewusst und holte ihre Gedanken mit aller Macht in die Gegenwart zurück.

Eine knappe Viertelstunde später hatten sie es endlich geschafft. Simons Laune hatte einen neuen Tiefpunkt erreicht. „Von wegen ungezähmte Natur, das ist ein einziger Touristen-Hotspot!"

Er hatte nicht ganz Unrecht, doch es war hübsch gemacht. Die Souvenirläden waren in die sanften Feenhügel der Natur eingebettet, sodass man beim Einkaufen das Gefühl hatte, die Pforte zur Anderswelt der Kelten zu passieren. An den Klippen an sich war nichts verändert worden. Keine künstlich angelegten Wege oder hübschen Zäune. Tamara fand nichts Falsches daran, dass die Iren sich ihren Anteil daran nahmen, dass jedes Jahr siebenhunderttausend Fremde – wie sie einer der Informationstafeln entnahm – an ihre Klippen strömten, zumal das Land noch immer nicht das wohlhabendste war.

Für Tamara spielte der Touristenstrom nicht die geringste Rolle. Im Gegenteil – sie alle waren so winzig und unbedeutend angesichts der kolossalen Klippen, die über diesen Teil des Meeres herrschten. Sie stemmten sich wie Giganten aus dem Wasser zum Himmel empor. Tamara fühlte eine ohnmächtige Bedeutungslosigkeit über ihre eigene Existenz in sich aufsteigen. Jedoch nicht solche, die von Sinnlosigkeit erzählte, sondern eine, die ihr allen Wind aus den Segeln nahm. Nicht sie waren es, die die Fäden ihres Schicksals in den Händen hielten, ganz egal wie oft sie sich das einzureden versuchten.

Sie hatte immer geglaubt, ein Kontrollfreak zu sein. Jetzt erlebte sie, wie gut es tat, die Kontrolle abzugeben. An etwas, das viel größer war als sie selbst. Der Druck auf ihrer Brust ließ nach. Wie konnte der Mensch nur denken, Herrscher über diese Erde zu sein, wenn er nicht in der Lage war, so etwas zu schaffen? Was hieß diese neue Erkenntnis im Umkehrschluss?

Ihre Gedanken verwirrten sie. Hätte sie nicht lieber darüber nachdenken sollen, was sie mit der Situation zwischen sich und Simon anfangen sollte? Oder warum es ihr so viel besser tat, wenn er mit zehn Schritten Abstand schweigend vor ihr lief und sie mit Missachtung strafte? Sie kannte die Antwort jetzt, sie wusste nur noch nicht, was sie mit ihr machen sollte.

Sie befanden sich an einem Scheideweg ihres gemeinsamen Lebens, aber im Grunde gingen sie schon seit geraumer Zeit nicht mehr auf derselben Straße. Sie tat jeden Schritt mit Bedacht und sog die würzige Meeresbrise in sich auf, während er unermüdlich voranpreschte. Auch alle anderen drängten sich auf dem schmalen Weg an ihr vorbei, als wollten sie das Highlight ihrer Reise so schnell wie möglich hinter sich bringen, um es auf ihrer Liste abzuhaken.

Wie die meisten ging sie nicht den markierten Weg entlang, der sich in sicherem Abstand zu dem steil abfallenden Abgrund befand, aber von einer so hohen Mauer begrenzt wurde, dass man nichts von der Schönheit dahinter erahnen konnte. Zusammen mit den anderen Touristen waren Tamara und Simon am Anfang des Pfades über die Mauer geklettert und gingen direkt am Rand der Klippen entlang. Unwillkürlich fragte Tamara sich, wie lange diese Klippen noch bereit waren, die Schaulustigen auf sich herumtrampeln zu lassen. Es wäre nicht das erste Mal, dass ein Stück aus einem Felsen herausbrach und ein Unglück hervorrief. Wenn ihr das klar war, warum nahm sie es so billigend in Kauf?

Als sie in die Tiefe sah, auf das aufgewühlt Meer, wusste sie, dass sie so nicht mehr leben konnte. Sie hatte nicht vor, zu springen, aber sie musste etwas ändern. Der Moment war gekommen.

Mit verschwommenem Blick sah sie auf Simons Gestalt in der Menge. Trotz der vielen Menschen um sich herum wirkte er irgendwie verloren. Wenn sie jetzt sprang, würde sie ihn dann mit sich in den Abgrund reißen? In diesem Moment schaute er zu ihr, ernst und traurig. Als wüsste er genauso gut wie sie, dass der Weg, den sie zehn Jahre gemeinsam gegangen waren, an dieser Stelle endete.

Erst jetzt fiel ihr auf, dass er noch kein einziges Foto gemacht hatte. Genau wie sie blickte er nachdenklich auf das Meer hinaus, die Kamera hing leblos um seinen Hals. Nun hatte sie, was sie sich all die Zeit gewünscht hatte, doch es machte sie nicht glücklich.

Das Monster kam endlich neben ihr zum Stehen, aber statt sie zu verspeisen, setzte es sich friedlich zu ihren Füßen nieder. Tamara legte eine Hand auf seinen Kopf und kraulte es. Sie hatte endlich verstanden. Manchmal gewann man einen Kampf nicht, indem man so lange kämpfte, bis man gesiegt hatte, sondern indem man aufgab. Es gab keine Möglichkeit mehr für Simon und sie, gemeinsam glücklich zu sein. Warum hatte sie erst in dieses Land, an diesen Ort kommen müssen, um das zu begreifen?

Den Rückweg über die Klippen legten sie Seite an Seite zurück. Es fühlte sich wie ein stiller Abschied an. Tamaras Herz brannte. Tränen brannten in ihren Augen. Wie eine Kriegerin in ihrer letzten Schlacht kämpfte sie sie Sekunde um Sekunde nieder. Sie wünschte, Simon hätte irgendetwas unternommen, um das Schweigen zu brechen. Gleichzeitig hatte sie Angst vor seinen nächsten Worten.

Ihre gemeinsamen Jahre zogen an Tamaras geistigem Auge vorbei wie das Leben bei jemandem, an dessen Tür der Tod anklopft. Die Bilder ihres Kennenlernens auf dem Abiball. Simon war der coole, gelangweilte große Bruder einer ihrer Mitschülerinnen gewesen. In seinen zerrissenen Jeans und dem schwarzen Heavy-

Metal-Shirt, das seine schon damals stark tätowierte, gebräunte Haut gezeigt hatte, hatte er sie sofort umgehauen. Tamara selbst hatte in einem pinkfarbenen Albtraum eines Kleides gesteckt, das ihre Mutter ihr aufgezwungen hatte, weil sie der Meinung gewesen war, es würde ihr gut stehen.

„Sag mir, woran du gerade denkst." Seine belegte Stimme holte sie aus ihren Gedanken. Keine Wut mehr, keine Frustration. Nur noch Angst und Flehen.

Obwohl die Erinnerung lustig war, brachte sie kein Lächeln zustande. „Ich musste an den Abiball denken."

Er lachte kurz auf, doch es war nicht das typisch-übermütige Simon-Lachen. „Du sahst wie Miss Piggy aus."

Es lag zu viel Wahrheit in dem Satz, um beleidigt zu sein. Sie rang sich ein Lächeln ab. Sie waren am Ende des Weges angekommen und blieben unschlüssig stehen. Einen Moment schwiegen sie und schauten einander an, als würden sie sich zum ersten Mal sehen. Tamara wusste, ein Teil von ihr würde für immer seine unglaublich braunen Augen lieben. Sie hatte nie all die Geheimnisse, die in ihnen lagen, entschlüsseln können. Sie wusste, was Simon sah. Ihren sonst stetig lächelnden, vielleicht eine Spur zu breiten Mund, den er so gerne küsste. Darüber die himmelblauen Augen, in denen sie keins ihrer Gefühle jemals verbergen konnte.

„Was ist mit den beiden von damals passiert?", fragte er mit rauer Stimme, leise, beinahe flüsternd.

„Ich weiß es nicht. Vielleicht sind sie einfach dortgeblieben und tanzen immer noch."

Sein Blick wurde dunkel. Selbst in der Wut wirkten seine Augen leidenschaftlich und anziehend auf sie. „Ich denke, es ist dieses Land. Es tut uns nicht gut."

Sie schüttelte den Kopf; der aufkommende Wind trocknete die Tränen, die an ihren Wimpern hingen. „Es sieht schon eine ganze Weile so in mir aus, aber ich konnte es dir nie sagen. All die Ablenkungen auf den Reisen haben mir Grund gegeben, es nicht zu tun. Sie haben es mir leichtgemacht, es nicht zu sehen."

Er verschränkte die Arme vor der Brust, ein deutliches Abwehrzeichen. „Was genau meinst du mit *es*?"

Sie hob in einer hilflosen Geste die Arme. Es war inzwischen ein Berg aus vielen Kleinigkeiten, so lange wild zusammengetragen, dass sie keine mehr genauer benennen konnte und den erstbesten Unsinn von sich gab, der ihr in den Sinn kam. „Die letzten Jahre hat es mich immer mehr gestört, dass du mir keinen Antrag machst, und mit jedem weiteren Jahr wurde diese unterschwellige Wut größer, aber im Grunde ..."

„Ist das dein Ernst?" unterbrach er sie fassungslos. „Du willst mit mir Schluss machen, weil ich dir keinen Antrag gemacht habe?"

„Nein Simon. Hör mir zu ..."

„Aber genau darauf läuft es doch hinaus!", rief er wütend. Seine Verzweiflung hallte über die Klippen aufs Meer hinaus, die Leute drehten sich zu ihnen um. Wo waren sie nur angekommen? Sie hatte die Reise gebucht, um dafür zu sorgen, dass sie wieder die Regenbogen des Lebens sahen. Doch nun standen sie sprichwörtlich beide am Rand der Klippe.

„Lass uns zum Auto zurückgehen und dort weiterreden."

„Du hast recht, im Auto wird es sicher einfacher sein", sagte er sarkastisch und ging eilig voraus.

Sie wollte ihm nicht folgen, sie wollte sich der Situation nicht stellen. Am liebsten hätte sie ihn davonfahren lassen und wäre für immer hier auf den Klippen geblieben.

Im Wagen empfing sie eine so kalte Stille, dass sie unweigerlich fröstelte. Auch das Wetter schien sich ihrer Stimmung angepasst zu haben. Der Himmel war grau und bleischwer. Der Wind frischte auf, die Wolken

rasten über sie hinweg wie unheilvolle, graue Rauch-
schwaden. Simon schwieg, und da Tamara nicht
wusste, was es noch zu reden gäbe, tat sie es ihm gleich.
Sie richtete ihre volle Aufmerksamkeit auf die spekta-
kuläre Aussicht jenseits der Windschutzscheibe. Es
half. Das Meer krachte gegen die Felsen, und der Kampf
in ihr legte sich. Blitze schossen über den Himmel, ihr
Herzschlag beruhigte sich. Die Straße schlängelte sich
in wilden Kurven über die grünen Hügel.

Sie lehnte sich zurück und schloss die Augen. Dieses
Mal verbot sie sich zu schlafen. Sie konnte es nicht ris-
kieren, wieder von Henrik zu träumen. Sie hatte keine
Kraft, keinen Platz für diese intensiven, verwirrenden
Gefühle. Und sie hatte kein Recht dazu, sich vor der
grausamen Wirklichkeit in eine bizarre Traumwelt zu
flüchten, während Simon neben ihr saß und litt.

Als er den Motor abstellte, schlug sie die Augen auf.
Sie standen wieder hinter dem Farmhouse nahe des Coumeenoole Beach und sahen sich in die Augen.

„Ich buche uns sofort zwei Rückflüge. Es ergibt keinen Sinn, hierzubleiben." Nun klang seine Stimme wieder sanft und versöhnlich, auch wenn seine Augen
zwei schwarze Abgründe waren.

Sie nickte, obwohl ihr allein der Gedanke an einen
Abschied von der Insel die Tränen in die Augen trieb.
Doch Simons Vorschlag war nur logisch und richtig,
darum kam sie nicht auf die Idee, dass sich hinter dem
Dickicht ein weiterer Weg für sie auftun könnte.

Als sie vom Auto zum Farmhouse lief, um ihre Sachen
zu packen, fühlten sich ihre Füße bleischwer an.

***

Eigentlich hatte Henrik an diesem Nachmittag trotz
der komplizierten Begegnung mit Tamara vorgehabt,
seine Gäste etwas besser kennenzulernen. Er wollte

sich nicht von widrigen Umständen davon abbringen lassen, ein zuvorkommender Gastgeber zu sein.

Aber als er die beiden aus dem Wagen steigen sah, wurde ihm sofort klar, dass etwas nicht stimmte und er sich fernhalten sollte. Was ihm quälend schwerfiel, als er Tamaras Miene sah. Sie wirkte so hoffnungslos und verloren. Als gäbe es keinen Platz in dieser Welt, der ihr Geborgenheit vermitteln konnte. Dann sah sie zum Haus, das er mit seinen eigenen Händen für seine Gäste ausgebaut hatte, und eine so quälende Sehnsucht trat in ihren Blick, dass er seinen abwenden musste, um nicht sofort nach draußen zu stürmen und sie in seine Arme zu ziehen.

Offensichtlich hatten die beiden sich gestritten. Es löste keinerlei Freude in ihm aus, trotz der Anziehungskraft, die Tamara seit der ersten Sekunde auf ihn ausübte. Er wollte einfach, dass es ihr gut ging. Die Liebe hatte ihn so schnell und unvorbereitet getroffen wie das berüchtigte Messer in den Rücken. Er hatte davon gehört, es sogar eines Tages erwartet, aber nichts hätte ihn darauf vorbereiten können. Er war nicht verwundert oder verstört, weil sie sich augenscheinlich überhaupt nicht kannten. Er schämte sich nicht dafür, ein Romantiker zu sein, schließlich war er Ire. Aber er war auch ein Mensch, der mit neuen, heftigen Gefühlen umgehen musste.

Als er die lauten Stimmen nebenan hörte, die Tränen, die in Tamaras Worten mitschwangen, nahm er seine Jacke vom Haken und trat trotz des sich anbahnenden Regens in die hereinbrechende Dämmerung hinaus.

Als sie hinter Simon das Zimmer betrat, hatte der schon sein Tablet in den Händen und tippte wild darauf herum. „Der nächste Flug von Shannon geht morgen elf Uhr."

Tamara wurde das Gefühl nicht los, dass er es gar nicht abwarten konnte, Irland den Rücken zuzukehren. Das lag eindeutig nicht allein an ihrer gegenwärtigen Situation, sondern vor allem an seiner Abneigung dem Land gegenüber. Sie reagierte bissiger als beabsichtigt. „Wie gut für dich."

Sein Kopf fuhr hoch, als hätte er nur auf einen Grund für eine weitere Auseinandersetzung gewartet. „Wir waren uns beide einig, dass wir abreisen. Was zickst du jetzt so rum?"

„Falls du es in den vergangenen Tagen nicht bemerkt haben solltest, ich liebe dieses Land", brach es aus ihr heraus. Schon wieder begleiteten Tränen ihre Worte. Tamara war keine Heulsuse. Sie hatte das Gefühl, in ihrem ganzen Leben nicht so viel geweint zu haben.

„Natürlich habe ich es bemerkt", erwiderte er bitter, als sprächen sie von einem Liebhaber und nicht von dem Land, das sie gemeinsam bereisen wollten. „Du hattest für nichts anderes Augen."

Sie schnappte vor Empörung nach Luft. „Und das sagt gerade der Mann, der praktisch mit seiner Kamera vor den Augen schläft."

„Ich bin Fotograf", rief er frustriert.

„Und ich Autorin", brüllte sie zurück.

Simon lachte freudlos auf. „Ich bitte dich! Seit wir hier gelandet sind, hast du keinen einzigen Satz zu Papier gebracht! Selbst zuhause legst du die Finger nur noch auf die Tasten, wenn die Redaktion dir mit einer Deadline auf die Pelle rückt."

Die Worte gingen so tief, brachen so viel in ihr auf, dass sie sich ihnen nicht stellen konnte. Es hatte keinen Sinn mehr, sie waren am Ende. Nur darum tat sie das, was Simon sonst immer tat. Etwas, das sie aus tiefstem Herzen hasste – sie wandte ihm mitten in der Auseinandersetzung den Rücken zu und verließ den Raum.

Als sie in den liebevoll eingerichteten Vorraum trat, wurde es ihr noch schwerer ums Herz. Es mochte unsinnig erscheinen, einen solchen Schmerz zu fühlen, nachdem sie nicht einmal eine Woche in dem kleinen Cottage gewohnt hatte, aber sie verabschiedete sich im Geiste von ihrem neuen Zuhause auf Zeit. Sie strich über das abgewetzte, ausgeblichene Holz der Stühle, die sich um den Esstisch gruppierten, strich das frische Tischtuch glatt und roch voller Sentimentalität an der neuen Blume in der Vase. Sie stellte sich vor, wie Henrik sie frisch vom Feld gepflückt hatte, und das Bild des großen, bärtigen Mannes mit der einzelnen Blume in der Hand rührte ihr Herz. Sie wusste, sie sollte damit aufhören, aber sie konnte es nicht. Und sie gönnte sich den Luxus dieser Gedanken, schließlich war es zwischen Simon und ihr so gut wie vorbei. Und Henrik würde sie nie wiedersehen. Es war bezeichnend, dass sie der zweite Gedanke mehr betrübte als der erste.

Zurück im Wohnzimmer nahm sie sich eine der niedlichen Emaille-Tassen und goss sich frischen Kakao aus einer der Kannen ein. Dazu gönnte sie sich eine Handvoll Mini-Marshmallows. Mit dem warmen Getränk ging sie zur Couch, kuschelte sich in die Kissen und starrte gedankenverloren ins Feuer.

Das war es also. Trotz aller Schwierigkeiten mit Simon, trotz des niederschmetternden vorzeitigen Endes ihres Liebesurlaubs hatte Tamara die Zeit auf Dingle genossen. Sie fühlte sich geborgen zwischen den sanften grünen Hügeln des Landes. Sie liebte die Unbeständigkeit des Wetters, das Geräusch des Regens, den Wind auf ihrer Haut. Die engen Straßen, die weit verstreuten Häuser. Es war so unkomfortabel und umso lebendiger.

Das Feuer konnte sie heute nicht richtig wärmen. Sie nahm einen großen Schluck Kakao. Während die Süße durch ihre Kehle strömte, wünschte sie sich, einfach hierbleiben zu können. Ein Holzscheit fiel krachend in sich zusammen, wie ein Tusch zu diesem Gedanken. Sie setzte sich kerzengerade auf. Ihr Herz raste. Ihre Hände zitterten so sehr, dass sie die Tasse abstellen musste.

Wer sagte denn, dass sie Simon zurück nach Deutschland begleiten musste? Natürlich musste sie irgendwann zurück, aber wer sollte sie davon abhalten, den Urlaub fortzuführen, der schließlich voll bezahlt war? Am Anfang war es ihr nur logisch erschienen, abzureisen, doch jetzt wusste sie nicht, wohin sie in Deutschland gehen sollte. Zurück ins Haus von Simons Eltern? Bestimmt nicht. Zu ihrer Mutter? Nein, danke. Zu ihrem Vater? Sie war nicht einmal sicher, wo er sich zurzeit aufhielt.

Es war das Einfachste und es brachte ihr Herz zum Singen. Sie würde hierbleiben. Natürlich würde Simon nicht begeistert sein, aber die Zeit, in der sie ihm überallhin gefolgt war, war endgültig vorbei. Sie war so tief in diesem Automatismus gefangen gewesen, dass sie ihn selbst nach ihrer Trennung noch fortgeführt hätte. Umso wichtiger war es, nun einen neuen Weg einzuschlagen. Sie würde noch hierbleiben. Allein und ohne Perspektive, was sie mit sich anfangen sollte und wie es weiterginge. Was für ein beängstigender und faszinierender Gedanke! Tamara lehnte sich zurück, kuschelte sich noch tiefer in die Kissen und träumte von Tagen voller Zeit, grünen Feldern und dem ersten Spaziergang zum Coumeenoole Beach.

Kapitel Sechs

Als Henrik zurückkam, war es bereits dunkel. Molly McGovan, eine rüstige, alleinstehende Rentnerin, hatte ihn abgefangen und auf eine Tasse ihres ganz speziellen Wärmemittels eingeladen. Tee mit Jamesons. Der starke Regen war nur ein weiterer Grund, die Einladung dankend anzunehmen.

Molly war liebenswert und viel zu einsam. Außerdem gab es bei ihr immer gutes Essen. Sie liebte das Kochen, und so stand sie den lieben langen Tag am Herd und hätte eine Football-Mannschaft sattbekommen können. Sobald sie draußen jemanden erspähte, lud sie ihn zu sich zum Essen ein. So wie Henrik heute.

Kaum hatte er das kleine, alte Haus betreten, hatte sie ihn besorgt in das angrenzende Zimmer geschickt, damit er seine nassen Kleider ausziehen konnte, und ihn anschließend in die Sachen ihres längst verstorbenen Mannes Eóin gesteckt.

Seit er mit siebzehn auf die Insel gekommen war, war sie eine Art Mutterersatz für ihn geworden. Nicht, dass er kein gutes Verhältnis zu seiner eigenen Mutter gehabt hatte, im Gegenteil. Doch Joleen lebte auf dem Festland in Killarney. Seine Tätigkeit im Farmhouse und sein Job in Dingle erlaubten es ihm kaum, sie zu sehen.

Zusammen mit dem Tee wurde ihm in den warmen Kleidern schnell wieder behaglich zumute. Molly plauderte beim Essen munter auf ihn ein. Doch seine Gedanken waren die ganze Zeit bei Tamara. Ihre verzweifelte Stimme, die durch zwei Türen zu ihm gedrungen war, ging ihm nicht mehr aus dem Kopf. Immer wenn er sie sah, ja wenn er nur an sie dachte, verspürte er sofort das drängende Bedürfnis, sie in seine Arme zu schließen.

„Du bist heute nicht bei der Sache, Junge. Fehlt dir etwas? Hattest du wieder Streit mit deinem Vater? Henrik, es ist nicht gut, die Dinge so zu belassen. Wie oft habe ich dir schon gesagt, es muss ein klärendes Gespräch zwischen dir und Patrick her", fuhr Mollys Stimme in seine Gedanken.

„Oh, es ist nicht Dad", sagte er schnell. „Jedenfalls nicht mehr als sonst auch."

Sie sah ihn mit gespitzten Lippen eine Weile an, dann riss sie die hellblauen Augen auf. „Es ist eine Frau!"

Henrik kratzte sich verlegen am Bart und dachte fieberhaft darüber nach, wie er aus der Nummer wieder herauskommen sollte. „So kann man das nicht sagen."

Sie hob eine Braue. „Wir kennen uns seit siebzehn Jahren. Und du besitzt die Dreistigkeit, mich anzulügen. Nun, ich muss sagen, dass ich das äußerst kränkend finde."

Sie hatte ihn in der Tasche. Und sie beide wussten es. „Na schön, es ist eine Frau, aber es ist nicht so einfach."

„Wann ist es das schon?" Sie winkte ab, ehe sie sich begeistert näher zu ihm lehnte, als hätte sie Angst, auch nur ein Wort zu überhören. „Hast du endlich deinen Deckel gefunden?"

„Ja, verdammt. Ich glaube schon. Aber es gibt einige Hürden", sagte er verzweifelt und fuhr sich erschöpft mit den Händen über das Gesicht. „Sie ist Gast bei mir."

„Umso besser, dann lernt sie gleich dein Umfeld kennen", warf Molly begeistert ein.

Bevor sie noch auf die Idee kam, zu fragen, wann sie Tamara kennenlernen durfte, fügte er schnell hinzu: „Sie und ihr Freund sind meine Gäste."

Da verwandelte sich Mollys weicher Blick in vorwurfsvollen Tadel. „Ich denke nicht, dass deine Mutter dich dazu erzogen hat, anderen Männern die Frauen wegzunehmen. Ich muss sagen, ich hätte weitaus mehr von dir erwartet, Henrik."

Es war lächerlich, dass sich ein erwachsener Mann derart gescholten fühlte, wo er nichts verbrochen hatte. Außer sich zu verlieben. „Ich habe nicht vor, die Beziehung zu zerstören oder Tamara auch nur von meinen Gefühlen zu erzählen", erwiderte er ärgerlich. „Und ich bin enttäuscht, dass du so von mir denkst."

„Nun, dann erzähl mir die ganze Geschichte. Bin ich ein Hund, dass du mir nur Brocken zuwirfst, damit ich mir das Menü selbst zusammenstellen kann?", erwiderte sie nicht minder verärgert.

Er hatte keine Wahl. Dabei wusste er nicht einmal, was er erzählen sollte. Weil es nichts zu sagen gab. Und gleichzeitig so viel. „Als ich sie in der Temple Bar in Dublin getroffen habe, wusste ich weder, wer sie ist, noch dass sie bereits vergeben ist. So hat sie auch gar nicht gewirkt. Sondern viel mehr verloren. Auf der Suche. Im Grunde wirkt sie im Beisein ihres Freundes auch so. Jedenfalls war er an dem Abend nicht bei ihr; sie scheinen öfter Streit zu haben. Um das zu bemerken, muss man kein Genie auf dem Gebiet sein. Als wir uns zum ersten Mal in die Augen gesehen haben, ist etwas geschehen. Ich weiß, wie sich das anhört, aber ich bin mir sicher, dass sie es auch gespürt hat. Und noch immer spürt. Es ist, als wären wir zwei Magneten, die einander anziehen."

Als er geendet hatte, starrte Molly aus dem Fenster in die hereinbrechende Dämmerung. Noch immer peitschten Regen und Wind gegen die Scheiben des kleinen Cottages.

Henrik brauchte volle fünf Minuten, bis er die Geduld verlor. „Es wäre mir lieb, wenn du irgendetwas sagen würdest. Meinetwegen mach mir die Hölle heiß, aber sag irgendetwas!"

„Glaubst du an Seelenverwandtschaft?"

Er brauchte eine Weile, um ihr zu antworten, obwohl er es im Grunde wusste. Nicht umsonst war er bisher allein geblieben. Ganz sicher lag es nicht an mangelnden Gelegenheiten, denn er hatte etwas an sich, was die Frauen mochten. Natürlich hatte er sich das eine oder andere Abenteuer gegönnt, schließlich war er ein gesunder junger Mann. Aber er hatte immer gewartet.

Er nickte betreten. „Ja, ich glaube an Seelenverwandtschaft."

Molly lehnte sich zufrieden zurück. „Nun, dann ist ja alles klar."

Ihr plötzlicher Optimismus irritierte ihn. „Was ändert das an der Tatsache, dass sie schon einem anderen gehört?"

Molly schüttelte nachsichtig den Kopf. „Sie ist deine Seelenverwandte. Das heißt, sie hat dir schon immer gehört. Sie muss es nur noch erkennen. Du brauchst nichts weiter zu tun als abzuwarten."

Seltsam, hatte er genau diesen Gedanken nicht auch schon gehabt? „Woher weißt du das?"

Sie lächelte traurig, und ihr Blick wanderte zu dem verblichenen, gerahmten Foto auf dem Kaminsims. Es zeigte einen Bären von einem Mann. Trotz seiner jungen Jahre hatte er ein wettergegerbtes Gesicht mit derber Haut. Hinter dem dichten Vollbart zeichnete sich jedoch ein sonniges Lächeln ab.

Henrik hatte Eóin nie kennengelernt, denn er war bereits im Alter von vierunddreißig Jahren verstorben. In demselben Jahr, in dem Henrik das Licht der Welt erblickt hatte. Er hatte oft über diese merkwürdige Begebenheit nachdenken müssen.

„Hast du dich nie gefragt, warum ich nicht noch einmal geheiratet habe?"

Natürlich hatte er das nicht. Als er mit siebzehn nach Dingle gekommen war, war sie so alt wie seine Mutter gewesen, was ihm in seinem jugendlichen Leichtsinn uralt vorgekommen war. Er hatte sie ab und an flüchtig am Hafen von Dingle getroffen, wo sie ihnen einige Fische abgekauft hatte, nur um ihnen am nächsten Tag eine Suppe mitzubringen. Als er keine zwei Jahre später ihr Nachbar geworden war, war sie schon einfach nur Molly für ihn gewesen. Diese liebenswerte Frau, die immer lächelte und gern für andere da war. Er hatte viel zu viel im Kopf mit seinem Traum vom eigenen Boot und der fixen Idee eines Bed and Breakfasts, als sich darum Gedanken zu machen, warum die warmherzige, schöne Molly immer einsam war. Ihr Mann hatte das Meer genauso geliebt wie seine Frau. In guten wie in schlechten Tagen. Bei Sonnenschein und bei Stürmen. Letztere hatten ihn umgebracht. Wie musste es all die Jahre für sie gewesen sein, allein in diesem Haus mit Blick auf eben jenes Meer, das ihr den Mann genommen hatte?

Verdammt, warum war sie bloß allein geblieben? Sie hätte sich einen neuen Mann suchen und eine Familie gründen können. Er hatte die Frage bereits auf den Lippen, da begegnete er ihrem Blick und wusste es. „Das ist Seelenverwandtschaft. So eine Art Magie, habe ich recht? Ein Bann, der nicht gebrochen werden kann, nicht einmal durch den Tod."

Sie nickte nur, aber es lag keine Bitterkeit in ihrem Blick.

Henrik trat in die Stille seines Heims. Mollys Worte, ihr ganzes Schicksal, gingen ihm nicht mehr aus dem Sinn. Er hatte das Thema Seelenverwandtschaft wohl romantisiert. Er hatte geglaubt, es wäre das Schönste auf der Welt, eine Seele zu finden, die das exakte Gegenstück zu der eigenen war. Das fehlende Puzzleteil. Er hatte sich nie darüber Gedanken gemacht, was passierte, wenn man dieses Puzzleteil wieder verlor. Oder gar nicht erst bekam. Wie dann das Gesamtbild, das einem bereits so glorreich vor Augen geführt worden war, wieder zerbrach. Wie konnte man damit leben?

Es war kalt im Gemeinschaftsraum. Im Ofen glimmte noch die letzte Glut des Feuers. Henrik würde es nur neu entfachen und dann zu Bett gehen. Er brauchte dringend Schlaf. Das Frühstück konnte er am Morgen vorbereiten.

Ein Seufzen in der Dunkelheit ließ ihn zusammenfahren. Erst jetzt entdeckte er eine Gestalt, die zusammengerollt auf der Couch schlief. Es war Tamara. An ihrem Bauch lag friedlich zusammengerollt Banshee und blinzelte ihn verschlafen an.

Der Anblick traf ihn direkt ins Herz. Das Verlangen war schier unüberwindbar. Ihr Mund stand ein wenig offen, was ihre Lippen so einladend für ihn machte, dass das Verlangen zu einem pochenden Schmerz wurde. Er wusste genau, wie sie sich anfühlen, wie sie schmecken würde. Süß, nachgiebig und verheißungsvoll.

Wieder schossen ihm Mollys Worte durch den Kopf. *Sie gehört dir bereits.* Ohne zu wissen, was er tat, beugte er sich hinab, sein Mund nur noch Zentimeter von ihrem entfernt. Da hielt er inne und zuckte zurück.

Sie war die Frau eines anderen Mannes. Zudem hatte er sich stets für Gentleman genug gehalten, selbst vor einem Kuss die Zustimmung der Frau einzuholen. Er hatte so lange gewartet, würde es ihn da umbringen, das noch etwas länger zu tun? Nun, es war definitiv schwieriger, wenn man vor Augen hatte, worauf man wartete. Und es derart verführerisch war.

Vorsichtig hob er die Decke vom Boden, die heruntergerutscht sein musste, und deckte sie damit zu. Dann streichelte er kurz seiner Katze über den Kopf. „Ich erinnere mich an eine Zeit, gar nicht lange her, da hast du die Krallen ausgefahren, wenn es jemand auch nur gewagt hat, in die Nähe deines Platzes zu kommen."

Banshee sah ihn wissend an. „Ah, verstehe. Sie gehört zu uns. Nun, wenigstens du kannst schon etwas mit ihr kuscheln, Glückspilz."

Damit wandte er sich ab, ehe er es sich anders überlegte und leise das Feuer im Kamin entfachte. Statt zu gehen, füllte er die Kannen mit heißem Kakao und Kaffee, damit Tamara in den kalten Morgenstunden etwas hätte, woran sie sich wärmen konnte.

Er musste nicht rätseln, warum sie nicht in ihrem Bett schlief, schließlich hatte er die beiden streiten hören. Es tat ihm leid, dass sie sich so quälte, und er hoffte ehrlichen Herzens, dass es ihr bald besser ginge.

***

Tamara erwachte früh. Das Feuer im Kamin war erloschen. Ihre Hände waren eiskalt und ihr Nacken schmerzte von der unbequemen Position, die sie wegen der Katze eingenommen hatte. Fröstelnd setzte sie sich auf. Es war noch dunkel vor dem Fenster. Da sie aber wusste, dass sie kein Auge mehr zutun würde, stand sie auf.

Das Frühstück war noch nicht vorbereitet. Insgeheim war sie froh, dass Henrik sie nicht auf der Couch gefunden hatte. Dennoch sehnte sie sich nach einer Tasse Kakao, um sich innerlich zu wärmen. Normalerweise bevorzugte sie Kaffee, doch da ihr Magen durch die bevorstehende Auseinandersetzung mit Simon ohnehin schon rebellierte, verzichtete sie lieber darauf.

Sie warf einen Blick auf die Uhr und stöhnte innerlich auf. Erst fünf. Wie sie Simon kannte, wollte er erst kurz vor knapp aufbrechen. Sie wollte die hässliche Szene, die sie erwartete, so schnell es ging hinter sich bringen. Sie wollte den Schmerz sofort, um sich nicht länger davor ängstigen zu müssen, sondern ihn durchleben zu können.

Um etwas zu tun zu haben, schlenderte sie zu dem kleinen Tisch, auf dem die Thermoskannen standen. Sie fischte in dem Glas nach einem Mini-Marshmallow, obwohl sie nicht den geringsten Appetit empfand, und war überrascht, wie angenehm süß er schmeckte. Sie beschloss, dass auch ein kalter Kakao seine Vorzüge hatte, und hätte vor Dankbarkeit beinahe geweint, als er dampfend heiß aus der Kanne in ihre Tasse floss.

Als sie den ersten Schluck nahm, ging es ihr schon besser, und das nervöse Flattern in ihrem Magen legte sich etwas. Wann hatte Henrik den Kakao gekocht? Es konnte nur am späten Abend gewesen sein. Also hatte er sie doch auf der Couch schlafen sehen.

Eine Weile stand sie da und dachte darüber nach, ob ihre Scham darüber angemessen war. Schließlich zuckte sie die Achseln. Sie würde beides hinnehmen müssen. Sowohl die Tatsache, dass er den Krach mit Simon mitbekommen hatte, als auch das Unbehagen, das sie deshalb empfand.

Kurz nachdem sie es sich mit dem Kakao und einem Krimi aus dem Bücherregal auf der Couch bequem gemacht hatte, öffnete sich leise die Vordertür, und Henrik stand bepackt mit zwei Tüten im Raum. Tamara atmete tief durch und versuchte, nicht an ihren ersten gemeinsamen Abend in der Temple Bar zu denken.

„Guten Morgen, du bist ja zeitig auf den Beinen.“

Sie nickte. „Danke für den warmen Kakao. Er hat mir den Morgen gerettet.“

Er nickte mit ernster Miene. „Ich dachte, du könntest ihn gebrauchen.“

Es war unsinnig, ihm weiter etwas vormachen zu wollen. Er hatte die Situation längst durchschaut. Sie wünschte, sie hätte die Unterhaltung irgendwie umgehen können. Aber da sie ihren Urlaub fortsetzen wollte, war es notwendig, dass er Bescheid wusste. „Du musst künftig kein Frühstück mehr für uns beide machen.“

Für eine Sekunde sah sie eine solche Trauer in seinem Gesicht, dass ihr Herz schneller schlug. Noch schneller, als es das in seiner Gegenwart ohnehin schon tat.

Er stand einfach da, die beiden Beutel baumelten traurig in seinen Händen. „Ihr reist wieder ab?"

„Oh, nein. Ich meine, ich ..." Sie hielt inne und atmete noch einmal tief durch. „Nur Simon. Ich bleibe. Wir ... wir schlagen von nun an wohl unterschiedliche Wege ein."

Sie sah so viel in seinen Augen, so viele unausgesprochene Worte. Was mochte wirklich in diesem Mann vor sich gehen? „Das tut mir leid. Eigentlich ist dieses Land perfekt für Paare. Viele Leute halten Irland für den romantischsten Ort der Welt."

Sie nickte. „Ich gehöre definitiv zu diesen Leuten." Nach kurzer Pause fügte sie hinzu: „Simon aber nicht."

Henrik nickte verstehend, obwohl sie ihm im Grunde nichts verraten hatte. Nichts von all dem Schmerz und der Verwirrung, die sie wirklich fühlte. Und was es mit ihr machte, diesen Schritt nach zehn Jahren Beziehung zu gehen. Trotzdem hatte sie das Gefühl, dass es mehr war als nur eine Geste. Dass er wirklich verstand.

Er ging in die Küche und stellte die Tüten auf der Anrichte ab. „Wenn du deine Ruhe haben möchtest, komme ich später wieder, wenn ihr alles geklärt habt. Ansonsten würde ich gern Feuer machen, damit dir nicht mehr so kalt ist."

Er hatte das Zittern also wahrgenommen. Er wusste nur nicht, dass er der Grund dafür war. Warum war sie in Gegenwart dieses Mannes dermaßen aufgeregt? Sie war doch kein Schulmädchen mehr. Es wäre besser gewesen, ihn fortzuschicken. Einfacher, um sich auf das zu konzentrieren, was sie bald würde tun müssen.

Aber sie erwiderte: „Ein Feuer wäre wirklich schön."

Sein warmes Lächeln war schlicht und ergreifend umwerfend. So einladend und tröstend. Alles an der

Ausstrahlung dieses Mannes schrie nach Heim, Geborgenheit und Trost. In diesem Moment wurde Tamara klar, dass es genau diese Dinge waren, die sie in den letzten Monaten so sehr vermisst hatte.

Er kniete sich schweigend mit dem Rücken zu ihr vor den Kamin und schichtete bedächtig Holzscheite übereinander. Er schien sich absichtlich Zeit zu lassen. Genoss er ihre Gegenwart genauso sehr wie sie die seine, oder wollte er ihr einfach Gesellschaft leisten? Eigentlich war sie nur eine Fremde und es hätte ihm egal sein müssen, wie sie sich fühlte. Er hätte eine unverbindliche Floskel von sich geben und verschwinden können. Aber all das, was sie von einem Mann erwartete, traf ohnehin nicht auf Henrik zu.

Sie beobachtete das Spiel seiner Muskeln durch das dünne Sweatshirt und fühlte sich sofort schuldig. Sie hatte die Sache mit Simon noch nicht einmal beendet und dachte schon ... ja, was eigentlich? Sie war eine erwachsene Frau und hatte das Recht, einen Mann attraktiv zu finden. Mehr war das nicht.

Lügnerin, schalt sie sich im Geiste selbst. Sie hatte es doch bereits in Dublin gespürt. Genau aus diesem Grund war sie ja davongelaufen. Nur, um sich dann hier von ihm finden zu lassen. Es ist sein Haus, sagte sie sich. Das war alles ein riesengroßer Zufall.

Lügnerin!

Die Wahrscheinlichkeit, ihn gerade hier als ihren Vermieter wiederzufinden, ging gegen null, und dennoch ...

Er drehte sich zu ihr um. Die Flammen hinter ihm loderten hell. Noch nie hatte Tamara für irgendeinen Mann ein so schmerzhaftes, beängstigendes Begehren empfunden. Und sie wusste, sie hatte es nicht vor ihm verbergen können. Es spiegelte sich im Feuerschein in seinen Augen – Schock über diese Erkenntnis, Annahme und pure Leidenschaft.

Sie zuckte zusammen, als er sich räusperte. „Ist dir jetzt wieder warm?" Seine Stimme war rau und voller Emotionen.

Sie glaubte nicht, dass ihr jemals wieder kalt sein würde, und nickte nur. Ihre Kehle war wie zugeschnürt. Und im Nebenraum schlief der Mann, mit dem sie zehn Jahre ihres Lebens verbracht hatte. In all den Jahren hatte ihr sicher der ein oder andere gefallen, aber niemals hatten ihren Gedanken auch nur im Ansatz diese Wege eingeschlagen. Lag es daran, dass sie sich innerlich schon vor Monaten von Simon gelöst hatte?

Nein, so einfach war es nicht. Es lag an Henrik. Vorerst konnte sie nichts anderes tun, als die Gefühle hinzunehmen. Genauso wie sie sich in jeden neuen Tag würde fallen lassen, würde sie in sie eintauchen. Ohne zu planen. Ohne zu wissen, was geschehen würde. Ohne Vernunft und Gedanken an morgen.

„Gut, dann gehe ich erst einmal nach nebenan. Wenn du etwas brauchst, kannst du jederzeit klopfen."

Ihr Herz trommelte hart gegen ihre Brust. Etwas nahm gerade seinen Anfang. Wieder nickte sie nur. Erst als die Tür hinter ihm zugefallen war, bemerkte sie, dass sie die Luft angehalten hatte. Zitternd nahm sie einen Atemzug.

Keine Minute später öffnete sich die Tür zum Nebenraum, und Simon stand im Zimmer. Er hatte den Koffer neben sich, seine Jacke im Arm und wirkte zerzaust und gehetzt. „Du hast ja noch nicht einmal deine Tasche gepackt. Wir müssen in spätestens einer halben Stunde los, um den Flieger nicht zu verpassen."

Sie wusste, dass ihr die knappe Zeit in die Hände spielte. „Ich bleibe hier."

Für einen Moment starrte er sie an, als hätte sie den Verstand verloren, dann kam genau die Reaktion, die sie vorhergesehen hatte. „Bist du jetzt von allen guten

Geistern verlassen? Was willst du denn ganz allein ohne Job und Wohnung in einem fremden Land?“

„Ich habe nicht vor, hierher auszuwandern“, erwiderte sie ruhig. „Ich möchte lediglich den Urlaub genießen. Keine Sorge, ich komme für die Kosten auf.“

„Du kannst doch nicht ganz allein hierbleiben“, sagte er, noch immer fassungslos.

„Warum denn nicht? Ich bin doch kein kleines Kind mehr.“

Da wurde ihr klar, dass er bis jetzt geglaubt hatte, das alles wäre lediglich ein größerer Streit. Sie trat einen Schritt auf ihn zu, berührte ihn kurz am Arm, sah aber dann ein, dass dies der falsche Weg war, und versuchte, so viel Trost wie möglich in ihre Stimme zu legen. „Simon, ich werde mir eine Wohnung suchen müssen. Bis es so weit ist, möchte ich einfach etwas bei mir ankommen. Ich habe keinen anderen Ort, an den ich gehen kann.“

„Wenn du nur etwas Abstand brauchst, kannst du doch auch zu deiner Mutter gehen“, sagte er fast bittend.

Dabei wusste er genau, dass sie das nicht konnte. Jana hätte sie bedrängt, ihr eintausend Fragen gestellt, sie vielleicht sogar mit Vorwürfen bombardiert. Jana vergötterte Simon, schließlich hatte sie sich immer einen Sohn gewünscht. Das hatte sie Tamara Zeit ihres Lebens spüren lassen. Dass Simon ihr diesen Vorschlag machte, zeigte ihr, dass er nach wie vor nicht in der Lage war, sich in sie hineinzufühlen.

„Wenn es nur Abstand wäre, den ich bräuchte, wäre es genauso in Ordnung, noch hierzubleiben. Aber es ist mehr. Simon, ich kann so nicht weitermachen.“

„Aber warum denn auf einmal?“, rief er verständnislos aus. „Weil ich dir keinen Antrag gemacht habe?“

Sie fuhr sich mit den Händen über das Gesicht. „Es war falsch von mir, das als Grund aufzuführen. Zu unserem Glück hast du es nicht getan, dann hätte ich uns beide ins Unglück gestürzt. In mir hat sich einfach zu viel verändert. Ich sehe keinen gemeinsamen Weg mehr von uns."

„Nenn mir doch einfach einen plausiblen Grund!", forderte er.

Das war einfach. Und es war gut, es einmal laut auszusprechen. Sie wusste, es würde ein Schock für ihn sein. Doch genauso wusste sie auch, dass er sich danach mit ihrer Entscheidung zufriedengeben würde. „Ich möchte keine ewig Reisende mehr sein. Ich möchte eine feste Basis, um die herum ich mein Leben aufbauen kann. Ich möchte ein Zuhause. Und ich möchte in naher Zukunft Kinder."

Er starrte sie an wie eine Fremde. Wie jemanden, der ihn aufs Schlimmste verraten hatte. „Du hast immer gesagt, du willst keine Familie. Du hast gesagt, du liebst unsere Reisen."

„Und für eine lange Zeit war das auch so. Ich habe es selbst nicht kommen sehen, und ich habe nicht geplant, diese Bedürfnisse zu entwickeln."

„Gott, was ist denn mit dir passiert?", rief er, als hätte sie ihm die unmöglichsten Forderungen an den Kopf geworfen.

„Menschen entwickeln sich in zehn Jahren nun einmal, Simon. Bedürfnisse ändern sich", entgegnete sie verzweifelt. Sie spürte, wie ihnen die Situation entglitt. Der saubere Cut, den sie geplant hatte, war nicht möglich. Wie hatte sie so dumm sein können, darauf zu hoffen?

„Bei mir hat sich nichts verändert", sagte er vorwurfsvoll.

Es grenzte an körperlichen Schmerz, ihn nicht umarmen zu können, aber sie hielt es nicht für hilfreich. „Es tut mir so leid, Simon."

„Das war es jetzt also?", fragte er bitter.

Sie nickte, drängte mit aller Macht ihre Tränen zurück. „Ich bin immer noch für dich da."

Als sein wütender Blick sie traf, hätte sie sich am liebsten die Zunge herausgerissen. „Spar dir die Mitleidstour", murmelte er und stürmte dann mit seinem Koffer nach draußen.

Sie wollte bleiben, wo sie war. Sie wollte es ihnen beiden leichter machen. Aber es war ihr unmöglich, ihn so gehen zu lassen. Sie wollte nicht, dass es so endete. Mit rasendem Herzen rannte sie nach draußen und rief seinen Namen. Er schlug die Autotür hinter sich zu, startete den Motor und fuhr davon, ohne sich auch nur einmal umzudrehen.

Kraftlos ließ sie sich auf die Stufen vor dem Haus sinken und vergrub das Gesicht in den Händen. Wenn Simon glaubte, sie hätte ihm den Großteil des Schmerzes überlassen, lag er falsch. Es war so viel schwerer, nach all der gemeinsamen Zeit mit einem Stück Rest-liebe diesen Schritt zu gehen. Übelkeit breitete sich in ihr aus. Sie war allein, mutterseelenallein. In einem Land, das ihr völlig fremd war.

Kapitel Sieben

Henrik wusste, er hätte sie nicht beobachten sollen, aber er konnte sie einfach nicht mit der Situation allein lassen. Es war für ihn erträglicher, sie im Auge zu behalten, als sich einfach abzuwenden. Jedenfalls so lange, bis sie sich kraftlos auf den Stufen vor dem Haus niederließ und den Kopf in die Hände stützte. Alles daran wirkte so verloren, so einsam und verzweifelt, dass es ihm unmöglich war, es weiter tatenlos mitanzusehen.

Er riss die Tür auf und ging nach draußen. Sie schien ihn selbst dann nicht zu bemerken, als er direkt vor ihr stand und auf sie hinunterblickte. Ihr schwarzes Haar hing wie ein geschmeidiger Vorhang vor ihrem Gesicht. Falls sie weinte, tat sie es vollkommen still.

Einem Impuls folgend, setzte er sich neben sie und legte vorsichtig den Arm um ihre Schultern. Eine Geste des Trostes und der Freundschaft, die er auch jedem anderen in diesem Moment hätte zuteilwerden lassen.

Sofort fuhr ihr Kopf nach oben und ihr Blick traf seinen. Schmerz, Verwirrung und haltlose Verlegenheit. Ihre Wangen waren trocken und gerötet. Dennoch zog er seinen Arm nicht zurück. Sie setzte sich aufrecht und fuhr sich mit einer zitternden Hand durchs Haar, im verzweifelten Bemühen, es zu richten, wodurch sie es noch mehr durcheinanderbrachte. In diesem Moment fand er sie schöner denn je.

„Ist es dir unangenehm, dass ich hier bin?", fragte er, da sie um Worte zu ringen schien.

Sie gab ein kurzes, nervöses Lachen von sich. „Unangenehm? Nein. Nein, ich glaube nicht. Ich bin es einfach nicht gewohnt, von einem Fremden getröstet zu werden. In unserem Land hätte man den Blick höflich abgewandt und beim nächsten Aufeinandertreffen so getan, als hätte man nichts gesehen."

Nun war es an Henrik, irritiert die Stirn in Falten zu legen. „Hört sich irgendwie unnatürlich an."

Dieses Mal klang ihr Lachen schon besser. „Ja. Ich glaube, das ist es wirklich. Dennoch bin ich so aufgewachsen, und es ist mir unangenehm, dass du mich so siehst. Nicht jedoch, getröstet zu werden."

Er lächelte sie aufmunternd an. „In unserem Land trösten wir jeden, der es braucht. Wir sind besser darin, uns einzumischen, als wegzusehen. Das kann man als Schwäche oder Stärke auslegen. Trotzdem – wenn du es möchtest, werde ich gehen. Aber ich komme zurück, um nach dir zu sehen."

Sie sah zu Boden, noch immer ein sanftes Lächeln im Gesicht. „Es ist seltsam. Aber schön. Bitte bleib. Ich glaube, ich bekomme langsam doch Hunger."

Er zog sie noch einmal freundschaftlich an sich, ehe er sie freigab und aufstand, um ihr die Hand zu reichen. Sie legte ihre hinein, und er half ihr auf. „Dann werde ich dir jetzt dein Frühstück machen."

„Das ist irgendwie auch seltsam", erwiderte sie.

Er lachte. „Du hast dafür bezahlt."

„Ich habe nicht für den Trost bezahlt. Lass mich dir wenigstens helfen."

„Auf keinen Fall", sagte er, als sie durch die Tür traten. „Ruh dich einfach aus, nimm eine heiße Dusche, wenn du willst."

In ihren Augen sah er, dass es genau das war, was sie brauchte. Sie nickte. „Okay, das mache ich. Falls du noch nicht gegessen hast, würde ich mich sehr freuen, wenn du mir zum Frühstück Gesellschaft leistest. Das ist ein Kompromiss."

Damit hatte er nicht gerechnet. Und es freute ihn umso mehr. Er wusste, sie tat es aus einem dummen

Verpflichtungsgefühl heraus, weil sie nicht Trost und Bewirtung gleichzeitig annehmen konnte, aber das war in Ordnung. Sie würde es mit der Zeit lernen. Und sie brauchte wirklich einen Freund.

Als er nebenan die Dusche hörte, waren es alles andere als freundschaftliche Gefühle, die in ihm hochkochten, während er sie sich nackt unter dem heißen Wasserstrahl vorstellte. Mit aller Macht holte er seine Gedanken in die Wirklichkeit zurück. Er holte Croissants und Brötchen aus der Tüte, die auf der Küchenanrichte stand, und platzierte sie zusammen mit Mollys berühmt-berüchtigtem Shortbread auf einer Etagere. Während er sich daran machte, Obst zu schneiden, klingelte sein Handy. Er klemmte es sich zwischen Schulter und Ohr.

„Hallo? Henrik? Verdammt, wo steckst du denn? Das Wetter ist ideal für einen richtig fetten Fang. Ich warte schon seit einer halben Stunde auf dich", meldete sich Sean Hennessy am anderen Ende.

Trotz seiner von Natur aus lauten Stimme war er durch das Gekreische der Möwen und das Toben des Meeres kaum zu verstehen. Henrik warf einen Blick auf die Uhr und fluchte. Es war bereits Viertel nach sieben. Neben seiner Sorge um Tamara hatte er die Zeit völlig vergessen. Er sollte seit einer halben Stunde in Dingle sein und mit seinem besten Freund die Dreschen mit Jakobsmuscheln füllen. „Hör zu, Sean. Ich schaffe es heute nicht. Fahr allein raus."

„Dich haben wohl die Kobolde abgefüllt!", wütete Sean fassungslos. „Du weißt genau, dass ich dadurch mehr als die Hälfte des Fangs einbüße. Was ist denn los? Ist ja nicht so, als ob wir das erst seit gestern machen."

„Ich habe einfach vergessen, dir Bescheid zu sagen. Mir ist spontan etwas dazwischengekommen, was sich nicht verschieben lässt", erwiderte Henrik voller

Schuld, während er stirnrunzelnd auf das geschnittene Obst hinabsah.

Sie braucht jetzt einen Freund, sagte er sich immer wieder wie ein Mantra. Er konnte sie nicht allein lassen. Es war schwer, sich selbst zu glauben, während er daraufhin fieberte, dass sie aus der Dusche kam.

„Tut mir leid, Kumpel. Ein familiärer Notfall?", fragte Sean, nun ruhiger und sehr besorgt.

Henriks Schuldgefühle stiegen ins Unermessliche. „Nein, nichts dergleichen. Es ist kompliziert. Ich habe dir doch von dem jungen Paar erzählt, das sich bei mir eingemietet hat. Nun, der Mann ist abgehauen, und ich sorge hier etwas für Schadensbegrenzung."

Kurz war es still, und dann folgte dieselbe Schimpftirade, wie auch Henrik sie in Seans Situation von sich gegeben hätte. „Du lässt mich hier sitzen und mir fehlt ein halber Tageslohn wegen irgendeiner Frau? Hörst du dir mal selbst zu?"

„Ja, ich weiß, wie sich das anhört, Sean", erwiderte Henrik verzweifelt. „Aber sie ist nicht nur irgendeine Frau."

„Ich höre?"

„Es ist kompliziert. Okay, das war eine scheiß Antwort. Ich muss dir das persönlich erklären."

Sean fluchte erneut und sagte dann mühsam beherrscht: „Okay. Dann kommst du nach unserer Pollack-Tour am Freitag mit zu uns. Daisy kocht uns was und du erzählst mir, warum gerade du so einen Bockmist gebaut hast. Ich meine es ernst, Henrik. Ich habe inzwischen drei Kinder zu versorgen, das vierte ist bereits auf dem Weg, wie du weißt. Ich habe nur diesen einen Kahn und den Fang. Du schuldest mir was."

Henrik nickte. Sean den entgangenen Lohn der Jakobsmuscheln zu erstatten, hatte er sich längst vorgenommen. Aber es galt auch, verlorenes Vertrauen zurückzugewinnen, was mehr brauchte als eine Hand voll Scheine. „Ich werde dir nichts schuldig bleiben." In dem Moment hörte er, wie sich die Tür zum Nebenraum öffnete. „Sean, ich muss Schluss machen. Wir sehen uns Freitag."

„Das hoffe ich für dich, Kumpel."

Als das Freizeichen ertönte, hatte Henrik keine Zeit mehr, sich in seiner Reue zu suhlen, denn schon betrat Tamara das Esszimmer. Und sein Hirn schaltete sich aus. Ihr langes schwarzes Haar hing ihr feucht über den Rücken. Ihre Wangen waren gerötet von der Hitze des Wassers. Sie sah lebendig, stärker und so erotisch aus, dass es ihn beinahe in die Knie zwang.

Als er bemerkte, dass er sie anstarrte, räusperte er sich angestrengt und fragte in bemüht ruhigem Tonfall: „Geht es dir besser?"

Ihr Lächeln war Antwort genug. „Viel besser. Was ist das nur mit uns Frauen und heißem Wasser? Eine Badewanne hätte ein noch durchschlagenderes Ergebnis erzielt, aber die Dusche war schon ziemlich gut."

„Ich glaube, es ist so ziemlich dasselbe wie bei uns Männern mit Fußball", erwiderte er und deutete ihr an, sich zu setzen. „Ich habe im Übrigen eine Badewanne. Die kannst du benutzen, wann immer dir danach ist. Ich bin ohnehin meist erst am späten Abend zurück."

Sie starrte ihn an. „Du willst mich wegen eines Bads in dein Haus lassen?"

Er zuckte die Schultern und reichte ihr den Brotkorb. „Ich wüsste nicht, warum ich es nicht tun sollte. Ein Haus ist da, damit man es bewohnt, Leben hereinbringt. Das tue ich mit meiner Abwesenheit selten genug. Ich bin es dem Haus sozusagen schuldig."

Sie nahm sich ein Croissant und schüttelte den Kopf. „Du bist mit Abstand der seltsamste Mann, dem ich je begegnet bin."

Er lachte. „Ist nicht das erste Mal, dass ich das zu hören bekomme. Und? Willst du darüber reden oder nicht?"

Sie überlegte einen Moment, nippte an ihrem Kaffee und seufzte. „Der ist fantastisch. Tut fast so gut wie die Dusche. Und nein, ich möchte nicht darüber reden. Im Moment jedenfalls nicht. Ich glaube, dass ich andernfalls in einem unheilvollen Gedankenkarussell landen werde. Wäre schade um die schöne Dusche."

„Du bist mit Abstand die seltsamste Frau, die mir je begegnet ist", zitierte er sie. Er hatte geglaubt, dass sie ihm ihr Herz offenbaren würde. Mit viel Tränen und Vorwürfen gegen ihren Ex-Freund. Was er vollkommen verständlich gefunden hätte. Aber ihre Art, damit umzugehen, war – interessant. „Also, was hast du heute noch vor?"

„Das, was ich eigentlich vorhatte, seit ich einen Fuß nach Coumeenoole gesetzt habe. Ich gehe mir endlich den Strand ansehen."

„Du warst noch nicht unten am Strand?", fragte er überrascht. „Das ist meist das Erste, was die Leute sich ansehen, nachdem sie hier eingecheckt haben."

Sie seufzte wieder, dieses Mal allerdings nicht genießerisch, sondern schwer, sodass er wünschte, die Frage nicht gestellt zu haben. „Ein so kleiner Strand an einem solch abgelegenen Ort hat für Simon einfach keinen Reiz. Zudem war die Stimmung seit unserer Ankunft derart schlecht, dass ich mich nicht einmal dazu aufraffen konnte, ihn mir allein anzusehen. Verdammt, jetzt rede ich doch darüber."

„Das war meine Schuld. Also nochmal von vorn. Du gehst heute an den schönsten Strand, den du jemals in deinem Leben gesehen hast, und dann?"

Sie lachte spontan auf. „Ich will nicht angeben, aber ich habe in meinem Leben schon viele Strände gesehen. Ich bin Autorin eines Reisemagazins. Dementsprechend oft war ich auch unterwegs. Bin ich unterwegs", korrigierte sie sich verwirrt.

Henrik lachte. „Ich weiß, du hast es in einer deiner Mails erwähnt. Trotzdem ist eine Tatsache auch mit allen Vergleichen der Welt nicht zu ändern."

„Wie soll ich das denn verstehen?"

Er überlegte und sagte dann einfach das, was ihm zuerst einfiel. „Nehmen wir mal an, ich habe die schönste Frau der Welt vor mir. Du kannst zehn daneben stellen, zwanzig, fünfzig, einhundert oder tausende. Diese eine Frau wird in meinen Augen immer die Schönste sein. Weil sie etwas hat, das den anderen fehlt."

Er merkte erst, dass er von ihr gesprochen hatte, als sie atemlos fragte: „Und was ist das?"

Er lächelte und versuchte, die Leichtigkeit zurückzubringen. „Das wirst du erst sehen, wenn sie vor dir steht."

Sie lachte. „Okay, okay. Ich gehe zum Strand und mache mir mein eigenes Bild davon."

Er nickte. „Gut. Und was wirst du dann tun?"

Sie zuckte die Achseln. „Ich weiß es nicht. Und ich will es nicht wissen. Ich will mich treiben lassen und sehen, welche Zauber mir begegnen."

„Wow", sagte er, als sie verlegen verstummte. „Das klang nach der geborenen Schriftstellerin. Du solltest einen Roman schreiben."

Sie öffnete den Mund und schloss ihn wieder. Er spürte sofort, dass er etwas Falsches gesagt hatte und wollte danach fragen, doch sie war schneller. Ein kluges Manöver, eine unangenehme Sache auf sich beruhen zu lassen. Er durchschaute es und ließ es dennoch zu. Langsam, Schritt für Schritt. Selbst wenn sie miteinander frühstückten, waren sie dennoch Fremde. Noch.

„Was tust du heute noch? Es erscheint mir ungewöhnlich, dass du um diese Uhrzeit noch hier bist."

Es war ihm zuwider, sie anzulügen. Allerdings hielt er eine kleine Notlüge in dieser Situation für angebracht. Schließlich war sie frisch getrennt, da konnte er schlecht sagen: *Ich wollte in der schweren Zeit bei dir sein. Eigentlich will ich das immer, zu jeder Tages- und Nachtzeit. Ich fühle mich stark zu dir hingezogen und vergesse all meine Pflichten, seit du hier bist.*

Stattdessen erwiderte er: „Eine meiner Touren ist heute ausgefallen, somit habe ich den Vormittag frei. Allerdings müsste ich in einer guten Stunde los."

„Wir sind ja fast fertig. Ich räume ab. Keine Widerrede!" Letzteres sagte sie in strengem Ton, als er widersprechen wollte.

„Tamara, ich bin der Vermieter. Du bezahlst ..."

„Nicht dafür, dass du mit mir frühstückst", beendete sie seinen Satz bestimmt. „Du hast es dennoch getan und mir Gesellschaft geleistet. Einfach, weil ich es brauchte. Nun möchte ich im Gegenzug etwas für dich tun. So bin ich nun mal. Lass mich abwaschen, Henrik."

Ihre eindringliche Bitte brachte ihn zum Lachen. „Also gut."

„Du sagtest, eine deiner Touren ist ausgefallen. Bist du so etwas wie ein Guide?"

„So in der Art. Naja, nicht ganz. Morgens bin ich Fischer. Ich fange mit einem guten Freund Muscheln und Fisch für Restaurants in Dingle. Nachmittags bin ich Skipper. Ich fahre Touristen aufs Meer raus, um ihnen die Möglichkeit zu geben, Delfine zu sehen."

Sie riss die Augen auf. „Dann warst das doch du!"

„Was?", frage er verdutzt.

Einen Moment schien sie sich über ihre spontane Reaktion zu ärgern, ehe sie zögernd erklärte: „Sonntag, als wir aus Dublin zurückkamen, sind wir in Dingle am Hafen aus dem Bus gestiegen. Und ich habe geglaubt, dich dort zu sehen. Aber ich war mir nicht sicher, da waren so viele Menschen."

Er erinnerte sich. Er hatte nur kurz nach Sean sehen wollen, der seine Tour übernommen hatte, und hatte ihn angetroffen, wie er mit seinen Touristen den berühmten Fungie beobachtete.

„Wir haben hier in Irland ein Sprichwort, das sagt, dass jede Begegnung zweier Menschen eine Fügung Gottes ist."

Sie starrte ihn an. Da war etwas in ihren Augen, das sie nicht rechtzeitig vor ihm verbergen konnte. Wieder fühlte er sich bestätigt. Sie fühlte es auch. Langsam stand er auf. „Danke für die Einladung und fürs Abwaschen, Tamara. Genieß den Strand. Vielleicht sehen wir uns heute Abend noch einmal."

Sie nickte wortlos und mit großen Augen. Zufrieden lächelnd verließ er das Haus.

Kapitel Acht

Während Tamara das Geschirr spülte, waren ihre Gedanken noch immer bei Henrik. Kaum war ihr langjähriger Freund abgereist, frühstückte sie mit einem wildfremden Mann. Und war es definitiv mehr gewesen als eine Geste der Freundlichkeit ihrerseits – sie hatte ihn um sich haben wollen. Schlimmer noch, sie hatte ihn gebraucht. Wie konnte sie einen Menschen brauchen, den sie erst seit Kurzem kannte?

Dann waren da noch die Dinge, die er von sich gab. Es war nicht so, dass er mit ihr flirtete. Ganz und gar nicht. Es ging viel tiefer. Das waren keine belanglosen Bemerkungen, es war sein Ernst. Und das machte ihr Angst. Nicht allein die Bemerkungen an sich, sondern vielmehr, was diese in ihr auslösten. Sie würde es vorerst so gut es ging beiseiteschieben. Und wenn sich Henriks Bild dann wieder und wieder in ihre Gedanken drängte, dann war das nicht zu ändern. Sie konnte das aushalten. Sie konnte ihm begegnen und einfach nur das flatternde Gefühl in ihrem Bauch genießen. Das war okay. Weiter musste sie nicht denken. Und ganz bestimmt gab es keinen Grund, sich deshalb schuldig zu fühlen! Was sie dennoch tat.

Seufzend stellte sie die letzte Tasse auf das Abtropfbrett und warf einen Blick zur Uhr. In nicht einmal zwei Stunden würde Simon in den Flieger nach Hause steigen. Zuhause, das war ein starkes Wort. Sie war sich nicht sicher, ob sie seine Bedeutung wirklich verstand. Auf ihren gemeinsamen Reisen hatte sie sich in den Fliegern hoch oben über der Welt stets mehr zuhause gefühlt als bei seinen Eltern. Oder damals in der Wohnung bei ihrer Mutter.

Was würden Simons Eltern sagen, wenn er plötzlich und unerwartet allein vor ihnen stand? Es war nicht so, dass sie ein besonders enges Verhältnis zu ihnen hatte. Dennoch – zehn Jahre waren eine lange Zeit. Ein Meilenstein im Leben eines Menschen. Sie zuckte die Schultern und entschied, dass es unwichtig war, was andere von ihrem Entschluss hielten.

Jetzt beginnt eine neue Ära, sagte sie sich. Der Gedanke löste dasselbe Kribbeln in ihrer Magengegend aus wie Henriks Lächeln. Sie beschloss, sich endlich den Strand anzusehen. Das Meer und der Wind würden ihre Gedanken hoffentlich zerstreuen.

Es gab keinen Fußweg auf dem schmalen Slea Head Drive, aber nach kurzer Zeit stellte Tamara fest, dass sie hier wohl nicht Gefahr laufen würde, von einem heranrasenden Auto erfasst zu werden. Weit und breit war kein Fahrzeug in Sicht. Sie fühlte sich wie der einzige Mensch auf der ganzen Welt. Vielleicht hätte das die alte Tamara, die Aufregung brauchte, als beängstigend empfunden. Jetzt fühlte sie einen tiefen Frieden in sich, während links und rechts von ihr die saftigen grünen Hügel sanft gen Himmel stiegen, bevölkert von Schafherden, die wie vom Himmel herabgestürzte Wolken aussahen. Die Sonne schien, es war ein warmer, sanfter Tag.

Nach weiteren fünf Minuten zog Tamara verwundert ihre Jacke aus. Bisher hatte sie das Land nur stürmisch, wild und kühl erlebt. Nun zeigte es ihr seine Schokoladenseite. Sie nahm es als Zeichen, dass sie sich auf dem richtigen Weg befand. Nicht nur dem zum Strand, sondern auch zu ihrem persönlichen Glück.

Sonnenstrahlen kitzelten sie auf der Nase. All ihre Gedanken und Sorgen kamen ihr plötzlich so unbedeutend vor. Was gewesen war, war gewesen. Es gehörte der Vergangenheit an. Es war so ein grandioses Gefühl, am Leben zu sein.

Sie genoss die Freiheit, gehen zu können, wohin sie wollte. Tun zu können, worauf sie gerade Lust hatte. Ohne Kompromisse, ohne Rechtfertigungen, ohne Streit. In diesem Moment konnte sie sich nicht vorstellen, sich je wieder fest an einen Mann zu binden. Sie fühlte sich so vollkommen und glücklich mit sich selbst. Ein völlig neues Gefühl für sie.

Es wurde intensiver, als sie zu der Straßenbiegung kam, die zum Strand führte. Von der kleinen Anhöhe aus sah sie direkt auf das Paradies unter ihr. Ein Fleckchen Sand eingebettet in einen Steilhang. Nur das geschulte Auge würde diesen Strand entdecken.

Das erklärte, warum sie mutterseelenallein war. Sie fühlte sich wie in einer Fernsehkulisse. Die Wellen rollten sanft auf den weißen, butterweichen Sand. Am liebsten hätte sie sich einfach ins Meer gestürzt, doch sie hatte nicht einmal einen Bikini in ihrem Koffer, da sie bei ihren Recherchen die Wasser- und Lufttemperaturen nicht als badefreundlich empfunden hatte. Auch jetzt war die Luft kühl, doch das Meer war so einladend, lächelte ihr im Schein der Morgensonne so wohlwollend zu, dass sie sich nur zu gern hineingestürzt hätte.

Sie würde sich nach einer Autovermietung erkundigen müssen, damit sie wieder mobil war. Busse schienen hier nicht zu fahren. Sie wollte möglichst viel von diesem wunderschönen Land sehen. Für den Moment war sie aber erst einmal hier, an diesem malerischen Fleckchen Erde. Langsam schritt sie den Hügel und die kleine Steintreppe hinunter, die zum Strand führte. Dort zog sie Schuhe und Socken aus. Als sich ihre nackten Füße in den weichen, von der Sonne gewärmten Sand gruben, entfuhr ihr ein wohliger Seufzer. Sie sah erneut zum Meer, dann zum strahlend blauen Himmel, und lächelte noch etwas mehr. „Halleluja!"

Als sie zurückkehrte, zog ein Regenschleier über das Meer. Tamara war in wenigen Sekunden nass bis auf die Haut. Sie konnte es nicht fassen. Sie war bei strahlendem Sonnenschein losgegangen und länger unterwegs gewesen als beabsichtigt, doch den Wetterumschwung hatte sie nicht kommen sehen. Als wären die Wolken aus dem Nichts aufgetaucht und hätten den Himmel verdunkelt.

Wie das Beziehungsaus mit Simon. Der Gedanke kam ebenso aus dem Nichts wie der Regenguss, und sie konnte ihn nicht aufhalten. Sie konnte aber sehr wohl verhindern, dass er ihr die Laune verdarb. Sie drängte ihn in die hintersten Ecke ihres Bewusstseins, wo er hingehörte, und schloss frohen Mutes die Tür zum Farmhouse auf.

Normalerweise hätte sie sich in so einem Fall noch einmal eine ausgiebige Dusche gegönnt. Schließlich hatte sie für ihren Unterhalt bezahlt, und es war nicht ihre Wasserrechnung. Da es sich allerdings um Henriks Unkosten handelte, begnügte sie sich damit, sich andere Sachen aus dem Koffer zu suchen und ihr Haar in ein Handtuch einzuschlagen.

Danach blieb sie unschlüssig im Zimmer stehen. Draußen goss es in Strömen, und es war erst früher Nachmittag. Da konnte sie sich endlich daran machen, ihren Koffer auszupacken. Schließlich würde sie noch eine Weile bleiben.

Sie hatte Mühe, all die Sachen in dem schlichten Holzkleiderschrank neben dem Bett unterzubekommen. Mit Schrecken stellte sie fest, dass sie keine Regenjacke dabeihatte. Wie konnte jemand, der Artikel für Reisemagazine schrieb, ohne Regenjacke nach Irland reisen? Verärgert über sich selbst schüttelte sie den Kopf. Sie würde wirklich einkaufen gehen müssen. Lebensmittel standen auf ihrer Prioritätenliste ebenfalls ganz oben. Was sollte sie heute nur zu Abend essen?

Sie hatte keine Ahnung, wie sie ohne Auto von hier zum nächsten Supermarkt komme sollte. Wo war der überhaupt? Sie schnappte sich ihr Smartphone. Ihr Display zeigte ihr einen entgangenen Anruf von Simon und dazu einige Nachrichten von ihm an. Zuerst sagte ihr die Gewohnheit, sofort zurückzurufen, doch dann besann sie sich und las nur die erste Nachricht.

Es tut mir leid, dass ich heute Morgen einfach auf und davon bin. Aber das alles war ein ziemlicher Schock für mich. Ich bin sicher, du hast recht. Wir brauchen beide Zeit und Abstand. Danach sehen wir weiter.

Tamara stöhnte frustriert auf. Er hatte nichts verstanden. Ihn jetzt allerdings noch einmal zurechtzuweisen, erschien ihr grausam und sinnlos. Er wollte der Wahrheit offensichtlich noch nicht ins Gesicht sehen. Doch sie war sicher, dass er sich mit der Zeit beruhigen und einsehen würde, dass sie ohneeinander besser klarkamen.

Sie schaltete das Telefon aus und legte es beiseite, damit sie es sich nicht anders überlegen und Simon doch anrufen würde. Die Suche nach dem Supermarkt war vergessen, ihr Hunger vorläufig passé. Sie beschloss, in den Vorraum zu gehen und sich eine Tasse Tee vor dem Kaminfeuer zu gönnen.

Während sie Milch in die Tasse gab – etwas, das sie sich am Morgen von Henrik abgeschaut hatte und nun unbedingt ausprobieren wollte – überlegte sie, was er gerade tat. Hatte er ein Boot voller begeisterter Touristen und fuhr über das wilde Meer einer Delfinschule hinterher? Oh, sie wünschte, sie könnte dabei sein. Trotz ihrer vielen Reisen war sie wegen Simons Seekrankheit nie auf dem offenen Meer gewesen und sehnte sich danach. Sie dachte an das stürmische Wasser, an das einsame Boot und Henrik. Und sie wünschte sich zu ihm.

Aber das war vollkommener Unfug. Er würde ja nicht allein, sondern in Gegenwart vieler Touristen sein. Er ging seiner täglichen Arbeit nach, während sie nichts anderes tat, als romantischen Träumen nachzuhängen. Es war egal, dass sie sich geschworen hatte, dass der Tag heute ihr und ihrem Heilungsprozess gehören sollte. Sie musste einfach etwas Produktives tun, und vielleicht war ja gerade das Teil des Prozesses.

Sie leerte ihre Teetasse – Schwarztee mit Milch gehörte definitiv ab sofort zu ihren Lieblingsgetränken –, schnappte sich ihr Tablet und machte sich daran, einen kurzen Reisebericht über Dingle für *The Traveler* zu verfassen. Wider aller Erwartungen flossen die Worte nur so aus ihr heraus. Sie hatte sogar echte Freude an ihrem Handwerk, die sie in dieser Form noch nie verspürt hatte. Ihre Hände flogen nur so über die Tastatur. Ehe sie sichs versah, hatte sie statt der vorgenommenen fünfhundert Wörter über zweitausend geschrieben.

Irritiert hielt sie inne und überflog den viel zu langen Reisebericht. Die tiefen Gedanken und verschnörkelten Floskeln kannte sie nicht von sich. In der Tat war diese Arbeit ganz anders als alles, was sie bisher zu Papier gebracht hatte. Und mit Sicherheit passte sie nicht in ein Mainstream-Reisemagazin für Leute, die nur die wichtigsten Informationen lesen wollten und sich lieber die Fotos ansahen.

„Das ist nichts", murmelte sie frustriert. Dabei hatte es ihr solche Freude bereitet, es zu schreiben, und die Worte lasen sich so hübsch. Es hatte keinen Sinn, sentimental zu sein. Sie wusste, was von ihr verlangt wurde, und das würde sie bringen. Sie wollte das Dokument gerade löschen, da hörte sie den Motor vor dem Haus, und ihr Herz hüpfte bis in ihre Kehle. Sie legte das Tablet beiseite, sprang auf und flog buchstäblich zum Fenster, um in die Dämmerung hinauszuspähen.

Es war tatsächlich Henrik. Nachdem er heute Morgen so spät aufgebrochen war, hatte sie ihn nicht so früh zurückerwartet, freute sich aber unbändig, ihn zu sehen. Er lud sein Auto aus und verschwand dann im Haus. Einen Moment blieb sie noch am Fenster stehen und beobachtet, wie Zimmer für Zimmer die Lichter angingen. Dabei dachte sie mit einem Lächeln an seine Bemerkung vom Morgen, dass ein Haus dazu da war, bewohnt zu werden.

„Ein wirklich besonderer Mann", seufzte sie. Ein Miauen zu ihren Füßen holte sie aus ihren Tagträumen zurück. Banshee sah mit großen gelben Katzenaugen zu ihr auf. „Oje, du hast wohl auch Hunger, Kleine. Na, mal sehen, ob ich etwas für dich tun kann."

***

Er wusste, er hatte den Tag nicht ordentlich über die Bühne gebracht. Er hatte die zwei Touren gemeistert, und seine Touristen waren zufrieden nach Hause gegangen. Aber eben auch nur das. Sie hatten heute nur eine Delfinschule von Weitem gesehen, die zweite Tour war komplett leer ausgegangen. Er wusste, dass das nur bedingt von Glück abhängig war, sondern von seinen Instinkten. Die leider allesamt bei Tamara geblieben waren, genau wie seine Gedanken und sein Herz.

Er war wütend auf sich selbst. Er durfte nicht alles derart schleifen lassen. Zuerst die Sache mit Sean und nun das. Es war sein Glück, dass die beiden Touristengruppen aus älteren Leuten bestanden hatten, denen es an Abenteuer genügt hatte, aufs offene Meer hinauszufahren und seinen Geschichten zu lauschen. Letztere waren zugegebenermaßen heute genauso lahm gewesen wie die Touren.

Nein, er hatte den Tag wirklich nicht gut über die Bühne gebracht, darum war es eine weise Entscheidung gewesen, ihn vorzeitig zu beenden, um wenigstens ein sehr guter Gastgeber sein zu können. Es war ihm nicht entgangen, dass Tamara kein Auto mehr hatte und so keine Möglichkeit, aus dem Ort herauszukommen, um Einkäufe zu tätigen oder irgendwo etwas essen zu gehen. Das war einer der Gedanken, die ihn heute auf Trab gehalten hatten.

Also war er auf dem Weg zurück zum Farmhouse einkaufen gegangen. Er konnte nicht von sich behaupten, ein begnadeter Koch zu sein. Jeder hatte eben seine Talente. Aber ein gutes Irish Stew brachte er zustande.

Das Zerkleinern von Fleisch und Gemüse half ihm, mit dem Tag abzuschließen. Er würde dafür sorgen, dass er morgen wieder voll da war. Dafür brauchte er aber heute Abend eine große Portion Tamara. Und wenn das nur mittels der Ausrede möglich war, er wolle für ihr leibliches Wohl sorgen, war ihm das recht.

Er hatte den Gedanken kaum zu Ende gedacht, da klopfte es zögerlich an der Tür. Er nahm den Topf vom Herd und öffnete verwundert. Und da stand sie vor ihm, das Haar lose aufgesteckt, einige Strähnen tanzten wie schwarze Seide durch die Dunkelheit. In ihren Armen hielt sie seine Katze, die ihn spitzbübisch anzugrinsen schien. „Entschuldige, ich will nicht lange stören. Ich habe deinen Wagen gesehen. Banshee hat offenbar großen Hunger, und ich konnte drüben nichts für sie finden.“

An ihrem Blick, der zu seinem Eintopf wanderte, sah er, dass nicht nur die Katze großen Hunger hatte. „Du störst nicht. Komm rein.“

Der Hauch von Rosa auf ihren Wangen verriet ehrliche Freude. Während er sich daran machte, Banshees Napf zu füllen, bemerkte er, dass sie sich verstohlen umsah. „Das riecht köstlich! Erwartest du Besuch?“

„Besuch hatte ich nicht erwartet, bin aber umso erfreuter darüber."

Neugierig ging sie zum Herd. „Was ist das? Irish Stew?"

Er lehnte sich gegen die Anrichte und genoss das Bild von ihr in seiner Küche. „Korrekt. Du scheinst dich in Irland schon ganz gut auszukennen."

Sie schüttelte den Kopf. „Ich musste mal einen Artikel darüber schreiben."

„Einen Artikel über Stew? Ohne es je gegessen zu haben?", fragte er verständnislos.

Seine Reaktion schien sie zu beschämen, sie grinste verlegen. „Das sollte ich dringend nachholen."

„Wie konntest du denn etwas beschreiben, von dem du nicht wusstest, wie es schmeckt?"

Die Frage schien sie aus dem Konzept zu bringen. Sie überlegte eine Weile, ehe sie erwiderte: „Das ist das Los der Autoren. Ich denke nicht, dass Stephen King jeden Mord begangen hat, den er jemals niedergeschrieben hat."

„Aber den ein oder anderen schon?"

Sie grinste. „Wer weiß. Es ist doch ziemlich detailgetreu."

„Zum Vergleich würde ich gern deinen Bericht über das Stew lesen. Dann wissen wir, ob man gute Informationen erfinden kann."

Sie starrte ihn an, als hätte er vorgeschlagen, mit ihr einen von Kings Morden zu begehen. „Das ist ein Scherz, oder?"

Er legte den Kopf schief.

„Ich meine, es ist ein Bericht über Stew. Ich weiß nicht einmal, wo ich ihn habe", lenkte sie ein.

„Ich bin Ire. Das Einzige, was ich in der Küche beherrsche, ist ein Stew. Ich will wissen, ob ich deinen Vorstellungen gerecht geworden bin. Du kannst es mir während des Essens natürlich auch einfach erzählen."

Wieder traf ihn dieser liebenswerte, amüsierte Blick. „Du musst mich nicht einladen. Ich wollte nur Futter für Banshee und ...“

Ihm entfuhr ein verzweifeltes Stöhnen. „Hör zu, die Suppe war für dich.“

Wieder dieser Blick. Seine Finger krallten sich ins Holz der Anrichte, um sich davon abzuhalten, Tamara zu packen und diesen bezaubernden Mund zu küssen, da sie niemals zugeben würde, dass sie gerade nirgendwo lieber wäre als hier in seiner Küche. „Ich weiß, dass du kein Auto und damit auch keine Lebensmittel hast. Du musst wahnsinnig hungrig sein. Das hier ist kein Date, und du bist zu nichts verpflichtet. Das nennt sich Gastfreundschaft. Aber wenn es dir lieber ist, kannst du deinen Teller Eintopf auch gern mit rüber nehmen.“

„Das hat gesessen. Wir Deutschen können wirklich noch was von euch lernen, habe ich recht? Einfach so freundlich zu sein, ganz ohne Hintergedanken.“

Da er mehr als nur einen Hintergedanken hatte, erwiderte er nichts. Denn normalerweise hätte er das auch so für sie getan. Normalerweise hätte er sich dabei nicht vorgestellt, ihr nach dem Essen die Kleider vom Leib zu reißen und sie gleich hier auf der Anrichte zu nehmen. Der Gedanke allein genügte, um sein Blut weiter in Wallung zu bringen. Er wünschte, er hätte ihr das Stew gebracht und wäre verschwunden. Der Wunsch verstärkte sich, als sie zu ihm trat und neugierig in den Topf blickte. „Okay, überrasch mich!“

Hätte sie das an einem anderen Tag gesagt und ihre Trennung von Simon wäre noch keine zwölf Stunden her, hätte er sie gepackt und geküsst. Stattdessen holte er zwei Teller und Löffel aus dem Schrank. Während er den Tisch deckte, fragte er sich, wann er hier zuletzt mit einer Frau gegessen hatte. Normalerweise lud er seine Dates in schicke Restaurants ein, wo es hübsch und unpersönlich war. Seltsam für einen Mann, der schon immer nach der Frau seines Lebens gesucht hatte. Vielleicht hatte er stets instinktiv gewusst, dass er ihr noch nicht gegenübersaß.

Tamara brachte den Topf zum Tisch und setzte sich auf die alte Holzbank mit den zerschlissenen Kissen. Henrik wünschte sich, er hätte die Lust zum Renovieren gefunden, doch all seine Energie und Zeit investierte er stets für das Gastgebäude nebenan. Was nun nicht zu ändern war, aber er würde die Idee im Hinterkopf behalten.

Er tat ihnen beiden von dem Stew auf und setzte sich ihr gegenüber. „Also dann lass es dir schmecken."

„Danke für die Einladung, Henrik. Ich freue mich wirklich darüber. Normalerweise bin ich gern allein, aber heute Abend ..." Sie zuckte die Achseln und führte den Löffel zum Mund. „Oh, das ist wirklich gut!"

Er lachte. „Das klingt so überrascht."

Sie stimmte in sein Lachen ein. „Ich gestehe: Ich habe nicht gedacht, dass ein Mann so gut kochen kann."

„Meine Kochkünste beschränken sich auf das hier. Und? Ist es wie in deinem Artikel beschrieben?"

Sie überlegte. „Ja und nein. Der Geschmack wurde auf den Seiten, die ich zur Recherche gelesen habe, schon so beschrieben. Ich meine, ich kenne ja die Zutaten. Doch in Kombination schmeckt alles viel intensiver – und mit dir zusammen zu essen, ist etwas Besonderes, das ich gern in den Artikel eingebaut hätte. Etwas ... Emotionales."

Ihre Blicke trafen sich, und er erlebte einen Flashback des Abends in der Temple Bar. Ihr Kennenlernen, das so einschlagend gewesen war wie ein Komet. Und sie verloren kein Wort darüber. Doch jetzt war auch nicht die Zeit dafür. Er sah es in ihren Augen. „Ich verstehe", sagte er bemüht locker. „Also schreibt es sich mit Emotionen besser."

In ihrem Lächeln lag etwas Bitteres. „So sagt man. Für meine Reiseartikel allerdings reicht etwas Vorstellungskraft."

Interessiert hob er die Brauen. „Und dennoch bist du an die Orte gereist, über die du geschrieben hast?"

„An die meisten, ja. Aber das war für Simon und seine Bilder."

„Konntest du nicht das Gefühl, das du dort bekommen hast, für dich und deine Arbeit nutzen?"

Ihr Gesicht nahm für einen Moment einen solch gequälten Ausdruck an, dass er wünschte, er hätte nicht gefragt. „Ich hasse diese Art des Schreibens."

Für einen Moment starrten sie einander an. Sie schien selbst überrascht über die Erkenntnis zu sein, dann kehrte ihre Verlegenheit zurück. Sie fuhr sich mit der Hand über das Gesicht. „Es tut mir leid. Ich bin nicht hier, um mich auszuheulen. Ich bin einfach verdammt müde. Es war ein so endlos langer Tag. Ich glaube, ich will nur noch schlafen."

Er nickte verständnisvoll. „Ich bringe dich zur Tür."

„Oh, ich helfe dir selbstverständlich beim Spülen", sagte sie und machte sich daran, den Tisch abzuräumen.

Bestimmt nahm er ihr die Teller aus der Hand. „Es sind zwei Teller und zwei Löffel, Tamara. Lass gut sein. Ruh dich aus, okay? Du hast es dir verdient. Vielleicht verbringst du morgen den Tag am Strand? Es soll wunderschönes Wetter werden."

„Mehr bleibt mir momentan ohnehin nicht übrig. Ich muss mich dringend um einen Mietwagen kümmern. Aber nicht mehr heute."

In der Diele drehte sie sich zu ihm um. Es war so dunkel und eng, dass sie zusammenprallten. Automatisch hielt er sie fest. „Entschuldige", stammelte sie atemlos und trat einen Schritt zurück. Er vergrub die Hände in den Taschen seiner Jeans.

„Vielen Dank für das Essen, es war wirklich köstlich“, sagte sie auf sein Schweigen und öffnete die Tür, um in die Nacht zu flüchten.

„Tamara“, rief er ihr nach, und sie drehte sich zu ihm um. Eine schlanke Frau mit schwarzem Haar und weißer Haut, die vom Mondlicht geküsst wurde. Er sollte tunlichst die Tür verriegeln, ehe er seine Prinzipien vergaß. „Wenn dir das Schreiben solcher Artikel keinen Spaß macht, solltest du es nicht mehr tun. Man sollte sterben wollen für das, wovon man lebt. Schlaf gut.“ Sie starrte ihn einfach nur an und nickte zögerlich. Er wusste nicht, ob das eine Bestätigung seiner Worte oder ein Gutenachtgruß sein sollte. Er winkte ihr noch einmal kurz, ehe er die Tür schloss. Seufzend lehnte er sich von innen gegen das alte Holz. Verdammt! Schon jetzt wollte er für sie sterben und leben.

Kapitel Neun

Als Tamara am nächsten Morgen erwachte, fühlte sie sich, als hätte sie die Nacht durchgemacht und war sich sicher, dass es noch viel zu früh war, um aufzustehen. Entgegen ihrer Gewohnheiten war sie nach dem Abendessen mit Henrik tatsächlich sofort zu Bett gegangen. Trotz der aufreibenden Gefühle, die sie für ihn empfand, war sie augenblicklich in einen totengleichen Schlaf gefallen.

Die hellen Sonnenstrahlen, die durch die Ritzen der alten Fensterläden fielen, irritierten sie jedoch genug, dass sie sich nicht auf die andere Seite drehte, sondern einen Blick auf ihre Armbanduhr riskierte. Sie riss die müden Augen auf. Es war bereits Viertel nach zehn! Sie erinnerte sich nicht, dass sie schon jemals so lange geschlafen hätte. Sie war sonst die geborene Frühaufsteherin.

Ehe sich ihr schlechtes Workaholic-Gewissen regen konnte, sagte sie sich, dass sie eine schwere Trennung hinter sich hatte und sich im wohlverdienten Urlaub befand. Trotzdem. Sie hatte sich für den heutigen Tag einiges vorgenommen. Sie brauchte dringend einen Mietwagen. Normalerweise hätte sie sich sofort ihr Tablet geschnappt und – getreu dem Motto: erst die Arbeit, dann das Vergnügen – nach der nächstgelegenen Autovermietung gesucht. Aber sie wollte nicht mehr diese gehetzte, verkopfte Frau sein.

Und so folgte sie ihren Instinkten und ging auf der Suche nach einer Tasse Kaffee ins Nebenzimmer. Natürlich waren wie am Vortag auch heute alle Kannen bis zum Rand mit duftenden Heißgetränken gefüllt. Das Frühstück stand für sie bereit. Dieses Mal mit nur einem Teller. Erst da fiel Tamara auf, dass es ihr erster Morgen ohne Simon war. Sie spürte dem flauen Gefühl in ihrem Magen nach und erkannte viel zu schnell, dass es die reine Gewohnheit war, da sie zehn Jahre ihres Lebens mit demselben Menschen verbracht hatte. Er fehlte ihr nicht wirklich. Es schockierte sie zutiefst, wie einfach es für sie war. Und wie befreiend.

Sie versuchte, sich nicht schuldig zu fühlen, goss sich den herrlich duftenden Kaffee in eine der alten Emailletassen und kuschelte sich in den zerschlissenen Ledersessel am Fenster. Henrik hatte Recht behalten. Die Sonne strahlte von einem vergissmeinnichtblauen Himmel und ließ die Weiden wie Smaragde funkeln. Die Schafe in der Ferne waren für Tamara nur lustige, weiße Punkte. Es war, als wäre sie die Betrachterin eines Gemäldes einer heilen Welt.

Nachdem sie ausgiebig gefrühstückt hatte, gönnte sie sich eine heiße Dusche. Als sie endlich vor ihrem Tablet saß, war es bereits halb zwölf. Sie zwang sich dazu, ihre innere Uhr anzuhalten. Die hatte hier sowieso keine Bedeutung. Dieser Gedanke bestätigte sich, als sie voller Entsetzen feststellte, dass sich die nächste Autovermietung in Tralee befand. Tamara fiel aus allen Wolken. Sie hatte damit gerechnet, nach Dingle zu müssen; sie hätte Henrik um eine Mitfahrgelegenheit bitten können. Wie sollte sie vom äußersten Ende der Halbinsel nach Tralee gelangen?

Sie rief sich die Seiten hiesiger Busunternehmen auf und konnte nicht fassen, wie schlecht das Fernverkehrsnetz ausgebaut war. In Coumeenoole gab es keine einzige Bushaltestelle. Die nächste Gelegenheit, in einen Bus zu steigen, hatte sie im Nachbarort Dunquin, das etwa drei Kilometer den Slea Head Drive hinunter lag. Und von dort fuhr der Bus an genau viermal die Woche zweimal täglich.

Wie hielten die Leute das aus? Sie war sicher, dass nicht jeder hier über ein eigenes Auto verfügte. Was taten die Menschen denn, wenn sie abends merkten, dass sie noch Lust auf eine Tüte Chips hatten oder schnell das fehlende Weihnachtsgeschenk für die ungeliebte Nachbarin besorgen wollten, die sich immer in letzter Minute selbst einlud?

Sie schüttelte den Kopf und sah noch einmal auf die Abfahrtszeiten des Busses. Heute hätte sie ihn erwischen können – wenn sie nicht bis Viertel nach zehn geschlafen hätte. Der nächste fuhr in zwanzig Minuten. In der Zeit würde sie es zu Fuß niemals bis nach Dunquin schaffen. Sie würde sich also bis Freitag gedulden müssen. Aber Einkäufe musste sie tätigen, so viel stand fest. Gut, die würde sie auch in Dunquin bekommen.

Da sie nun ohnehin weiter ohne fahrbaren Untersatz unterwegs war und nichts Besseres zu tun hatte, konnte sie genauso gut in den kleinen Ort laufen und sich dort umsehen. Sie packte ihren Rucksack und war so schlau, heute an ihren Regenschirm zu denken, ehe sie frohen Mutes bei strahlendem Sonnenschein das Haus verließ.

Während sie den Slea Head Drive entlangging, ein stummes Lied auf den Lippen und den Wind in ihrem Haar, genoss sie das Alleinsein so sehr, dass ihr Zweifel kamen, ob sie je wieder eine Beziehung wollte. Was grotesk war, wenn man bedachte, dass sie sich von Simon aufgrund der Tatsache getrennt hatte, dass sie sesshaft werden wollte. Doch brauchte es dazu zwingend einen Partner? Vielleicht könnte sie so sein wie einer dieser uralten Bäume, die sie hinter dem Farmhouse gesehen hatte – tief verwurzelt an einem Ort, der ihr Herz zum Singen brachte, während sich ihr Geist weit in den Himmel erstreckte. Sie musste über ihre poetischen Gedanken lächeln. Es lag an diesem Ort, der Aussicht, dem Geräusch des Meeres.

Obwohl der Slea Head Drive die einzige Straße weit und breit zu sein schien, war ihr bisher kein Fahrzeug begegnet. Tamara fühlte sich wie der einzige Mensch auf der Welt und wunderte sich, dass es sie nicht störte.

Das erste Auto begegnete ihr, als sie gefühlt die Hälfte der Strecke hinter sich hatte. Die Landschaft blieb unverändert – weites Meer und grüne Hänge, so weit das Auge sah – sodass sie nicht sagen konnte, wo sie sich befand. Bei dem Auto handelte es sich um einen roten Ford, der nun sein Tempo drosselte und neben ihr herzuckelte. Eine ältere Frau kurbelte das Fenster herunter und strahlte sie an, als würden sie einander schon ewig kennen. „Kann ich Sie ein Stück mitnehmen, Liebes?"

Tamara sah keinen Grund, dieses nette Angebot auszuschlagen, und freute sich auf etwas Konversation mit einer Einheimischen. „Gern!"

„Ich bin Molly. Schön, mal wieder ein neues Gesicht in der Gegend zu haben", sagte die Frau mit einem warmen Lächeln, als Tamara auf dem Beifahrersitz Platz genommen hatte.

„Ich bin Tamara. Kommen nicht viele Touristen nach Coumeenoole? Die Gegend ist traumhaft."

Molly startete den Motor. „In einem Monat etwa kommen Schwärme von ihnen, um den Strand oder Dunmore Head zu sehen. Aber das sind meist Tagesausflügler, die in Dingle übernachten. Die Stadt hat einfach mehr Attraktionen als unser kleines Dorf."

„Das sehe ich anders", erwiderte Tamara aufrichtig. „Wo sonst fallen die Hänge so sanft ins Wasser ab? Die Sonne verleiht dem Meer hier eine Farbe wie in der Karibik. Ich finde es einfach wildromantisch."

Molly sah lächelnd auf die Straße. „Sie nächtigen nicht zufällig im *Fishermans Farmhouse*?"

Tamara nickte, wenig verwundert. Sie wusste, dass es außer Henriks Bed and Breakfast nur ein weiteres in Coumeenoole gab. „Noch ein Grund, sich hier wohlzufühlen. Es ist gar nicht wie eine Urlaubsunterkunft, sondern vielmehr wie ein Zuhause auf Zeit."

Mollys Lächeln wurde warm. „Ja, Henrik hat es schon immer geschafft, dass sich die Menschen in seiner Nähe wohlfühlen. Für ihn ist jeder Fremde ein Freund. Fast jeder, der einmal bei ihm übernachtet hat, kommt zurück."

Tamara horchte neugierig auf. „Das glaube ich gern. Kennen Sie Henrik schon lange?"

„Seit er vor über achtzehn Jahren hergekommen ist. Schon damals war er ein so fleißiger, netter Bursche. Ich wohne ganz in seiner Nähe. Seine Ma ist so weit weg, und ich habe mich einfach für ihn verantwortlich gefühlt und ihm hin und wieder etwas gekocht. Eine Tradition, die sich bis heute hält."

„Das ist nett von Ihnen", sagte Tamara und dachte an ihre eigene Mutter, die immer so kühl und reserviert ihr gegenüber war. Konnte man etwas vermissen, das man nie gekannt hatte?

„Henrik hat mir erzählt, dass Sie mit Ihrem Freund hier Urlaub machen. Warum begleitet er Sie heute nicht?", fragte Molly.

Noch immer fiel es Tamara schwer, sich an die Offenheit der Iren zu gewöhnen. Doch sie merkte mehr und mehr, dass es ihr nicht unangenehm war. Es war vielmehr wie das Einlaufen neuer Schuhe, bis sie richtig passten. Noch drückte es hier und da, aber schon jetzt fühlte es sich besser an als die alten, abgetragenen Sohlen, die sie aus Deutschland mitgebracht hatte.

„Wir haben uns getrennt. Er ist gestern abgereist."

„Oh! Was ist passiert?", fragte Molly überrascht.

Tamara zuckte unbehaglich die Schultern. „Ich schätze, wir haben uns einfach auseinanderentwickelt."

„Darf ich offen sein?"

„Natürlich."

„Ich denke, was Sie gerade gesagt haben, ist der größte Humbug aller Zeiten. Diesen Satz haben die Menschen nur erfunden, um sich nicht eingestehen zu müssen, dass es von Anfang an nicht gepasst hat und sie sich all die Jahre etwas vorgemacht haben. Es gibt in der Liebe keine eintausend Möglichkeiten und jede könnte passen, wenn man es nur lang genug versucht. Es gibt nur den Einen", sagte Molly ernst.

Ihre Worte triggerten etwas in Tamara, sodass sie sich schrecklich verletzlich fühlte. „Es kristallisiert sich leider erst im Laufe der Zeit heraus, ob man falsch lag. Wenn man an Ihre Theorie glaubt."

Molly störte sich offenbar nicht am kühlen Tonfall ihrer Mitfahrerin, sondern lächelte unbeirrt weiter. „Sie glauben daran, das höre ich an dem Missfallen in Ihrer Stimme. Sie würden gern etwas anderes glauben, weil man dann die Kontrolle behält. Aber Sie glauben auch an die Theorie des Einen. Ich wage sogar zu behaupten, dass Sie ihm bereits begegnet sind."

Tamara wusste nicht, was sie sagen sollte, da Molly viel mehr über sie zu wissen schien als sie selbst. Gleichzeitig hatte sie nicht das Gefühl, etwas sagen zu müssen.

Als sie das Ortseingangsschild von Dunquin passiert hatten, riss Mollys Stimme sie aus ihren Gedanken. „Ich nehme an, Sie wollen hier Einkäufe erledigen? Ich muss weiter nach Waymont. Meine Cousine Sarah ist im neunten Monat schwanger, und ich wollte ihr etwas Eintopf vorbeibringen."

„Ja, ich steige hier aus. Danke, dass Sie mich mitgenommen haben. Und für das nette Gespräch", sagte Tamara lächelnd und stieg aus.

„Jederzeit wieder. Ich würde mich freuen, wenn Sie mich mal besuchen. Es ist das blaue Haus gleich hinter dem Hügel. Wir könnten etwas zusammen backen."

Allein die Vorstellung wärmte Tamaras Herz. Sie winkte Molly, bis ihr Wagen nicht mehr zu sehen war. Plötzlich wusste sie, dass man etwas umso mehr vermissen konnte, wenn man es nie zuvor gehabt hatte.

Sie erledigte die Einkäufe zuerst, weil sie den Kopf für die Bilder freihaben wollte. Aber die bezauberten sie überraschenderweise schon während des Einkaufs. Es war ein kleiner Tante-Emma-Laden. Die grellblaue Hausfassade mit den knallgelben Fensterläden lockte schon von Weitem und machte jede weitere Reklame überflüssig. Vor dem Eingang standen zwei Männer, die aussahen, als wären sie über hundert Jahre alt. Ihre Haltung war gebeugt, und aus ihren Kehlen drang raues, lautes Gelächter. In diesem Moment musste sie an Simon denken. Er hätte kurzerhand die Kamera gezückt und ein perfektes Postkartenmotiv gezaubert.

Beide Männer wandten sich mit unverhohlener Neugierde zu ihr um, als sie nähertrat. „Ah, ein neues Gesicht. Das ist selten um diese Jahreszeit. Was führt dich zu uns, Kindchen?"

Die Art und Weise, wie der Alte mit ihr sprach, als lebten sie schon seit Jahrzehnten Tür an Tür, ließ sie seltsam sentimental werden. „Nur Einkäufe."

„Den Laden meinte er nicht, sondern unser schönes Land", sagte der zweite Mann mit einem polternden Lachen.

Tamara überlegte. Was hatte sie hierhergeführt? Die Hoffnung auf den Neuanfang ihrer Liebe? Oder war es in Wirklichkeit von Anfang an etwas anderes gewesen? Simon war längst zurück in Deutschland, nun konnte sie ehrlich mit sich sein.

„Es war ein stiller Ruf in mir."

Beide Männer nickten, als ob sie verstünden, obwohl Tamara selbst doch nichts verstand. „Damit beginnen meist die besten Geschichten."

Als sie die Einkäufe erledigt hatte und die Männer längst wieder ihrer Wege gegangen waren, beschäftigte sie das kurze Gespräch noch immer. Sie schlenderte die Straße zurück und dachte über die Worte nach. Mit einem stillen Ruf begannen die besten Geschichten.

Und tatsächlich schien es, als hätten sich all die festgefahrenen Worte in ihrem Kopf gelöst, seitdem sie irischen Boden betreten hatte. Nun wirbelten sie herum, viel zu schnell, um auch nur eines davon zu fassen zu bekommen. Worüber wollte sie schreiben? Wie sollte sie damit anfangen, wenn sie die Geschichte nicht kannte? Die Worte waren da, auch die ersten Bilder dazu, aber ihr Verstand sagte ihr, dass sie zuerst einen groben Handlungsabriss brauchte, ein Inhaltsverzeichnis, eine Zielgruppe.

Doch der Ruf war stärker. Hier noch viel mehr als jemals zuvor. Es war wie ein Ziehen in der Brust, wie eine Kraft weit außerhalb ihres Vorstellungsvermögens. Wer oder was führte sie da plötzlich?

Sie war zurück auf der Hauptstraße und sah auf die malerisch anmutenden Blasket Islands hinaus, die unweit vor ihr im Meer trieben wie riesige Bojen. Sie wusste, dass einige davon bewohnt gewesen waren und fragte sich, wie das Leben dort gewesen sein musste. Romantisch, einsam, entbehrungsreich. Sie wusste, dass vom Hafen aus ein Boot zu den Inseln ging. Hätte sie die Einkäufe nicht dabeigehabt, wäre sie dem Ruf gefolgt und hätte sich ein Ticket gekauft, einfach weil der Drang kaum auszuhalten war. Doch die schweren Beutel behinderten sie schon jetzt, und so verschob sie es bedauernd.

Stattdessen ging sie kurzerhand in das Blasket Center, das sich unscheinbar und doch imposant mit seinen vielen kleinen Glasanbauten in die grünen Weiden schmiegte. Fast hochmütig sah es auf das Meer hinaus.

Wie Tamara dem Schild am Eingang entnahm, handelte es sich um ein Besucherzentrum, das Informationen über das Leben auf den Blasket Islands bot. Sie lächelte über den Wink des Schicksals und betrat neugierig das Foyer.

Es war ein imposantes Museum der anderen Art mit schwarzgefliesten, langen Fluren und hohen weißen Wänden, an denen Informationen über das Leben der Inselbewohner hingen. Tamara war wie verzaubert. In einem anderen Teil des Museums war ein altes Holzboot ausgestellt, mit dem die Männer damals Tag um Tag auf die See hinausgefahren waren, um das Überleben ihrer Familien zu sichern.

Das letzte Teilgebäude war komplett verglast. Eine Bank lud vor der Fensterfront zum Verweilen ein. Tamara setzte sich. Während sich ihr Blick auf den Blaskets weit draußen im Meer verlor, dachte sie darüber nach, wie hart und einsam ein Leben fernab jeglicher Zivilisation gewesen sein musste. Den Einwohnern der Great Blaskets hatte es an vielem gefehlt. Aber sie hatten überlebt. Sie hätten die Inseln verlassen können, doch viele von ihnen waren geblieben. Warum? Die Frage ließ sie nicht mehr los.

Nach ihrem Besuch im Museum schlenderte sie zum Friedhof und sah sich andächtig die verwitterten Gräber an, die zumeist von keltischen Kreuzen markiert wurden. Der Friedhof war winzig, und es dauerte nicht lange, bis sie fand, wonach sie gesucht hatte. Stumm kniete sie sich vor dem Grab von Peig Sayers, die sie bewunderte, ins Gras. Die irische Autorin hatte ihr halbes Leben auf einer der Blasket Islands verbracht und ging als größte Geschichtenerzählerin ihrer Zeit in die Historie ein.

Und was steht über mich geschrieben, wenn ich einmal nicht mehr bin?

*Tamara Heindel verbrachte zehn Jahre ihres Lebens
mit Reisen und dem Schreiben kurzer Reiseartikel, was
sie nie richtig erfüllte. Sie sehnte sich nach einem Leben, das sie lange Jahre als abstoßend empfunden
hatte. Nach einem Heim, einer Hochzeit, vielleicht sogar Kindern. Aber der Mann an ihrer Seite war nicht
bereit, ihr das alles zu geben. Also trennte sie sich in einer Nacht- und Nebelaktion von ihm und blieb in einem fernen Land zurück, wo Worte wie ruhelose Geis-
ter auf sie einstürmten, bis sie selbst nicht mehr war als
ein Geist.*

Tamara schloss die Augen. Der kühle Wind trocknete
die Tränen auf ihren Wangen. Sie wusste nicht, warum
sie auf einmal dennoch lächeln musste.

Auf dem Rückweg zum Farmhouse war die Sonne bereits im Sinkflug und tauchte Meer und Himmel in dra-
matische Orangetöne. Der Anblick war zum Weinen
schön. Dieses Mal hatte Tamara die Straße für sich allein und war froh über den kleinen Fußmarsch. Sie
konnte den Blick nicht von dem blutroten Sonnenball
abwenden, der sich stetig dem Wasser näherte. Alles in
ihr war still geworden, als würde sie allein für diesen
Augenblick leben.
Als sie das Cottage beinahe erreicht hatte, blieb sie am
Straßenrand stehen, lehnte sich an die alte Steinmauer
und sah der Sonne dabei zu, wie sie am Horizont versank. Tamara hatte zahlreiche traumhafte Sonnenun-
tergänge gesehen. Bilderbuchromantisch auf Santorini
in Griechenland, explosiv in Santa Monica in Kalifor-
nien, dramatisch am Capo Testa auf Sardinien. Aber
nicht einer war ihr so bedeutungsvoll und magisch erschienen wie auf dieser kleinen Insel. Es war der erste
Tag seit zehn Jahren, den sie ohne Simon verbracht
hatte. Der erste Tag ihres neuen Lebens. Sie befand sich

in einem seltsamen Schwebezustand. Ohne Pläne. Ohne Kontrolle. Ohne Druck. Eine ganze neue Erfahrung, die sie aus vollem Herzen genoss.

Als die Sonne im Meer verschwunden war, machte sich eine allumfassende Dunkelheit breit, wie man sie nur auf dem Land erlebte – mit einer silbernen Mondsichel an einem pechschwarzen Himmel, der mit unzähligen Sternen gespickt war. Jetzt erst bemerkte Tamara die Kälte, die die Nacht mit sich gebracht hatte. Sie rieb sich die Arme und ging über die Straße Richtung ihrer Unterkunft.

Als sie um die Hausecke bog, bemerkte sie sofort die drei fremden Wagen. Offensichtlich hatte Henrik Besuch von Freunden. Aus seinem Teil des Hauses drangen laute, heitere Männerstimmen. Leise summend ging Tamara zum Eingang. Sie wollte gerade den Schlüssel ins Schloss stecken, da öffnete sich Henriks Tür und das Lachen dreier Männer drang in die kühle Nacht.

„Danke nochmal, Sawyer. Du hast was gut bei mir", sagte Henrik, während er einen der Männer mit einem Handschlag verabschiedete.

„Und was ist mit mir?", meldete sich ein anderer in gespielter Empörung zu Wort. „Ich bin schließlich derjenige, der sich geopfert hat, ihn mit zurückzunehmen. Und anders als er habe ich keinen Tropfen zum Dank dafür gesehen."

„Du hast Recht", erwiderte Henrik ernst. „Du bist der wahre Held des Abends."

Sie brachen abermals in fröhliches Gelächter aus, das so ansteckend war, dass Tamara ein leises Lachen nicht unterdrücken konnte. Sofort fuhren alle Männer zu ihr herum.

„Hey! Da ist ja die Glückliche!", rief einer der Männer mit einem süffisanten Grinsen.

Tamara war froh über die Dunkelheit, denn seine Worte machten sie seltsam nervös. Anscheinend hatte Henrik mit seinen Freunden über sie gesprochen. Sie wusste nicht, was sie davon halten sollte, und beschloss, so zu tun, als hätte sie die Bemerkung nicht gehört.

„Entschuldigung, ich wollte euch nicht belauschen. Die Unterhaltung wirkte so nett, dass ich nicht anders konnte."

„Ich sehe, du lebst dich langsam ein", sagte Henrik.

„Ich will ja kein Spielverderber sein, aber ich habe Miranda versprochen, heute zur Abwechslung mal zum Abendessen zuhause zu sein. Und ich bin schon zwei Stunden überfällig", meldete sich der zweite Fremde zu Wort.

„Mickey, der Pantoffelheld, hat gesprochen", seufzte Sawyer genervt. „War schön, dich mal kennenzulernen, Tamara. Und mach mir ja keinen Kratzer in die Kiste."

Diese Bemerkung irritierte sie so sehr, dass sie den Männern lediglich winkte, während sie sich wortreich von ihr verabschiedeten. Erst als sie zusammen in eins der Autos stiegen und das andere zurückließen, fiel der Groschen bei ihr. Mit großen Augen wandte sie sich an Henrik, der lächelnd zu ihr getreten war. „Du hast mir einen Mietwagen besorgt! Warst du dafür extra in Tralee?"

Er schüttelte den Kopf. „Die Jungs kommen aus Dingle. Ihr Laden ist noch ziemlich neu und so klein, dass er im Internet nicht angezeigt wird."

„Dem Himmel sei Dank. Ich hatte keine Ahnung, wie ich nach Tralee kommen sollte."

„Ich hätte dich auch hingefahren."

„Das sind über zwei Stunden", sagte sie unnötigerweise.

Wieder dieses Lachen, das ihr eine Gänsehaut bescherte. „Ich weiß, meine Eltern wohnen dort."

„Du kommst aus Tralee?"

Er nickte. „Ist es in Ordnung, wenn ich mich auf eine Tasse Kakao bei dir einlade? Zufällig weiß ich, dass die Kanne gerade frisch befüllt worden ist."

Tamara war erleichtert, denn inzwischen kroch Nebel über das Feld, und es wurde kalt. „Du hast mir gerade ein Auto besorgt. Und es ist dein Haus."

„Es hätte ja sein können, dass dir nicht nach Gesellschaft ist", erwiderte er, während sie eintraten.

Als er die Tür hinter ihnen schloss, musste Tamara an ihren Traum von vorletzter Nacht denken, und das Bedürfnis, sich an seine Brust zu lehnen, war beinahe unerträglich. Warum fühlte sie sich mit einem Fremden plötzlich so schmerzhaft zuhause? Ein Fremder, der nie ein Fremder für sie gewesen war. Ob es ihm ähnlich ging? Wieder musste sie an Dublin denken. Sie sah jedes Detail vor sich. Ob es ihm auch so ging? Tamara glaubte, sie würde vor Spannung bersten, wenn sie es nicht bald ansprächen, doch sie brachte es einfach nicht über sich. Zu gewichtig waren die Dinge, die an jenem Abend geschehen waren. Obwohl rein gar nichts geschehen war. Und gleichzeitig alles.

Unterdessen schenkte sich Henrik eine Tasse Kakao ein und sah sie fragend an. „Du auch?"

„Lieber Schwarztee", erwiderte sie und stellte die Tüte mit den Einkäufen auf der Küchenanrichte ab. Ihr Mund war schrecklich trocken. Die Sehnsucht nach diesem Mann schnürte ihr die Kehle zu. Es wurde schlimmer, ja näher er ihr war. Als er ihr die Tasse reichte, berührten sich ihre Finger kurz. Es war wie ein elektrischer Schlag.

Eilig zog sie die Hand zurück und setzte sich auf die Couch, da das Feuer im Kamin brannte. Aber als er sich zu ihr setzte, bemerkte sie, dass es ein Fehler war. Die

Flammen und seine Nähe machten sie schwindelig. Es war der klischeehaft beste Ort für ein Liebesabenteuer in einem Land wie diesem. Sie konnte sich nicht helfen, aber sie hatte wahnsinnige Lust darauf.

„Alles in Ordnung?" Henriks Blick bohrte sich in ihren, und sie schrak zusammen. „Ja. Klar. Warum?"

„Weil ich dich gefragt habe, was du heute unternommen hast, und du nur durch mich hindurchsiehst."

In dich hinein, korrigierte sie im Stillen, beeilte sich aber, zu antworten. „Ich war in Gedanken. Wie viel schulde ich dir für den Wagen?"

„Sawyer war mir einen Gefallen schuldig."

Tamara runzelte die Stirn. „Ich fühle mich wirklich nicht gut damit, wenn ich so viel umsonst von dir bekomme."

Wieder dieses Lächeln – warmherzig, freundlich, mit einem winzigen Hauch Gefahr. Ein Hauch, der größer wurde, je länger sie in diese Augen sah. Hastig wandte sie den Blick ab und sah in die Flammen. „Du meinst den Teller Suppe gestern?"

„Wie schaffst du es nur, dass ich mir in deiner Gegenwart komplett dämlich vorkomme?", murmelte sie. „Okay, ich nehme die großzügige Geste einfach an und sage: Danke, Henrik."

Sie machte den Fehler, ihn wieder anzusehen. Du lieber Gott, wäre doch die Trennung von Simon länger her als achtundvierzig Stunden, schoss es ihr durch den Kopf. Im nächsten Moment schämte sie sich selbst für diesen Gedanken.

„Gern geschehen, Tamara. Und nun erzähl mir, wie dein Tag war."

„Ich war in Dunquin und habe einige Einkäufe erledigt. Dann war ich spontan noch im Blasket Center. Irgendetwas an den Inseln fesselt mich. Es ist, als würden sie mir Worte zuraunen. Ich weiß auch nicht." Verlegen hielt sie inne. Henrik sah sie nur interessiert und abwartend an, also sprach sie weiter. „Vielleicht ist es, weil ich schon so viel gesehen habe. Gleichzeitig habe ich das Gefühl, dass mir bisher das Wichtigste entgangen ist. Ich möchte zurück zum Ursprung. Zur Einfachheit. Irgendetwas muss die Menschen damals auf den Inseln gehalten haben. Ich denke, ich werde mich in der nächsten Zeit noch etwas mehr mit dem Thema befassen."

„Das klingt nach einer interessanten Geschichte."

Seinem Blick entnahm sie, dass er gern mehr darüber hören würde, doch die Idee war noch so neu und beängstigend für sie, dass sie den Rest vorerst für sich behalten wollte. „Oh, und ich habe deine Nachbarin Molly kennengelernt." Bildete sie es sich nur ein oder rang er kurz nervös die Hände? Auf jeden Fall wandte er den Blick ab und sah in die Flammen.

„Okay, das sollte mich nicht überraschen. Sie weiß gern, wer bei mir ein und aus geht."

„Sie kam zufällig den Slea Head Drive runtergefahren, als ich nach Dunquin unterwegs war, und bot mir netterweise an, mich mitzunehmen", beeilte Tamara sich zu erklären. „Sie ist eine ganz besondere, warmherzige Frau. Und sie mag dich sehr, Henrik."

„Wusste ich doch, dass ihr über mich gesprochen habt", erwiderte er mit einem kleinen Lächeln. Dieses Mal lag unverkennbar Nervosität in seiner Stimme.

Es war nicht der richtige Zeitpunkt, darüber nachzudenken. Sie musste bei sich bleiben, um sich neu zu sortieren. Also beließ sie es dabei und sah ebenfalls in die tanzenden Flammen. Es war ein gutes, einträchtiges Schweigen. Am liebsten hätte sie sich an ihn gelehnt und ihre Augen geschlossen.

„Du siehst müde aus", sagte er. Wieder hatte sie das Gefühl, er könnte direkt in ihren Kopf sehen.

„Muss die frische Landluft sein."

„Dann lasse ich dich jetzt allein. Danke für den Kakao.“

„Gern geschehen.“

„Bleib sitzen. Ich weiß ja, wo die Tür ist“, sagte er, als sie Anstalten machte, sich zu erheben. „Falls du für morgen noch nichts geplant hast, solltest du unbedingt die Insel abfahren. Die Straße führt immer an der Küste entlang. Ist eine wirklich zauberhafte Gegend.“

„Der Wild Atlantic Way. Ich bilde mir ein, schon mal was davon gehört zu haben.“ Sie zwinkerte ihm zu. „Danke für den Tipp, aber ich muss morgen einige Dinge erledigen, vor denen ich mich heute gedrückt habe.“

„Verstehe.“ Und sie hatte wirklich das Gefühl, dass er verstand. „Dann schlaf erst einmal gut und behütet.“

Der ungewöhnliche Gute-Nacht-Gruß entlockte ihr abermals ein Lächeln. „Du auch.“

Als die Tür hinter ihm ins Schloss gefallen war, starrte sie auf das alte Holz und hatte plötzlich wieder Mollys Worte im Kopf. *Sie glauben auch an die Theorie des Einen. Ich wage sogar zu behaupten, dass Sie ihm schon begegnet sind.*

„Kobolde, Zauber und grüne Feenhügel. Kein Wunder, dass ich romantisiere“, murmelte sie und machte sich auf den Weg ins Schlafzimmer.

Kapitel Zehn

Als Tamara ihr Handy einschaltete, fühlte es sich genauso unangenehm an, wie sie es sich vorgestellt hatte. Als sie die kleine Dreizehn neben dem Nachrichtensymbol sah, hätte sie es am liebsten wieder ausgeschaltet. War es nicht ein ungeschriebenes Gesetz, das man im Urlaub nicht erreichbar sein musste? Im Normalfall hätte sie das nicht gestört. Im Normalfall hätte sie auch nicht derart unangenehme Nachrichten bekommen.

Und sie waren unangenehm, das wusste sie beim Blick auf die Absender. Allein acht waren von ihrer Mutter. Eigentlich hörte Tamara oft Wochen nichts von Jana. Aber kaum passierte etwas in ihrem Leben, war ihre Mutter zur Stelle. Das hätte Freude und Dankbarkeit in ihr ausgelöst, wenn es sich dabei um ehrliche Anteilnahme gehandelt hätte. Doch in Janas Fall war es nichts anderes als pure Neugier, gepaart mit einer widerwärtigen, schadenfrohen Sensationslust. Tamara dachte ernsthaft darüber nach, die Nachrichten ungelesen zu löschen, und fühlte sich beim bloßen Gedanken daran wie eine Rabentochter. Also geißelte sie sich stattdessen selbst und öffnete sie.

Was muss ich über Simon und dich hören? Das kann ja wohl nicht dein Ernst sein nach all den Jahren. Simon ist ein toller Mann, und du tust ihm das an. Zu solch einer Tochter habe ich dich nicht erzogen!

Die Wahrheit war, dass Jana sie nie erzogen hatte. Sie hatte ihr Leben gelebt, wie sie es wollte, und von Tamara erwartet, dass sie sich ein gutes Beispiel an ihr nahm, während ihr Erzeuger durch die Welt jettete und

sich ab und an dazu herabließ, seiner Tochter eine Post-
karte zu schicken, wenn sie ihm mal wieder in den
Sinn kam.

*Warum ist dein Handy aus? Du hast doch nicht schon
einen neuen Mann kennengelernt, oder?*

Es war erstaunlich, wie nah ihre Mutter der Wahrheit
kam. Und wie sehr es Tamara ärgerte, diesen Vorwurf
gerade von ihr zu hören. Sie konnte nicht einmal an
zwei Händen abzählen, wie oft ihre Mutter im Laufe ihres Lebens ihre Liebhaber gewechselt hatte. Immer
wenn sich Tamara gerade an einen gewöhnt hatte, war
bereits der nächste auf der Bildfläche erschienen.

Und nun war es wieder passiert. Sie hatte sich von
Jana ihre Gedanken vergiften lassen. Das machte sie ra-
send vor Wut. Vor allem auf sich selbst, weil sie es nach
achtundzwanzig Jahren besser hätte wissen müssen.
Jetzt war sie wenigstens so klug, den Rest von Janas
Nachrichten ungelesen zu löschen.

Ihre Stimmung hob sich nicht gerade, als sie bei Simons Nachrichten ankam, die zuerst bittend, dann irritiert und schließlich ähnlich vorwurfsvoll wie die ihrer Mutter klangen.

Du machst es dir ganz schön einfach.

Da platzte ihr die Hutschnur.

*Und du hast nichts Besseres zu tun, als zuerst zu meiner
Mutter zu rennen!*

Die Nachricht war abgeschickt, bevor sie sich daran
hindern konnte. Keine Minute später erschien seine
wütende Antwort.

Ist das alles, was du mir zu sagen hast?

Tamara fluchte. Sie hasste sich, die Welt und die Telekommunikationsmöglichkeiten. Ihrer Kehle entrang sich ein frustrierter Wutschrei – ganz untypisch für sie. Und dann schaltete sie das Telefon wieder aus. Kaum war der Bildschirm schwarz, fühlte sie sich besser.

„Ich bin niemandem etwas schuldig. Niemandem, nur mir selbst", murmelte sie.

Kurzentschlossen nahm sie ihre Jacke vom Haken, die Autoschlüssel, die Henrik ihr neben die Kaffeekanne gelegt hatte, und ging in den strahlenden Sonnenschein hinaus zu ihrem Leihwagen, um Henriks Vorschlag für den heutigen Tag zu beherzigen.

***

Nach dem gemeinsamen freitäglichen Pollackangeln mit Sean machte Henrik sein Versprechen wahr und begleitete ihn nach Hause. Es war ein typischer Abend im Hause Hennessy. Die kleine Küche war zum Bersten vollgestopft mit Menschen. Fast die gesamte Familie saß an dem überdimensionalen Holztisch, den Seans Urgroßvater gezimmert hatte und der nun nahezu jeden Winkel der winzigen Küche ausfüllte. Seans hochschwangere Frau Daisy stand fröhlich summend am Herd, eine Hand auf dem stark gewölbten Leib, die andere an einem hölzernen Kochlöffel, mit dem sie unermüdlich den Pudding rührte. Seans drei Töchtern fiel es sichtlich schwer, ihre Gier im Zaum zu halten. Die Mundwinkel der Jüngsten zogen sich gefährlich nach unten.

Sean tat unterdessen sein Bestes, um die Kleine bei Laune zu halten, indem er ihr über den Tisch hinweg Grimassen schnitt. Henrik, der zwischen der sechsjährigen Maureen und der neunjährigen Starley saß, fühlte sich wie der letzte Mann im Schützengraben, der die ganze Mission mit nur einem falschen Wort zum Scheitern bringen konnte. Die beiden Streithähne links und rechts von ihm hatten schon während des Hauptgangs klar gemacht, dass sie nie wieder ein Wort miteinander reden würden. Henrik hatte nicht ganz verstanden, worum es bei dem Krach ging; Maureens Krokodiltränen zufolge musste Starley einen schweren Fehler begangen haben.

„Ich habe Hunger", maulte diese just in diesem Moment.

„Komisch, mir war, als hättest du dein Lammfleisch auf dem Teller gelassen, weil du behauptet hast, du wärst satt", erwiderte Daisy, wie immer die Ruhe selbst.

„Du weißt, was ich meine, Mom", sagte Starley und schielte beunruhigt zu dem großen Topf hinüber. Anscheinend dachte sie darüber nach, ob ihre Mutter überhaupt eine Portion für sie mitgekocht hatte. „Dieser andere Hunger. Der Genuss-Hunger."

Sean und Henrik grinsten sich über den Tisch hinweg an, ehe sie zeitgleich erwiderten: „Das ist der schlimmste."

Daisy warf ihnen einen schelmischen Seitenblick zu, ehe sie wieder ganz Mutter war. „Du wirst dich gedulden müssen wie alle anderen auch. Sieh dir deine Schwestern an."

Starley verschränkte schmollend die Arme vor der Brust, aber Henrik wusste, Daisys Einwand wirkte Wunder. Auf keinen Fall hätte Starley sich nun die Blöße gegeben, mehr herumzunörgeln als ihre kleinen Schwestern. Henrik konnte dem Mädchen seine Ungeduld nicht verübeln. Je länger sie warteten, desto köstlicher roch es in der Küche nach dem Vanillepudding, der wie ein Zaubertrank leise zu blubbern begann.

„Jetzt ist es soweit", flüsterte Maureen andächtig und setzte sich kerzengerade hin, als fürchtete sie, andernfalls auf ihrem Platz übersehen zu werden.

„Die erste Schüssel bekommt unser Gast", tadelte Daisy liebevoll.

„Ich danke dir."

Danach war Finnja, die Jüngste, an der Reihe, und so ging es weiter, bis schließlich auch Seans Schüssel gefüllt war. Die Finger der Mädchen hatten schon längst die Löffel umklammert, doch erst als ihre Mutter am Tisch Platz genommen hatte, begann das große Wettessen.

Schmunzelnd nahm Henrik den ersten Löffel und schloss genüsslich die Augen, ehe er sich an die Gastgeberin wandte. „Bist du sicher, dass du nicht mehr zu haben bist?"

„Sei vorsichtig mit dem, was du dir wünschst", warf Sean grinsend ein und nickte zu seinen Töchtern. „Die gibts als Dreingabe."

Alle lachten, und Henrik konnte sich gut und gerne vorstellen, irgendwann eine ganze Fußballmannschaft an Kindern in seinem Farmhouse großzuziehen.

Nach dem Essen brachte Daisy die Mädchen zu Bett, während die Männer sich daran machten, das Chaos in der Küche zu beseitigen. Es ging schnell, denn wie auf dem Fischerkahn waren sie auch hier ein eingespieltes Team.

Als sie den letzten Teller gespült hatten, erschien Daisy wie gerufen mit zwei Flaschen Guinness in der Küche.

„Ich muss diese Frau heiraten", sagte Henrik.

Daisy lachte. „Halt deinen vorlauten Mund, setz dich und erzähl uns, welche Frau dir wirklich im Kopf herumgeistert."

„Zuerst möchte ich mich aufrichtig bei euch beiden entschuldigen, was vergangenen Mittwoch angeht. So etwas ist unverzeihlich, und ich möchte, dass ihr meinen kompletten Pollack-Anteil von heute behaltet."

Daisy riss empört den Mund auf, doch Sean kam ihr zuvor. „Ich weiß, was du sagen willst, aber ich kann unsere Finanzen besser abschätzen. Es tut mir leid, Liebling, aber wir können das nicht ablehnen, beim besten Willen nicht. Du weißt, wenn es anders aussähe, würde ich es tun."

Daisy schloss den Mund wieder und sah beschämt auf ihre Hände, ehe sie murmelte: „Ich weiß. Es widerstrebt mir nur zutiefst. Danke Henrik."

„Ihr müsst euch nicht bedanken", sagte er nachdrücklich. „Es ist der Teil, der euch am Mittwoch durch meine Abwesenheit durch die Lappen gegangen ist. Außerdem hatte ich heute schon den besten Teil vom Fang." Er blinzelte Daisy aufmunternd zu, als er auf das köstliche Abendessen anspielte. „Und damit ist das Thema vom Tisch."

„Das Thema mit dem Geld", korrigierte Sean. „Aber ich möchte schon wissen, welches Weib meinem pflichtbewussten besten Freund derart den Kopf verdreht hat, dass er alles um sich herum vergisst."

Henrik seufzte. „Es ist, wie ich am Telefon schon gesagt habe. Sie ist ein Gast. Sie ist mit ihrem Freund angereist. Sie hatten einen furchtbaren Krach und er ist allein zurück nach Deutschland geflogen. Ich konnte sie Mittwoch beim besten Willen nicht in dem Zustand zurücklassen."

Sean sah ihn mitleidig an. „Für wie blöd hältst du uns eigentlich? Jetzt rück schon mit der Sprache raus."

In Daisys Augen funkelte eine beängstigende Art von Begeisterung. „Ich wittere eine ganz große Liebesgeschichte."

Henrik wand sich. „Ich wünschte, es wäre so einfach."

Aber Seans Blick blieb ungerührt, während Daisy ihn weiter mit dieser hoffnungsvollen Erwartung ansah. Er ergab sich seufzend und erzählte ihnen alles, angefangen von seiner ersten Begegnung mit Tamara in Dublin bis zum gestrigen Abend. Er verschwieg ihnen weder sein Verlangen nach ihr noch den Widerhall dieses Verlangens, den er von Anfang an in Tamaras Augen wahrgenommen hatte.

„Ich habe das noch nie erlebt und will jetzt auf keinen Fall wie ein romantischer Schwätzer klingen. Aber ich glaube, es ist genau das, worauf ich immer gewartet habe", schloss er.

„Ich wusste es", platzte es aus Daisy heraus. Ihr ohnehin schon lebensfrohes Gesicht strahlte noch mehr, und auf ihren Wangen lag ein Hauch von Rosa. Seans Frau hatte die Gabe, sich in andere hineinzufühlen, als wäre sie mehr als nur Zuhörerin. Was der Grund dafür war, dass ganz Dingle sie vergötterte.

„Wow", sagte Sean nur. „Was willst du jetzt tun, Kumpel?"

Henrik zuckte die Schultern. „Gar nichts. Sie ist frisch getrennt und braucht ihre Zeit."

„Und wie lange ist sie noch hier?", fragte Daisy.

„Noch etwas mehr als zwei Wochen."

Sean hob eine Braue. „Also spielst du den Gentleman, wartest schön brav ab, gibst ihr ihre Zeit, und am Ende reist sie ab, ohne auch nur etwas von deinen Gefühlen zu ahnen."

„Was soll ich stattdessen tun? Sie bedrängen und mir alles nehmen, was sie zu geben bereit ist? Hast du mir zugehört? Sie ist für mich nicht irgendein Liebchen. Sie ist ... alles."

Daisy seufzte ergriffen und warf Sean einen innigen Blick zu. „Es ist wie bei uns damals. Es stimmt, dass Henrik jetzt nicht einfach mit der Tür ins Haus fallen kann. Aber ich gebe dir recht, dass er etwas unternehmen muss."

„Lasst das mal meine Sorge sein", warf Henrik ein, der sich plötzlich wie in einer Kuppelshow fühlte.

„Bring sie doch zum Fischerfest nächste Woche mit", sagte Sean, der aufgestanden war, um ihnen noch ein Guinness zu öffnen. Fragend hielt er Henrik eine Flasche hin.

„Eine reicht mir. Ich muss noch fahren", lehnte dieser ab.

Wieder dieser Blick von Sean. „Morgen ist Samstag. Du kannst gern hier übernachten, wie sonst auch."

„Er will sie nicht allein lassen", sagte Daisy in einem Ton, als hätte sie nie von einer größeren Liebesgeschichte gehört.

„Das würde ich bei keinem Gast tun. Ich habe Verpflichtungen, wisst ihr?"

„So wie vergangenen Mittwoch?", half Sean ihm auf die Sprünge.

Henrik lachte betroffen. „Touché."

„Aber das mit dem Fischerfest ist doch eine schöne Idee", griff Daisy Seans Gedanken wieder auf.

„Ich weiß nicht, ob das etwas für sie ist."

„Es ist die größte Attraktion für Touristen um diese Jahreszeit rund um Dingle", sagte Daisy. „Argumentier doch so."

„Irgendwie habe ich das Gefühl, als würde ich sie damit in eine Falle locken."

„Aha! Weil du genau weißt, dass sie anbeißen würde", rief Sean triumphierend aus.

„Shh, du weckst die Mädchen", warnte Daisy.

„Sie fühlt definitiv etwas für mich", räumte Henrik ein. „Ich glaube, dass es schon in Dublin so war hat. Aber ihre Trennung, die Einsamkeit in einem fremden Land und ein wildromantisches Fischerfest – das alles hat seine Wirkung. Ich würde ihre Lage nur ausnutzen."

Wieder ein Seufzen seitens Daisy, aber Sean war es, der antwortete. „Sie ist nur noch zwei Wochen hier, Henrik. Es ist nicht die Zeit, den Gentleman zu spielen."

„Außerdem möchte ich sie unbedingt kennenlernen“, sagte Daisy begeistert und fügte mit einem listigen, triumphierenden Lächeln hinzu: „Das bist du uns für Mittwoch schuldig.“

„Woah! Ich hätte nicht von dir gedacht, dass du mich mit meinem schlechten Gewissen in die Enge treibst“, sagte Henrik lachend. „Okay, ihr habt mich. Ich werde sie fragen.“

Daisy jubelte. Dieses Mal war es Sean, der ihr einen warnenden Blick wegen der schlafenden Kinder zuwarf, ehe er sich wieder seinem Freund zuwandte. „Wir kriegen das schon irgendwie hin mit euch, keine Sorge.“

Kapitel Elf

Als sich Henrik wieder auf dem Heimweg befand, kam er nicht umhin, sich der Wahrheit zu stellen. Er liebte Tamara. Doch sie würde wieder abreisen, um ihr Leben in Deutschland weiterzuführen. Wenn es ihm möglich gewesen wäre, hätte er seine Gefühle einfach verdrängt und Tamara fortan wie jeden anderen Gast behandelt, aber so war er nicht gestrickt. Sie war die Frau, auf die er sein Leben lang gewartet hatte, und nun hatte er nur noch einige Wochen mit ihr. Er würde das Beste daraus machen und im Anschluss die Erinnerung daran hüten wie einen Schatz. Alles andere lag nicht in seiner Hand.

Er warf einen Blick auf den samtschwarzen Himmel, unter dem sein Auto einsam über die Straßen glitt. Die Milchstraße war heute überdeutlich zu sehen, und es war nicht schwer für einen gläubigen Iren, sich die uralte Präsenz dahinter vorzustellen. „Ich weiß, ich habe lange nicht mehr mit dir gesprochen, alter Freund. Aber wenn es irgendwie möglich ist, hilf mir in dieser Sache. Ich liebe die Legenden über unsere tragischen Helden, aber ich wollte nie einer davon sein."

Seinem Vater hatte diese Art zu beten stets missfallen, da er glaubte, Henrik fehlte der nötige Respekt. Doch für ihn war Gott kein weit entfernter Herrscher, der kalkuliert jeden seiner Schritte beobachtete, sondern ein treuer Freund, der menschliches Leid geteilt hatte und bis auf den tiefsten Grund seines Herzens verstand.

Getröstet und beruhigt bog er in seine Einfahrt und traf dort auf Tamara, die soeben die Tür ihres Wagens zuschlug. Sie lächelten einander an, als hätten sie nichts anderes erwartet, als sich um diese späte Uhrzeit hier zu sehen. Ihre Augen strahlten in dem Glanz eines wundervoll verbrachten Tages.

„Du warst auf dem Wild Atlantic Way unterwegs", stellte Henrik erfreut fest.

Sie nickte und breitete ihre Arme in einer Geste aus, die das ganze Land zu umfassen schien und vor unbändiger Energie nur so sprühte. „Ich habe noch nie etwas Schöneres gesehen! Das Meer war mein beständiger Begleiter. Die einsamen Inseln darin, die Möwen, die Flötenspieler am Straßenrand. Es war mehr, als ich erfassen oder ausdrücken kann! Ich bin bis Glenderry gekommen!"

Er lehnte sich an seinen Wagen. Heute war die Nacht herrlich mild, und er hatte nicht das Bedürfnis, ins Haus zu gehen. „Da hast du eine ganz schöne Strecke hinter dir."

„Ich bin erst umgedreht, als die Sonne zu sinken begann. Diese Landschaft macht süchtig. Ich will nichts anderes mehr tun, als hier herumzufahren und alles in mich aufzusaugen. O Gott, ich rede wie ein Wasserfall, tut mir leid. Mein Kopf strotzt vor Worten."

Er hatte den Eindruck, dass er erst jetzt die wahre Tamara kennenlernte, und war hingerissener denn je. „Es muss dir nicht leidtun. Im Gegenteil, ich freue mich, dass dir unser Land so sehr gefällt."

„Du ahnst nicht wie sehr. Ich bin hellwach. Sicher tue ich die ganze Nacht kein Auge zu. Ich weiß gar nicht, wohin mit meiner Energie."

Er hätte sie zu gern gepackt und ihr Gelegenheit gegeben, einen Teil dieser Energie in einem Kuss entladen zu können. Vielleicht sollte er doch lieber auf dem schnellsten Weg ins Haus gehen.

„Und du hast bis jetzt gearbeitet?", wollte sie wissen.

Er schüttelte lächelnd den Kopf. „Ich war bei Freunden zum Abendessen eingeladen, da wird es immer etwas später. Sie wohnen drüben in Dingle."

„Das ist auf jeden Fall mein nächstes Ziel. Die Stadt soll wahnsinnig schön sein, und ich will unbedingt Fungie sehen, ehe ich abreise.“

Die Erwähnung ihrer baldigen Abreise brachte den Stein ins Rollen. „Kommenden Mittwoch ist in Dingle das jährliche Fischerfest. Es ist immer ein ganz hübsches Spektakel. Nur ein kleines Hafenfest, aber wir haben Musik und gutes Essen. Ich würde mich freuen, wenn du mich und meine Freunde begleitest.“

Er brachte absichtlich Sean und Daisy ins Spiel, damit er sie nicht verschreckte. Aber seine Sorge war unbegründet. Die Begeisterung in ihrem Gesicht erreichte einen neuen Höhepunkt. „Das klingt traumhaft. Ich komme sehr gerne mit.“

Danach versanken sie in einvernehmlichem Schweigen, während der Wind auffrischte und stürmische Böen mit sich brachte. Sie sahen zu, wie die Sterne verblassten und sich dicke Wolken vor den Mond schoben. Ahnungsvolle Erwartung lag in der Luft, und dann öffnete der Himmel wie aus dem Nichts seine Schleusen. Tamara gab einen überraschten Laut von sich, der Henrik zum Lachen brachte. In weniger als drei Sekunden waren sie nass bis auf die Haut.

Ohne nachzudenken, rannten sie zu seinem Teil des Hauses und standen kurz darauf in der Diele. Als Tamara begriff, dass sie ihm ohne zu zögern in seine Privaträume gefolgt war, nahm ihr die Verlegenheit sichtlich die Worte.

„Tja, das ist Irland“, versuchte Henrik, die Situation zu entspannen, während alles in ihm sie in seine Arme ziehen wollte. Die heißglühenden Gefühle für sie wallten so plötzlich wieder in ihm hoch wie die Wolken, die über ihnen aufgezogen waren.

„Und das hier ist deine Wohnung.“ Verlegen sah sie zu ihm auf. „Entschuldige, ich war so überrascht von dem plötzlichen Guss, dass ich dir einfach gefolgt bin.“

„Quatsch, das bin ich dir schuldig, schließlich habe ich mich zuletzt bei dir auf einen Kakao eingeladen.“

Er ging einfach voran in die Küche, um es ihr leichter zu machen.

Sie folgte ihm zögernd. „Du hattest einen langen Tag. Du musst müde sein.“

„So wie du.“

Sie schien sich endlich wieder zu entspannen. „Ich bin hellwach. Die vielen Eindrücke rasen mir noch durch den Kopf. Der kalte Schauer hat sein Übriges getan.“

„Siehst du, mir geht es genauso. Ich hole dir ein Handtuch, du bist ganz nass.“

Auf dem Weg ins Badezimmer hatte er Zeit, sich mit der Situation auseinanderzusetzen. Es war kurz vor elf, und die Frau seiner Träume stand vor Energie sprühend in seiner Küche. Er wusste nur zu gut, was Sean und Daisy ihm jetzt geraten hätten. Aber beim bloßen Gedanken daran fühlte er sich wie ein Schuft. Also sagte er sich, dass es seine Pflicht als Gastgeber war, einfach nur nett zu sein und ein offenes Ohr für sie zu haben.

Als er in die Küche zurückkam, duftete es herrlich nach Kaffee. Zwei Tassen standen auf seiner Anrichte, und die alte Kaffeemaschine ratterte, was das Zeug hielt. Tamara hatte ein entschuldigendes Lächeln aufgesetzt, das ihn beinahe in die Knie zwang. „Ich hoffe, du bist mir nicht böse, ich konnte nicht widerstehen.“

Im Geiste zog er sie an sich und presste ihr seinen harten Mund auf die einladenden Lippen, ehe er ihr denselben Satz entgegenschleuderte. Doch in der Realität schenkte er ihr nur ein freundliches Lächeln und erwiderte: „Du bist ein Engel.“

Er ließ es sich jedoch nicht nehmen, zu ihr zu gehen, ihr das Handtuch behutsam um die Schultern zu legen und mit seiner Hand eine Sekunde länger als nötig auf ihrer Haut zu verweilen. Mit Genugtuung sah er das Spiegelbild seines Verlangens in ihren Augen. Das musste für den Moment genügen. Er brachte wieder einige Schritte Abstand zwischen sie, indem er sich an die Theke lehnte. „Und? Hast du deine unangenehmen Dinge regeln können?"

Der Glanz in ihren Augen ließ nach, und sie stieß einen enttäuschten Seufzer aus. „Kennst du das, wenn eine Beziehung so festgefahren ist, dass es nichts mehr zu sagen gibt, weil zu viel zu sagen wäre? Man dreht sich immer im Kreis, befindet sich aber auf verschiedenen Fahrspuren und fährt nur aneinander vorbei, anstatt sich in der Mitte zu treffen? Weil man trotz all der gemeinsamen Zeit viel zu verschieden ist. Und all diese schmerzhaften Erinnerungen und Gefühle machen jede Auseinandersetzung zu einem Desaster."

Sie hielt betroffen inne. Die Trauer in ihren Augen, gepaart mit dem verlegenen Zug um ihren Mund und dem nassen Haar, ließ sie endlos jung und verloren wirken. „Aber natürlich kennst du das nicht. Du bist jemand, den einfach alle mögen. Jemand, der sich in jeden hineinfühlt und von Grund auf unkompliziert und freundlich ist. So sehr, dass eine alte Nachbarin ihn seit Jahren bekocht, und er es zulässt, dass eine völlig Fremde ihm mitten in der Nacht ein Ohr abkaut."

„Komm mit", sagte er einfach und bedeutete ihr, ihm ins Wohnzimmer zu folgen, wo er mit schnellen Griffen das Feuer im Kamin entfachte.

„Ich glaube nicht ...", begann sie, doch er fiel ihr sanft ins Wort, während er auf seine Couch deutete.

„Bitte setz dich, Tamara."

Kurz sah er es in ihren Augen. Die bangen Fragen, die Zweifel, den Argwohn. Aber auch das Verlangen, das Eingeständnis und die Wärme. Dann durchquerte sie langsam den Raum, als müsste sie sich mit jedem

Schritt bewusst machen, was sie da tat, ehe sie sich niederließ.

Er ignorierte die Spannung in der Luft und setzte sich neben sie. „Ich möchte dir eine kleine Geschichte erzählen. Ich habe das Fischen im Alter von elf Jahren von meinem Vater und Daideó – meinem Großvater – gelernt. Wir fuhren bei Wind und Wetter in aller Herrgottsfrühe mit Daideós altem Kahn aufs Meer heraus. Wir fingen alles. Angefangen von Muscheln mit Schleppnetzen über Pollacks mit der herkömmlichen Angel. Ein riesiger Hundshai war mein ganzer Stolz, als ich dreizehn wurde. Wir fingen immer in Dingle an, wo das Boot ankerte. Einmal trieb es uns beinahe bis nach Clare. Nicht selten übernachteten wir zu dritt auf dem Kahn, und beinahe so oft kotzte ich mir anfangs über der Reling die Seele aus dem Leib."

Tamara lachte überrascht auf. Das Leben war in ihre Augen zurückgekehrt, gemeinsam mit der gesunden Informationslust einer guten Autorin.

„Es wurde besser, und irgendwann wiegte sich mein Innerstes im Takt der Wellen. Daideó meinte, dass ich die Seele eines alten Seemanns hätte. Dass ich jemand wäre, der einfach aufs Wasser gehört – mit seinem eigenen Boot, den eigenen Ideen, den eigenen Träumen. Mein Vater sagte immer, er setze mir nur Flausen in den Kopf, und vielleicht tat er das auch, aber sie manifestierten sich. Mit sechzehn konnte ich an nichts anderes mehr denken als an den eigenen Kutter."

Sie hatte die Knie angezogen und Kopf und Arme darauf gebettet, während sie ihn mit ihren sanften Augen ansah. Als wäre es nie anders gewesen und er würde Abend für Abend hier mit ihr sitzen und ihr aus seinem Leben erzählen. Sein Herz tat weh, so weit war es in diesen Minuten.

„Als ich siebzehn war, starb Daideó. Es riss mir das Herz entzwei. Mein Vater und ich machten allein weiter, weil uns nichts anderes übrigblieb, aber wir funktionierten nicht halb so gut, wie wir es mit meinem Großvater getan hatten. Wir gerieten immer öfter aneinander. Für das Fangen gewisser Fische braucht man einen zweiten Mann auf dem Boot. Er brauchte mich, um weiterzumachen, aber ich konnte nicht mehr. Ich konnte nicht ohne Daideó auf diesem Kahn auf das Meer hinausfahren, das ich immer nur mit ihm gesehen hatte. Es war, als würde mich sein Geist verfolgen, und die Traurigkeit überwältigte mich bei jeder Tour aufs Neue. Zudem waren da noch Daideós Worte und der Traum vom eigenen Boot. Was tat ich also? Ich ließ meinen alten Herrn im Stich. Ich sagte mir, es gibt genug junge Männer, die er anheuern könnte, um ihm zur Hand zu gehen, und wenn ich nicht anfing, meinen eigenen Weg zu gehen, würde ich es niemals tun. Ich ließ ihn im Stich. Er verkaufte Daideós Kahn für einen lachhaften Preis und hängte seinen Fischerhut an den Nagel. Das hat er mir nie verziehen."

Er wagte nicht, sie anzusehen. Sein Herz schmerzte, seine Gedanken rasten, und wie immer, wenn er sie zu seinem Vater schweifen ließ, fühlte er sich wie der schlechteste Sohn dieser Erde.

„Du hast dir nichts vorzuwerfen, Henrik, gar nichts. Du bist erwachsen geworden, musstest deinen eigenen Weg gehen. Er hätte dich unterstützen sollen, stattdessen hat er es dir schwerer gemacht. Aber du hast es geschafft, und darauf solltest du stolz sein."

Es hätte ihn nicht so sehr überraschen sollen, dass sie genau die richtigen Worte fand. Er sah in ihren Augen, dass seine Geschichte sie wirklich anrührte. „Danke."

„Warum hast du es mir erzählt?"

„Weil ich das Gefühl hatte, dass du es brauchtest", erwiderte er und fügte nach einigem Überlegen hinzu: „Weil ich es selbst brauchte. Und weil ich wusste, dass du es verstehen würdest."

Nun war sie diejenige, die den Blick abwandte. „Ich bin mir sicher, dass du und dein Vater einander sehr liebt."

Er nickte betroffen. „Das ist ja das Problem an der Sache. Liebe bringt doch erst den Schmerz, meinst du nicht?"

Sie schüttelte langsam den Kopf und er ahnte, dass sie kurz davor war, ihm etwas zu erzählen, das ihm verriet, dass sie ähnlich fühlte wie er. „Wie würdest du über eine Tochter denken, die nicht sagen kann, ob sie ihre Mutter aus vollem Herzen liebt?"

Er sah sie betroffen an. „Ich würde sie fragen, was vorgefallen ist."

Ihr Lachen war zittrig, unbeholfen und tieftraurig. „Nichts. Und alles. Wie immer bei diesen hässlichen Geschichten ohne Anfang und Ende. Wann hat es angefangen? Ist es jemals anders gewesen? Da sind diese kleinen fiesen Spitzen, die Anspielungen auf die Nachbarstöchter, die schöner, erfolgreicher, netter sind. Es sind keine direkten Auseinandersetzungen, nicht wirklich harte Worte. Eher Ungesagtes. Laut Gedachtes. Blicke und dieser Zug um ihren Mund, wenn sie mich ansieht. Das sehnsüchtige Funkeln, wenn sie andere Mädchen beobachtet. Die fehlenden Umarmungen, die fehlenden Fragen, die fehlenden Strafen. Sie ließ mich immer irgendwie machen, und ich schlug mich durch, so gut ich konnte. Ich verarbeitete meinen ersten Kuss allein und meinen ersten Herzschmerz auch. So war ich es gewöhnt, alles mit mir selbst auszumachen. Sie hat mir nie ihre Hand gereicht, sondern mir eher den Weg gezeigt. Dort ist er, geh ihn. Und das habe ich getan. Wie unsinnig ist es von mir, noch immer diese ausgestreckte Hand zu erwarten?"

Sie hatte zu weinen begonnen und bedeckte ihr Gesicht mit beiden Händen. „Verflucht. Entschuldige. Ich bin wahrscheinlich doch müder als gedacht. Es tut mir leid, Henrik. Ich gehe lieber."

Anders als in Dublin hatte er ihre Flucht vorausgeahnt und war schneller als sie. Als sie aufstehen wollte, streckte er die Hand aus und zog sie sanft zurück auf die Couch, direkt in seine Arme. Und dort hielt er sie, während sie still an seiner Brust weinte. Er wusste jetzt, wie schamvoll und schwer es für sie, die alles stets allein hatte bewältigen müssen, sein musste. Und er kannte den Grund dafür.

Während er sie hielt und ihre Tränen versiegten, waren nur die Geräusche des Regens und das Knacken der Holzscheite zu hören. Er hatte sich ihr geöffnet und sie bis auf den Grund seiner Seele blicken lassen. Kurz darauf hatte sie dasselbe getan. Nun herrschte eine Intimität zwischen ihnen, die jede Vertrautheit nach einem Liebesakt in den Schatten stellte.

Langsam wand sie sich aus seiner Umarmung. „Ich weiß nicht, was ich sagen soll. Ich habe keine Ahnung, was mit mir los ist. Es ist ein dummes, altes Thema, und eigentlich dachte ich, dass ich längst damit umzugehen weiß."

„Das ist das Trügerische an solchen Sachen", erwiderte er leise. „Ist da jemand mit ähnlichen Erlebnissen, dann trifft es einen, stimmts?"

Sie nickte. „Ich glaube, ich sollte jetzt wirklich gehen."

„Geht es dir wieder besser?"

„Ja, alles gut. Entschuldige noch mal ... und danke."

„Du musst dich nicht entschuldigen. Und bedanken erst recht nicht. Gern geschehen." Er stand auf und brachte sie zur Tür. Der Starkregen war in ein weiches Tröpfeln übergegangen, und die Luft roch wie frisch gewaschen.

„Eine herrliche Nacht", sagten sie wie aus einem Munde. Da war sie wieder – die Magie aus der Temple Bar. Unleugbar, unantastbar, unbeschreiblich schön.

„Gute Nacht, Henrik", murmelte sie und wandte sich ab. Sie war fast schon an der Tür des Feriencottages angekommen, als er nicht mehr an sich halten konnte. „Hast du Lust, morgen etwas mit mir zu unternehmen? Ich könnte dir einen weiteren Teil der Insel zeigen."

Er konnte ihren Gesichtsausdruck nicht erkennen, und nach einem langen Schweigen war er sicher, dass sie ablehnen würde. Aber sie antwortete mit einem warmen Lächeln in der Stimme, als hätte sie nur auf diese Gelegenheit gewartet: „Ich habe sogar sehr große Lust darauf."

Als die Tür hinter ihr ins Schloss gefallen war, stand er wie ein begossener Pudel im Regen und grinste wie ein kleiner Junge in die Nacht. Dann warf er einen Blick zu den Sternen und murmelte: „Ich bin dir was schuldig, Mann."

Kapitel Zwölf

Als Tamara die Tür hinter sich ins Schloss fallen ließ, war an Schlaf nicht zu denken. Was verschiedene Ursachen hatte. Zum einen war da dieser energiegeladene Tag und die vielen Eindrücke ihrer Reise. Zum anderen die nervenaufreibenden Gefühle, die Henrik in ihr erzeugte. In den Minuten auf seiner Couch war so viel passiert, so viel in ihr geschehen, dass sie sich dem jetzt einfach nicht stellen konnte. Nicht heute Abend.

Und noch etwas anderes trieb sie um. Dieser unbezwingbare Drang zu schreiben. Noch immer hatte sie kein Konzept, keine Idee, keinen roten Faden, noch nicht einmal den Hauch einer Story. Und doch – da war ein Aufblitzen von fremden Gesichtern, ein Widerhall fremder Gefühle, Stimmen in ihrem Kopf. Sie wurden lauter mit jedem Blick auf den wilden Atlantik draußen. Sie wurden klarer mit jedem Moment in Henriks Gegenwart. Sie bekamen Gesichter an jedem neuen Morgen, mit jedem Schritt auf irischem Boden.

Eine Weile stand sie ruhelos im Raum; das Feuer im Kamin war längst erloschen. Sie wusste weder, wo sie anfangen noch wo sie enden würde. Aber der Drang, zum Stift zu greifen, war so stark, dass sie ihn nicht mehr niederringen konnte. So stark, dass er selbst die Angst vor dem kühnen Weiß der leeren ersten Seite verdrängte.

Sie wusste, es wäre praktischer und effektiver, ihren Laptop einzuschalten, aber sie wollte einen Stift in der Hand haben. Sie wollte sehen, wie ihre Worte in blauer Tinte über das Papier flossen. Also nahm sie den kleinen Notizblock von dem Tischchen neben dem Eingang. Der Stift daneben schien leise nach ihr zu rufen.

Sie merkte kaum, wie sie sich in den zerschlissenen Sessel sinken ließ, ehe ihre Hand wie automatisch über das Papier flog und Seite um Seite füllte.

Sie hörte erst auf, als ihr die Tinte ausging. Ein wahrer Wasserfall an Seiten ergoss sich über den Boden zu ihren Füßen. Ihre Augen tränten vom schwachen Licht der kleinen Lampe, und ihre Hand schmerzte mör-derisch. Sie musterte überrascht die zahllosen beschriebenen Seiten. Waren es wirklich so viele Wörter gewesen? Wie konnte etwas, dass ihr all die Zeit als so schwer erschienen war, in Wirklichkeit so einfach sein?

Ein Blick auf die Uhr ließ sie zusammenzucken. Es war kurz vor drei Uhr in der Nacht. Erst jetzt bemerkte sie, dass sie noch immer ihre Jacke trug, doch es war ihr gleich. Eine bleierne Müdigkeit hatte von ihr Besitz ergriffen. So friedlich, wie sie nur über einen Menschen kommt, der im absoluten Einklang mit sich und seinen Werken ist. Sie zog die Beine an den Körper, bettete ihren Kopf auf die Lehne des Sessels und schlief behaglich wie eine zufriedene Katze ein.

Sie erwachte kurz vor sechs und fühlte sich wie neugeboren. Als sie die Augen aufschlug, sah sie das Sammelsurium an beschriebenen Blättern zu ihren Füßen, und sofort spürte sie wieder diese tiefe Zufriedenheit. Noch nie war sie von einem solch inneren Frieden beseelt gewesen.

Summend stand sie auf, stieg über das Blätterchaos und ging Richtung Badezimmer, wo sie eine eiskalte Dusche nahm. Während das Wasser über ihre Haut rann und all ihre Sinne weckte, tanzten ihre Gedanken zu der fetzenhaften Geschichte, die im Nebenraum ihren Anfang genommen hatte. Sie hatte keine Angst mehr, nicht mehr das Gefühl, etwas planen oder irgendwelchen Ansprüchen genügen zu müssen. Sie wusste, sie würde einfach weiterschreiben. Und das, was sie gestern überkommen hatte, würde sie weiterhin leiten, was auch immer es war.

Der tiefe Frieden in ihrer Brust war so stark, dass sie glaubte, Bäume ausreißen zu können. Sie wusste, was sie in einer solchen Stimmung tun sollte, auch wenn es widersinnig schien – sie musste sich den Konflikten mit ihrer Mutter und Simon stellen. Sie glaubte fest daran, dass die positive, neue Kraft ihr die richtigen Worte eingeben würde, um die streitsüchtigen Gemüter zu beruhigen. Und danach würde sie allein an sich denken. Darauf freute sie sich am allermeisten.

Beinahe wäre sie nur mit dem Handtuch bekleidet zurück in den Wohnbereich gegangen, so sehr war ihr nach einer Tasse Kaffee. Doch als sie die Hand auf der Klinke hatte, hörte sie Henriks Schritte nebenan. Kurz stellte sie sich vor, wie sie in dieser Aufmachung vor ihm auftauchte. Es reichte aus, dass sie genervt über sich selbst den Kopf schüttelte, ehe sie in Jeans und Kapuzenpulli schlüpfte. An dem alten Holzfenster rüttelte ein gemeiner Windhauch. Der Himmel hatte die Farbe von Blei, und die Wolken schienen fast auf sie herabstürzen zu wollen. Dieser Himmel machte aus der bei Sonnenschein so sanften Landschaft eine wildromantische Filmkulisse. Tamara konnte nicht sagen, welches Szenario ihr besser gefiel.

Als sie den Wohnbereich betrat und Henrik in der Küche werkeln sah – er hatte ihr den Rücken zugewandt – war es wie ein Schlag in die Magengrube, wie sehr sie sich freute, ihn zu sehen. „Guten Morgen. Nach dir kann man ja wirklich die Uhr stellen.“

Er wandte sich überrascht um. „Guten Morgen. Und das von einer Frau, die aus einem Land voller Pünktlichkeitsfanatiker kommt. Ich hoffe, ich habe dich nicht geweckt?“

„Dazu gehöre ich mit Sicherheit nicht. Du hast mich nicht geweckt. Ich war unter der Dusche."

Sie sah, wie sich seine Kiefermuskeln anspannten. Sah das wilde Verlangen in seinem Blick, ehe er es rasch wieder vor ihr verbarg. Und dieses Verlangen entfachte einen Hunger in ihr, der sie nach Luft schnappen ließ. Sie wollten einander. Es war so einfach. Konnte sie sich dem nicht einfach hingeben? Nur für den Moment? Es war unsinnig, sich weiter ein schlechtes Gewissen einreden zu wollen, wo sich das Zusammensein mit diesem Mann so gut anfühlte. Und sie konnte auch nicht mehr mit ihrer baldigen Abreise argumentieren. Schließlich hatten sie für heute ohnehin ein Date.

„Hast du gut geschlafen?"

Sie nickte vorsichtig, als müsste sie ausprobieren, ob die einfache Geste ihr Herz vollständig aus den Angeln hob. „Gut, aber kurz."

„Ich nehme an, das hat etwas damit zu tun." Henrik nickte zu den beschriebenen Blättern, die nicht mehr vor dem Sessel am Boden lagen, wo sie sie zurückgelassen hatten, sondern ordentlich gestapelt auf dem kleinen Tisch neben der Tür. „Ich habe es nicht gelesen, aber ich wollte es nicht einfach auf dem Boden liegen lassen."

Irgendwie rührte sie diese Fürsorglichkeit zutiefst. Aber wie es aussah, traf sie ohnehin alles, was dieser Mann tat, bis ins Mark. „Danke. Ich hatte diese Nacht einen kleinen Schreibanfall."

Er schenkte ihr eine Tasse Kaffee ein und reichte sie ihr. „Das klingt nach etwas, über das ich mehr wissen möchte, aber ich bin zu höflich, um danach zu fragen."

Dankbar nahm sie die Tasse entgegen. „Es ist ein Hirngespinst, das ich seit Jahren mit mir herumtrage. Ich wollte schon immer einen richtigen Roman schreiben. Ich kann dir nicht erklären warum. Es sind nur unausgereifte Ideenfetzen. Aber der Drang wurde letzte Nacht überwältigend."

Henrik runzelte die Stirn und sah zu dem gut drei Zentimeter hohen Stapel auf dem Tisch. „Sieht für mich nach mehr als nur einem Hirngespenst aus."

Sie zuckte verlegen die Schultern. „Mit dem Schreiben kamen so viele Fragen auf, was die Gegend betrifft, dass ich es kaum erwarten kann, mich wieder hinters Steuer zu setzen und die Insel weiter zu erkunden."

„Das hatten wir ja heute ohnehin vor. Was interessiert dich am meisten?"

„Oh, das sollte nicht heißen, dass du jetzt dafür verantwortlich bist. Wir können doch einfach ..."

„Tamara, du tust es schon wieder", tadelte er sanft.

Sie stieß die Luft aus. „Ich weiß ja nicht einmal, was ich genau schreiben will, aber irgendetwas zieht mich zu den Blasket Islands. Das war schon bei meinem Besuch in Dunquin so. Es ergibt keinen Sinn und ..."

„Hör auf, es zu zerdenken", fiel er ihr ins Wort. „Das ist ein schönes Ziel. Ich war lange nicht mehr dort."

Sie starrte ihn an. „Du meinst, wir sollten die Inseln besuchen? Diese ... unbewohnten Inseln?"

Sein Grinsen wurde breiter. „Mir fällt kein Grund ein, warum wir es nicht tun sollten."

Und schon wieder fühlten sich seine Worte einfach nur richtig an. „Liebend gern. Wenn es dir nichts ausmacht, würde ich vorher noch etwas erledigen."

Henrik nickte, plötzlich ernst. „Komm rüber, wenn du so weit bist."

Damit ließ er sie mit ihrem Kaffee und einem herrlichen Frühstück allein. Als sie aus dem Fenster sah und beobachtete, wie er zu seinem Teil des Hauses zurückging, ahnte sie, dass er genau wusste, was sie erledigen würde. Wie kam es, dass sie sich zwei Männern gegenüber dermaßen schuldig fühlte, während sie doch Single war?

Kopfschüttelnd stellte sie die Tasse ab und griff nach ihrem Telefon, das seit gestern verwaist auf der Anrichte in der Küche gelegen hatte. Erst die Arbeit, dann das Vergnügen.

Wieder erwartete sie ein Schwall Nachrichten voller Vorwürfe, fast alle von ihrer Mutter. Müde löschte Tamara sie, ohne sie zu öffnen. Die ersten Worte reichten, um zu wissen, dass es keinen Sinn ergab, sie zu lesen. Hier, auf dieser Insel, war es so leicht, ihren eigenen Bedürfnissen zu folgen und auf ihr Herz zu hören. Sie fühlte sich nicht mehr verantwortlich für die Launen ihrer Mutter und sah nicht ein, warum sie sich von einer Frau ihren Urlaub vermiesen lassen sollte, die Zeit ihres Lebens nie so für sie dagewesen war, wie sie es hätte sein sollen. Von Simon hatte sie nur eine kurze Nachricht.

Können wir reden?

Das hatte er vor mehr als siebzehn Stunden geschrieben. Sie rechnete nach und stellte fest, dass es in etwa um die Zeit gewesen sein musste, als sie ihren Ausflug über die Küstenstraße unternommen hatte. Sie hatte währenddessen nicht einmal an Simon gedacht. Doch die ganze Zeit an Henrik. Es war Zeit, Simon Klarheit zu bringen. Es gab kein Zurück mehr für sie, und es war nur fair, dass er das wusste, damit er anfangen konnte, sich ein Leben ohne sie aufzubauen. Hoffentlich fand er dort das Glück, das ihnen nicht vergönnt gewesen war.

Sie hatte einen Kloß im Hals, während sie auf das beständige Tuten in ihrem Ohr hörte. Die Hand, mit der sie das Telefon hielt, zitterte leicht. Zehn Jahre waren zehn Jahre. Er war ein Teil von ihr und würde es wohl immer bleiben. Genau darum verstand sie seinen Schmerz so gut – sie fühlte ihn auch.

Und das noch mehr, als sich seine Stimme ungewohnt leise und erschöpft am anderen Ende meldete. „Ich bin so froh, dass du anrufst.“

Sie atmete tief durch. „Es ging nicht eher, Simon. Ich brauchte Zeit für mich. Klarheit.“

„Das verstehe ich. Es tut mir leid, wie ich dich angefahren habe. Ich habe auch nachgedacht.“

„Und zu welchem Schluss bist du gekommen?“, fragte sie vorsichtig.

Er seufzte. „Es ist wirklich schon eine Zeit lang nicht mehr so toll gelaufen. Ich habe das ignoriert, denn du hast ja nichts gesagt. Es tut mir leid. Aber es ist doch nichts, was wir nicht wieder kitten könnten. Tamara!“

Müde ging sie durch den Raum und ließ ihre Stirn gegen die kühle Fensterscheibe sinken. Dicke Tropfen sammelten sich außen daran und rannen wie Tränen das beschlagene Glas hinab. „Ich weiß, darum ist es ja so schwer für mich, es dir zu erklären. Es geht nicht mehr, Simon. Ich habe mich verändert, ohne es selbst richtig zu bemerken. Ich bin gerade auf der Suche nach meinem Weg. Und unserer ist es nicht mehr.“

Daraufhin folgte eine lange Stille, die sie nur schwer ertrug, doch sie gab ihm die Zeit. „Hast du angefangen zu schreiben?“, fragte er dann unvermittelt.

„Ja, tatsächlich sitze ich seit gestern an so etwas wie einer Geschichte“, erwiderte sie überrascht.

„Mach weiter. Du kannst es, und ich weiß einfach, dass es dir guttut. Nimm dir diese Auszeit. Ich kann warten.“

„Simon ...“, begann sie voller Schmerz in der Stimme.

„Nein, das kannst du mir nicht nehmen!“ Jetzt brodelte etwas von dem wütenden Temperament in seinen Worten, das sie so gut kannte. „Du nimmst dir eine Auszeit, das akzeptiere ich. Und ich warte auf dich, das musst du akzeptieren.“

„Das muss ich wohl“, erwiderte sie voller Trauer. „Aber mir liegt so viel an dir, dass ich dir nicht verschweigen werde, dass dieses Warten vergebens ist, Simon.“

Er schnaubte. „Wir werden sehen, Mara. Lass uns das Gespräch vorerst beenden, ehe ich wieder unfair werde und es kurz darauf bereue.“

Sie schloss die Augen, lauschte dem Regen. „Okay.“

„Wir hören voneinander, ja? Du schickst mir immer mal ein paar schöne Bilder und Zeilen?“

Sie wollte schreien, dass sie das nicht wollte und Zeit für sich brauchte. Verdammt, das tat ihr doch genauso weh wie ihm. Abstand wäre für den unvermeidlichen Cut viel heilsamer. Aber sie konnte ihm die Bitte nicht abschlagen, wenn sie ihn schon verließ. Und darüber nachdachte, ins Bett ihres Vermieters zu steigen. „Okay.“

Als sie das Gespräch beendet hatten, warf sie das Handy achtlos fort und ging ohne Jacke hinaus in den strömenden Regen. Sie blieb auf dem kleinen Parkplatz hinter dem Haus stehen und sah auf die sanft ansteigenden grünen Hügel hinaus, über die ein dichter Nebelschleier waberte. Der Regen durchnässte ihre Kleidung und drang bis auf ihre Haut. Sie schloss die Augen und stellte sich vor, wie er in ihre Poren gesogen wurde, direkt in ihr Innerstes, und dort alles beseitigte, was ihr so viel Kummer bereitete. Und dann hörte es urplötzlich auf. Sie öffnete die Augen und blinzelte in helle Sonnenstrahlen, die sich durch die schwarzen Wolken kämpften.

Neben ihr öffnete sich die Tür, und Henrik erschien mit besorgtem Blick. „Alles erledigt?“

Sie nickte mit einem wehmütigen Lächeln. „Alles erledigt.“

„Am besten, du ziehst dich um. Danach fahren wir sofort los. Du scheinst mir etwas Zerstreuung nötig zu haben.“

Kapitel Dreizehn

Sie hielten auf dem Parkplatz nahe des Dunquin Piers, der kleinen, aber eindrucksvollen Anlegestelle des gleichnamigen Ortes, die Tamara bei ihrem ersten Besuch von Weitem gesehen hatte.

Auch wenn man nicht vorhatte, zu den Blaskets überzusetzen, war der Pier definitiv einen Besuch wert. Routiniert formulierte Tamara im Kopf aus ihren Eindrücken einen kurzen Reisebereicht und speicherte ihn für später ab.

Ein von alten Mauern eingefasster Steinweg schlängelte sich zum Meer hinunter. Der Stein mit dem rauen Meer im Hintergrund spiegelte für Tamara all das wider, was Irland inzwischen für sie ausmachte – Drama, Beständigkeit, Romantik. Der Himmel war noch immer bewölkt, und aus den rauen Böen vom Morgen war ein kalter Sturm geworden.

„Bist du sicher, dass heute die Fähre geht?", fragte sie Henrik.

„Um diese Jahreszeit verkehrt keine Fähre", erwiderte er. „Aber das Wetter wird bald besser."

Sie sah zum grauen Himmel, an dem sich die Regenwolken türmten, sparte sich aber einen Kommentar. Schließlich wollte sie diesen Ausflug unbedingt machen. Weil sie die angeborene Neugierde einer Journalistin besaß, obwohl sie das Studium im dritten Semester geschmissen hatte, da es sie gelangweilt hatte, nach Vorgabe zu schreiben. Und seitdem verfasste sie öde Reiseberichte ... nach Vorgabe.

Neben dem Geräusch der krachenden Wellen hörte sie plötzlich einzelne Fetzen eines Flötenspiels. Im ersten Moment war sich Tamara sicher, dass sie einen falschen Schritt getan hatten und in die Welt der Feen geraten waren, wo sie auf ewig selbstvergessen tanzen würden. Doch dann sah sie den alten Mann mit einer Panflöte. Er saß einsam und verlassen am Ende des serpentinenartigen Weges auf einer Art überdimensionalem Schlauchboot. Sein Gesicht war dermaßen gegerbt von Wetter und Zeit, dass es dem Stein der Klippenwand ähnelte, an der er lehnte. Er starrte sie unverwandt an, als sie nähertraten, und spielte seelenruhig weiter. Sie verharrten ihrerseits und lauschten dem herzzerreißenden Gesang des Instruments. Tamara spürte einen Kloß in ihrem Hals aufsteigen, und all die ungeweinten Tränen ihres Lebens schienen sich in dieser Melodie entladen zu wollen. Sie presste die Lippen fest aufeinander, um die Fassung zu wahren.

Als der Alte geendet hatte, steckte er die Flöte in eine der Taschen seiner ausladenden Jacke und musterte Tamara aufmerksam, ehe er sich an Henrik wandte. „Hab dich ewig nicht mehr gesehen, Junge. Dachte schon, bist nach Dingle rüber gezogen wie die anderen jungen Hüpfer."

„Mach dich nicht lächerlich, Rupert. Du weißt, ich liebe dieses Fleckchen Erde und werde meinen Lebensabend hier verbringen."

„Hmpf, hast ne komische Art, das zu zeigen, wenn du deine Pints in Dingle kippst statt im Krugers."

Henrik hob entwaffnend die Hände. „Schuldig in allen Anklagepunkten. Ich gelobe Besserung."

Rupert nickte wie ein Lehrer, dessen Schüler nach langem Raten endlich die richtige Antwort gegeben hatte, dann glitt sein Blick wieder zu Tamara. „Tamara, das ist Rupert. Er ist der letzte echte Seebär in ganz Dingle. Es wird gemunkelt, er hätte sein Herz auf dem Grund des Meeres gelassen."

Rupert schüttelte den Kopf und murmelte: „Schwätzer."

Henrik fuhr grinsend fort: „Rupert, das ist Tamara. Sie kommt aus Deutschland und ist mein Gast. Und die erste echte Autorin, der ich in meinem Leben begegnet bin.“

Grinsend reichte sie Rupert die Hand. „Hocherfreut, Sir.“

„Deutschland, hä? Weiß man da überhaupt, wie man einen Stift zu halten hat?“, erwiderte er, und sie spürte fast schmerzhaft die Schwielen in seinen Händen, als er einschlug. Doch in seinen Augen erkannte sie den Humor hinter den groben Worten.

„Nicht wirklich, aber dafür gibt es heutzutage Computer. Sagt Ihnen das was?“

Das mürrische Faltengesicht verzog sich zu einem breiten Grinsen und wirkte sofort zwanzig Jahre jünger. „Die gefällt mir, Henrik.“

„Das dachte ich mir“, erwiderte dieser schmunzelnd, ehe er in Richtung Schlauchboot nickte. „Brauchst du das heute?“

„Klar, siehst du nicht den Touristenstrom, der hier Schlange steht?“

Den Sarkasmus in Ruperts Worten ließ Henrik unbeeindruckt an sich abprallen. „Kannst du es uns heute zur Verfügung stellen? Tamara würde gern die Blasket Islands aus der Nähe sehen.“

Die Falten um Ruperts Mund vertieften sich. „Soll das ein schlechter Scherz sein? Fährst deine Gäste her und fragst mich dreist wie sonst was, ob ich dir meinen Job überlasse? Weißt du, wie viele Touris sich um diese Zeit hierher verirren? Null. Zero. Nada!“

„Ich bezahle dich“, sagte Henrik schnell und fügte auf Ruperts verdutzten Blick hin zögernd hinzu: „Es ist sozusagen ein Privatausflug.“

Daraufhin erlebte Tamara wieder die wundersame Verwandlung auf Ruperts Gesicht, als er brüllend vor Lachen erwiderte: „So ist das also! Sag das doch gleich.

In dem Fall könnt ihr es den ganzen Tag umsonst haben!" Dann bohrte sich sein Blick wieder in Tamaras. „Gute Wahl, Miss. Passen Sie mir auf den Jungen auf. Hat sein Leben lang auf Sie gewartet."

Das traf sie wie ein Schlag in die Magengrube. Henrik lachte unbehaglich. „Können wir einen Gang runterschalten, Rupert?"

Der Alte grinste und rappelte sich hoch. „Was ist nun? Wollt ihr die besten Wellen verpassen?"

Und so manövrierten die beiden Männer das riesige Schlauchboot zu zweit den Pier hinunter ins aufgewühlte Wasser, während Tamara ihnen folgte und das Gefühl hatte, auf Watte zu gehen. Natürlich hatte sie es schon in Dublin wahrgenommen – die Tiefe der Emotionen zwischen Henrik und ihr war wie eine bodenlose Schlucht. Und natürlich sah sie das Verlangen in seinem Blick und wusste, dass seine Freundlichkeit weit über die eines Gastgebers hinausging, selbst für irische Verhältnisse. Aber Ruperts Worte, dass Henrik auf sie gewartet habe, waren mehr, als sie aktuell geben konnte oder wollte. Sie war nicht bereit dazu.

Beruhig dich, ermahnte sie sich, als Henrik ins Boot gestiegen war und sich nun zu ihr umdrehte, um ihr die Hand zu reichen. Trotzdem war da dieser Drang, sich abzuwenden und fortzulaufen, ehe sie für immer gefangen war. Doch der Drang, seine Hand zu ergreifen, war wesentlich größer.

Als er sie in das Boot zog, war es, als ließe sie ihr bisheriges Leben unwiderruflich hinter sich zurück. „Nur zur Sicherheit", sagte er und legte ihr eine Schwimmweste an. „Du musst keine Angst haben, Tamara. Ich weiß, was ich tue."

„Ich habe keine Angst", erwiderte sie lächelnd. „Ich wollte schon immer aufs Meer hinaus."

Er sah sie lange an. „Die Bootstour meine ich nicht."

Sie schluckte hart, dann setzte sie sich wortlos auf die Bank ihm gegenüber. Er warf den Motor so gekonnt an, als hätte er nie etwas anderes getan, während Tamara Rupert winkte, der am Pier stand und ihnen nachsah, als würden sie gerade mit seinem Erstgeborenen durchbrennen. Schnell war er nur noch ein kleiner Punkt unter dem schweren, grauen Himmel.

Tamara kam sich unendlich klein auf dieser Welt vor. Und all ihre Probleme, die ihr stets so riesig erschienen waren, waren unter dem unendlichen Himmel völlig ohne Bedeutung. Hier, in diesem kleinen Boot, war sie einfach nur ein schlagendes Herz, das der Gnade der Elemente ausgesetzt war. Die Erkenntnis machte ihr keine Angst, sondern ließ eine tiefe Ruhe über sie kommen.

Eine Weile sah sie aufs Meer hinaus, dann wandte sie den Blick auf die Inseln, die wie riesige Felsen aus dem Wasser ragten. Von hier aus konnten sie nur zwei sehen. Die eine war klein und trieb genau wie ihr Boot scheinbar hilflos in der unendlichen Weite. Die zweite war so groß, dass Tamara nicht sehen konnte, wo sie endete. Auf diese hielt Henrik zu.

Seit sie vor mehr als zehn Minuten den Dunquin Pier verlassen hatten, schwiegen sie. Angespannt suchte Tamara nach Gesprächsstoff, der die Frage in ihrem Kopf vertrieb, die sie wirklich stellen wollte. Aber es war eine jener Fragen, die nicht verschwanden, ehe man eine Antwort darauf erhielt. Die Stille im Boot wurde so massiv und alles bedeutend, dass sie fürchtete, über Bord zu gehen, wenn sie sie nicht sofort durchbräche.

„Was Rupert gesagt hat …“

Henriks Blick brachte sie zum Schweigen. „Willst du die Frage wirklich stellen? Denn wenn du es tust, dann werde ich darauf antworten, Tamara.“

Sie waren mitten auf dem Meer. Sie konnte nicht davonlaufen. Und das entsprach auch nicht ihrem Naturell. Sie war Autorin, war in gewisser Art Forscherin. Es war ihre Art, so lange zu bohren, bis sie die Wahrheit, die sie bereits erahnte, schwarz auf weiß hatte. Das hatte Simon stets in den Wahnsinn getrieben und in letzter Zeit zu hitzigen Diskussionen geführt. Aber irgendwie spürte sie, dass Henrik genau diese Art der Neugierde begrüßte. „Was hat Rupert damit gemeint, du hättest dein Leben lang auf mich gewartet?"

„Natürlich warst nicht du damit gemeint, schließlich haben wir uns erst kennengelernt", erwiderte er, den Blick auf die See gerichtet.

Ein Teil in ihr war zutiefst erleichtert. Aber da war noch dieser andere, wesentlich größere Teil, der beinahe vor Schmerz zerbrach. Doch Henrik schien noch nicht fertig zu sein. „Und irgendwie warst doch du gemeint. Für mich gab es immer nur die Eine. Ich wusste, wenn ich sie träfe, wäre es wie eine Supernova. Das war nur mit dir so. In der Temple Bar in Dublin."

Es war ausgesprochen. Er hatte die Situation aus Dublin in das kleine Boot geholt, und seine Worte entluden sich zu einer Explosion aus unausgesprochenen Worten, ungetanen Berührungen und ungefühlten Emotionen.

„Henrik, ich kann nicht … ich weiß nicht, ob ich … es ist zu …" Sie wusste nicht einmal ansatzweise, was sie eigentlich sagen wollte.

Er schüttelte beschwichtigend den Kopf. „Bleib nur in Dublin. Was hast du da gefühlt?"

Das war entwaffnend. Wenn sie jetzt offen wäre, würde alles andere unwiderruflich enden. Und etwas Neues beginnen. Sie wusste jedoch nicht, ob sie das schon wollte. Weil es irrsinnig war. Es ging zu schnell, ging zu tief. Und schon bald würde sie wieder abreisen und diesen Mann wahrscheinlich nie wieder sehen.

„Bleib in Dublin", wiederholte er ruhig, und sein Blick schien sie zu durchdringen. „Deine Logik kann es nicht zerdenken, Tamara."

Und wie wahr das war. Sie ergab sich der Situation. „Es war wie ein Erkennen. Es hat sich einfach richtig angefühlt. Und Sinn ergeben."

Nach diesen Worten war sie atemlos. Die hohen Wellenberge, die ihr kleines Boot durchrüttelten, schienen ihr nichts im Gegensatz dazu, was in ihrem Inneren geschah. Sie fürchtete sich vor Henriks Reaktion. Es war zu viel für den Moment, viel zu viel für so ein kleines Boot. Für eine Sekunde dachte sie ernsthaft darüber nach, es mit einem Hechtsprung ins Wasser hinter sich zu lassen.

„Das dort ist Great Blasket. Wie der Name schon sagt, die größte der sechs Blasket Islands. Sie war bis 1953 bewohnt, was an ein Wunder grenzt, wenn man bedenkt, dass die Einwohner weder Strom noch fließendes Wasser hatten." Er griff das Thema nicht mehr auf, so als hätte der Wind ihre Worte davongetragen.

Sie folgte seinem Blick zu der großen Insel, der sie nun so nahe waren, dass sie die unzähligen Seehunde auf dem weißen Sandstrand sehen konnte. Möwen kreisten über ihnen.

„Beeindruckend." Mehr brachte sie nicht heraus. Wegen des Anblicks der Insel, die wie ein Riese vor ihr aus dem Wasser aufragte. Wegen des beängstigenden Schaukelns des Bootes. Doch vor allem wegen Henriks Schweigen. Warum sprach er all das aus, setzte all diese Dinge in ihr in Gang, um sie dann damit allein zu lassen?

Das Boot rollte mit einer der Wellen sanft an den Strand, als hätte Neptun persönlich es gelenkt. Als Henrik ihre zitternden Beine bemerkte, half er ihr aus dem Boot, was nur dafür sorgte, dass auch ihre Hände zu zittern begannen. Sie waren die einzigen Menschen auf diesem unbewohnten Stückchen Erde. Warum hatte sie sich das vorher nicht klargemacht?

Die Geräuschkulisse war atemberaubend – eine Mischung aus dem ohrenbetäubenden Blöken der Seehunde, dem wilden Kreischen der Möwen und dem bedrohlichen Krachen der Wellen. Wie Henrik prophezeit hatte, zeigte sich hinter der dicken Wolkenfront im Osten bereits strahlend blauer Himmel. Vor ihnen war nichts außer dem Meer, und hinter ihnen befanden sich unendlich sattgrüne Hügel.

„Es ist unbeschreiblich", flüsterte sie, während sie den Strand entlangschlenderten. Es war wie die erste Begegnung mit Henrik. Ein Erkennen. Ein Erschüttern. Und unendliche Vertrautheit. Als sie einen sanft ansteigenden Hügel erklommen und auch noch eine Handvoll Ruinen alter Steinhäuser in Sicht kam, konnte Tamara nicht mehr an sich halten. „Das ist es! Es ist, als wäre ich schon einmal hier gewesen. Letzte Nacht, in meinem Geist. Ich dachte, ich hätte diesen Ort mit meinen Worten erschaffen, aber in Wirklichkeit erschafft dieser Ort meine Worte. Und irgendwie auch mich. O Gott, ich klinge wie eine Verrückte."

Henrik schüttelte den Kopf. „Du klingst wie eine Künstlerin."

„Kunst. Gibt es die wirklich?" Sie breitete die Arme aus und drehte sich im Kreis. „Ich meine angesichts dem hier?"

„Nun ja, Gott ist und bleibt der größte aller Künstler."

Sie hielt inne und blinzelte ihn an. „Du bist gläubig?"

Er lachte. „Bei dir klingt das wie eine Krankheit."

Sie spürte, wie sie rot wurde, und wünschte, sie könnte im Erdboden versinken. „Nein! Versteh mich nicht falsch. Ich weiß, dass Irland ein katholisches Land ist, aber ich dachte, das sei mehr eine Art Tradition."

Henrik wirkte nicht im Mindesten beleidigt. „Das eine schließt das andere nicht unbedingt aus. Du hast Recht, dass es in Irland zum guten Ton gehört, sonntags in die Kirche zu gehen, und bei längst nicht allen ist der Glaube noch tief im Herzen verankert. Doch bei mir ist das so. Alles andere ergibt für mich keinen Sinn."

Die Einfachheit, mit der er das sagte, untermauerte seine Worte. Tamara fühlte sich seltsam befangen. Der Glaube, dass ein Wesen über sie alle herrschte und die Schicksalsfäden in den Händen hielt, behagte ihr nicht. Gleichzeitig fand sie Henriks starke Überzeugung beneidenswert.

„Was schwebt dir für eine Geschichte vor?", fragte er sie, als sie die verfallenen Häuserruinen betrachtete.

„Eigentlich hatte ich keine Vorstellungen. Nach letzter Nacht dachte ich, es würde einfach eine kleine Liebesgeschichte werden, aber jetzt klingt da so viel mehr in mir", erwiderte sie ergriffen.

„Erzählst du mir davon?"

Sie gingen zwischen den einstigen Bauernhäusern umher, andächtig und respektvoll wie auf einem Friedhof. Die alten Gemäuer schienen vor Geschichten nur so zu summen. „Wie war es, so zu leben? So abgeschottet von jeglicher Zivilisation. Ständig den Urgewalten des Meeres ausgesetzt. Wie viele Menschen mögen hier gewohnt haben?"

„Zur Blütezeit der Insel Anfang des neunzehnten Jahrhunderts waren es um die einhundertfünfzig Seelen", erwiderte Henrik.

„So wenige", murmelte Tamara. „Und dennoch hat es funktioniert. Oder gerade deswegen. Sie hatten nur einander. Für mich, die schon an so vielen Orten gewesen ist und in einer Überflussgesellschaft lebt, ist es schier unmöglich, sich vorzustellen, was so ein Leben bedeutet haben muss. Ich kann nicht einfach meiner Fantasie freien Lauf lassen, mir fehlt hier so viel

Wissen. Ich wünschte, ich könnte in diese Zeit zurück-
reisen."

„Vielleicht kannst du das ja."

Tamara, die gerade ehrfürchtig über das feuchte Ge-
stein strich, hielt mitten in der Berührung inne und
drehte sich zu ihm um. Wie er da so vor der Kulisse des
stürmischen Meeres stand und sich die Sonnenstrahlen in seinen grauen Augen verfingen, schien er alles
zu sein, was sie je begehrt hatte.

Als sie sprach, war ihre Stimme brüchig. „Wie meinst
du das?"

„Du kennst eine Zeitzeugin, die auf Great Blasket geboren wurde. Ihr Haus steht da oben auf dem Hügel
und ist heute das einzige bewohnte Gebäude auf der Insel. Es beherbergt ein Café für Touristen und hält sich
gut."

Sie folgte seinem Blick zu dem Haus und wieder zurück. „Molly?"

Henrik nickte. „Sie kam als kleines Mädchen als eine
der letzten zweiundzwanzig Bewohner der Blasket Islands aufs Festland. Sie hat ihr Geburtshaus für die
McLeods zur Verfügung gestellt, um Außenstehenden
das Inselleben näherzubringen."

Tamaras Herz raste. „Meinst du, sie kann sich noch
an damals erinnern?"

„Da bin ich mir sogar sehr sicher. Besuch sie doch die
nächsten Tage einfach mal. Ich denke, sie würde sich
sehr freuen."

Tamara nickte begeistert. „Das werde ich auf jeden
Fall tun. Danke, Henrik!"

Er trat zu ihr und strich ihr eine Haarsträhne hinters
Ohr, die ihr der heftige Inselwind ins Gesicht peitschte.
Tamara konnte sich nicht rühren. Sie starrte ihn an,
fühlte die Wärme seiner Hand auf ihrer Haut und
wünschte, der Moment würde niemals vorbeigehen.
Hier auf dieser einsamen Insel war all das, was sie auf

dem Festland trennte, weder präsent noch von Bedeutung.

„Hast du Lust, da oben einen Kaffee mit mir zu trinken?" Seine Stimme war leise, fast nur ein Flüstern.

„Das würde ich sehr, sehr gern."

Es war das mit Abstand ausgefallenste Date, das sie jemals gehabt hatte. Sie saßen Stunde um Stunde draußen auf der alten Holzbank vor dem provisorischen Café, während die Besitzer – Miles und Sarah – sie mit selbstgebackenen Köstlichkeiten und Kaffee nur so überhäuften. Da die Saison noch nicht begonnen hatte und keine Touristen auf den Blaskets waren, waren Tamara und Henrik auf der Insel allein mit dem netten Ehepaar und seiner Schafherde. Die Tiere verteilten sich wie weiße Farbtupfer auf den leuchtend grünen Hängen und riefen mit den Seehunden unten am Strand um die Wette.

Sie redeten im wahrsten Sinne des Wortes über Gott und die Welt. Henrik befriedigte Tamaras schier nie endende Neugier nur zu gern, indem er ihr zu Land und Leuten Rede und Antwort stand. In Tamara erblühte ein reiches Wissen an hiesigen Eigenarten, Bräuchen und Sagen. Die Dramatik der Geschichte des Landes nahm sie völlig für sich ein. Dennoch schien die Iren eine frische und natürliche Fröhlichkeit zu umgeben, die sie in noch keinem anderen Teil der Welt erlebt hatte.

Die Sonnenstrahlen brannten auf ihren nackten Armen. Ihre Regenjacke lag längst neben ihr auf der Bank. „Was sind das für Häuser?", fragte Tamara, als ihr die drei modernen Cottages auffielen, die ein Stück hinter den Ruinen des einstmaligen Dorfes standen.

„Dort können die Touristen übernachten, die mal echtes Inselfeeling erleben wollen. Natürlich heute mit fließendem Wasser."

Tamara lachte ungläubig auf. „Ist das nicht ein Widerspruch an sich? Würde so etwas ehemalige Insulaner nicht ärgern?"

Henrik schüttelte den Kopf. „Molly begrüßt das sehr. Sie meint, sie findet es schön, wenn die Insel ab und an noch bewohnt wird und Reisenden Freude bereiten kann. Sie findet es sogar gut, dass man sich in der modernen Bequemlichkeit an ihrer alten Heimat erfreuen kann. Und die Einnahmen aus dem Tourismus schaden uns nicht."

Tamara nickte lächelnd. „Ich stelle es mir auch wildromantisch vor. Hier könnte ich meinen Roman bestimmt in Windeseile fertig schreiben."

„Du willst mich doch nicht etwa vorzeitig verlassen?", fragte Henrik.

Nur mit großer Mühe konnte sie sich in letzter Sekunde davon abhalten, ihm zu sagen, dass sie ihn am liebsten gar nicht verlassen würde. „Es ist mit Sicherheit nirgendwo so behaglich wie in deinem Farmhouse."

Er war ehrlich erfreut. „Und weißt du was? Du bist mir der allerliebste Gast."

Dann versanken sie wieder in einvernehmliches Schweigen. Während die Sonne ihre Bahn über den Himmel zog und langsam zum Sturzflug ins Meer ansetzte, winkte Henrik Miles ein letztes Mal an ihren Tisch.

„Mir scheint, ihr habt einen Narren an unserer Insel gefressen. Seid ihr sicher, dass ihr heute nicht hier übernachten wollt? Alle Gästehäuser sind frei, ich kann euch das wildromantische direkt am Meer anbieten."

Es war nur eine Sekunde, in der sich Tamaras und Henriks Blicke trafen. Doch sie reichte aus, um in seinen Augen ihre eigenen Gedanken wiederzufinden. Den Drang, einfach ja zu sagen. Sich zu lieben, hier an diesem westlichsten Punkt Europas, und zu vergessen, dass sie aus völlig unterschiedlichen Welten kamen.

„Heute nicht, Miles, aber danke", erwiderte Henrik schließlich. „Wie viel schulden wir dir?"

Miles hob abwehrend die Hände. „Oh, das geht aufs Haus. Als Gegenleistung will ich dich aber mal wieder drüben im Pub sehen, Junge."

Tamara kicherte, und Miles warf ihr einen fragenden Blick zu. „Sie sind heute schon der Zweite, dem er das versprechen muss."

„Umso schlimmer", erwiderte Miles. „Nächstes Wochenende mache ich Musik mit den anderen Seebären. Komm vorbei und bring dein Mädchen mit."

Henrik sah Tamara entschuldigend an. „Miles, sie ist nicht mein …"

„Wir kommen!", fiel Tamara ihm mit einem breiten Lächeln ins Wort.

Henrik sah sie überrascht an. Ihr Herz hämmerte wild gegen ihre Brust. Sie wusste, dass sie gerade eine Entscheidung getroffen hatte.

Miles grinste breit. „So ist es fein. Oh, da kommt noch etwas Proviant für die Überfahrt."

Sarah war aus dem Haus getreten. In ihren Händen hielt sie eine Kuchenform, die mit einem karierten Küchentuch abgedeckt war und einen herrlich süßen Duft abgab.

„Hast du das etwa in der kurzen Zeit gezaubert?", fragte Henrik erfreut.

„Ich bitte dich." Sie stellte den Kuchen vor ihnen ab. „Ihr wart den halben Tag hier. Ich hätte in der Zeit eine kleine Bäckerei befüllen können."

Das nahm Tamara ihr sofort ab. „Das ist wirklich nett von Ihnen. Werden Sie kommenden Samstag auch im Pub sein?"

Sarah wirkte höchst überrascht, was ihr eine sympathische Röte auf die blassen Wangen brachte, die im krassen Kontrast zu ihrem schwarzen, kurzen Haar stand. „Oh, das ist ehrlich gesagt nicht so mein Ding, Liebes."

„Ich würde mich sehr freuen, Sie dort zu sehen, Sarah. Vielleicht bringen Sie mir eines Ihrer tollen Rezepte mit?"

Da strahlten die Augen der Frau und ließen sie wie ein junges Mädchen wirken. „Oh, in dem Fall ... ich denke, für eine Stunde kann ich vorbeisehen."

„Wir sollten jetzt aufbrechen. Der Sturm kommt zurück", sagte Henrik mit einem Blick in den babyblauen Himmel. Tamara hatte gelernt, ihm zu vertrauen, nahm den Kuchen und stand auf.

Nachdem sie sich von Sarah und Miles verabschiedet hatten und zurück auf dem Weg zum Strand waren, sah Henrik sie aufmerksam von der Seite an. „Es war wirklich nett von dir, Sarah mit einzubeziehen."

Tamara zuckte die Schultern. „Man spürt doch deutlich, dass sie eine verlorene Mutter ohne Kinder ist. Sie hätte gern jemanden, mit dem sie Rezepte und Erinnerungen teilen kann. Warum haben die beiden keine Kinder?"

„Tatsächlich haben sie eine Tochter, aber die ist vor zehn Jahren nach New York gegangen, um eine Theaterkarriere zu starten. Das hat Sarah beinahe das Herz gebrochen. Shirley hat sich nur noch selten bei ihren Eltern gemeldet, und heute bekommen sie einmal im Jahr eine Weihnachtskarte, auf der sie ihre Enkel sehen."

„Das ist traurig", sagte Tamara betroffen. „Warum gibt es so viele Mütter, die sich nach ihren Töchtern sehnen und andersherum? Warum gibt es so viele Missverständnisse in den Familien, so viel Andersartigkeit?"

Henrik half ihr ins Boot und schob es ins flache Wasser, ehe er selbst einstieg und den Motor anließ. „Ich vermute, damit wir die Chance zu echtem Wachstum haben und uns nicht in unseren Familien verschanzen. Wir sind ewig Suchende und Weggefährten. Das macht uns alle zu einer großen Familie."

Diese Sicht der Dinge überraschte sie wieder und ließ sie nachdenklich werden. Seine Worte spendeten ihr einen eigenartigen Trost und sorgten dafür, dass sie sich weniger wie eine verlorene Tochter fühlte.

Kapitel Vierzehn

In den nächsten Tagen konzentrierte sich Tamara ausschließlich auf ihre Geschichte. Sie skizzierte die Charaktere, die Umgebung, die grobe Handlung. Ab und an unternahm sie einen Spaziergang am Meer entlang und kehrte mit dem Kopf voller Ideen zurück.

Doch bald kam sie nicht mehr weiter, weil ihr das nötige Hintergrundwissen zum Leben auf den Blasket Islands fehlte. Sie fasste sich ein Herz und folgte Henriks Vorschlag, Molly einen Besuch abzustatten.

Das blaue Häuschen lag direkt hinter dem Hügel von Henriks Farmhouse. Es schmiegte sich wie ein Kind, das sich vor den Augen seiner Eltern verbergen wollte, in den Hang. Alles an diesem Anblick erinnerte an die lebenslustige, alte Frau, die Tamara bei ihrem Ausflug nach Dunquin kennengelernt hatte.

Weil sie nicht mit leeren Händen kommen wollte, pflückte sie kurzentschlossen einen Strauß Wildblumen von dem Feld, das sie überquerte. Schon von Weitem sah sie Molly durch das geöffnete Fenster in ihrer Küche werkeln. Auf der Fensterbank standen zwei Kuchen zum Abkühlen. Sofort fühlte sich Tamara in eine andere Zeit versetzt. Eine Zeit, in der Frauen Mütter und Hausfrauen waren und voll und ganz in diesen Rollen aufgingen. Eine Zeit, in der die Männer die Entscheidungen übernahmen und für ihre Frauen sorgten. Aber auch eine Zeit der alten Bräuche, des Umwerbens, des süßen Verliebens.

Belustigt über ihre Gedanken trat sie an die Tür und läutete an der alten Seemannsglocke, die als Klingel diente. Molly streckte den Kopf aus dem Fenster. Ihre Miene erhellte sich, als sie Tamara erkannte. „O Liebes, komm einfach rein. Es ist offen. Die erste Tür rechts! Ich mache uns einen Kaffee.“

Als Tamara durch den engen Flur in die erste Tür einbog, bemerkte sie, dass Molly keine Kaffeemaschine hatte. Auf der Anrichte standen zwei Tassen, auf denen Plastikfilter saßen. Sie hatte auch keinen Wasserkocher. Ein alter Teekessel stand auf dem Ofen und gab über einer kleinen Gasflamme ein sanftes Blubbern von sich.

„Wie schön, dass du kommst! Ich wollte dich heute ohnehin besuchen“, sagte Molly und deutete auf die Kuchen auf dem Fenstersims. Tamara erinnerte sich nur zu gut an den einzigartigen Geschmack von Sarahs Gebäck. „Das ist wirklich lieb von Ihnen.“

„Lassen wir die Förmlichkeiten, Liebes. Wir sind doch jetzt Nachbarn. Wie lange bist du noch hier?“

Die Frage sorgte sofort für ein unangenehmes Rumoren in Tamaras Magen. „Noch etwas mehr als eine Woche.“

„Na, dann solltest du die Zeit in allen Erfahrungen und Empfindungen ausschöpfen“, erwiderte Molly augenzwinkernd.

Tamara musste an Henrik denken. „Das habe ich vor.“

Molly nickte, als wüsste sie ganz genau, was in ihr vor sich ging. Sie hatte dieses wache, kluge Blitzen in den Augen, das sie jung wirken ließ. Es fiel Tamara schwer zu glauben, dass sie schon dreiundsiebzig Jahre zählte. „Setz dich Liebes, und dann erzählst du mir, was dich zu mir führt. Du bist viel zu sehr Deutsche, als dass du ohne triftigen Grund einfach hereinschneien würdest.“

Tamara lachte und fühlte sich ertappt. Sie ließ sich auf einen der alten Holzstühle am Fenster sinken, von dem aus man nichts anderes als unendliche grüne Hügel sah. „Ich hoffe, dass mich das Land noch davon kuriert, ehe ich abreise.“

Molly lächelte auf eine Art und Weise, die Tamara eine Gänsehaut bescherte. „Wir werden sehen. Und jetzt erzähl schon."

„Ich weiß nicht so recht, wo ich anfangen soll. Seit ein paar Tagen sitze ich an einer Romanidee. Ich weiß nicht, warum oder woher es kommt, aber die Geschichte der Blasket Islands lässt mich nicht mehr los. Ich war mit Henrik auf Great Blasket und es war, als würde die Insel nach mir rufen. Er sagte mir, du hast als kleines Mädchen dort gelebt."

Molly nickte mit einem wehmütigen Lächeln. „Und da dachtest du dir, ich könnte dir etwas darüber erzählen."

„Wenn es dir unangenehm ist, dann musst du das nicht. Es war nur so eine Idee", sagte Tamara schnell.

Molly sah sie an. „Wie kommst du nur darauf, dass es mir unangenehm sein sollte? Abgesehen von der Zeit mit Eóin war es die schönste meines Lebens."

Diese Aussage überraschte Tamara, nachdem sie die einfachen Hütten mit eigenen Augen gesehen hatte. „War es nicht ein hartes Leben?"

„Ich denke, das ist es immer noch. Jede Zeit birgt ihre ganz eigenen Herausforderungen. Wir kannten es nicht anders. Ich war damals noch ein kleines Mädchen, aber ich habe nichts vergessen. Das hätte Mummy nicht zugelassen."

Wieder spürte Tamara diesen wehmütigen Stich, die Sehnsucht nach einer ebensolchen Beziehung zu ihrer eigenen Mutter.

„Was genau möchtest du über das Leben auf der Insel wissen?", fragte Molly.

„Erzähl mir einfach alles, woran du dich erinnerst."

„Das ist so einiges, zwar war ich erst fünf Jahre alt, als man uns von der Insel evakuierte, dennoch sind mir die Erinnerungen präsenter als so manches Jahr danach. Vielleicht, weil es dort so ganz anders war als hier auf dem Festland. Viele alte Bräuche habe ich nie ganz abschütteln können. Nachdem meiner Mummy und mir dieses Haus in Coumeenoole zugewiesen worden ist, hat sie alles dafür getan, dass ich nicht vergesse, woher ich komme."

„Moment, das hier ist das Haus deiner Mutter?", fragte Tamara fasziniert.

Molly nickte. „Ja, das ist das Haus, in dem ich aufgewachsen bin, nachdem wir von der Blasket runter mussten. Dir ist es vielleicht nicht bewusst, aber zu meiner Zeit war es üblich, dass der Mann nach der Hochzeit für seine Frau und sich ein Haus baute. Zum einen zeigte das sein handwerkliches Geschick und dass er für seine Familie sorgen konnte. Und zum anderen war es einfach immer schon so gewesen. Als ich Eóin kennenlernte, sagte ich ihm sofort, dass ich niemals aus diesem Haus fortgehen würde. Also heiratete er mich mit dem Haus. Das war damals eine kleine Sensation. Er war schon immer etwas Besonderes."

Tamara ging bei der Liebe in Mollys Worten das Herz auf. Sie hegte keinen Zweifel daran, dass Mollys Gefühle für ihren Eóin noch genau so stark waren wie am Tag ihres ersten Kusses. „Du sagtest, ihr musstet von der Insel. Das heißt, ihr wolltet es nicht?"

Molly schüttelte den Kopf. „Die wenigsten wollten das. Und die anderen hatten bereits das Weite gesucht. Sobald die jungen Leute alt genug waren, schwärmten sie von der Insel wie Vögel, die gen Süden fliegen. Zurück blieben die Alten mit den Kindern, was es immer schwerer machte, die Familien zu ernähren. Aber wir kamen zurecht. Gott schickte uns stets Hilfe, wenn wir sie am dringendsten benötigten. Meist in Form eines Schiffes, das vor der Insel zerschellte und dessen Überreste von der Flut an unseren Strand getragen wurde. Davon konnten wir für eine Zeit gut leben."

Wieder war Tamara fasziniert von dem tiefen Gottvertrauen und der Selbstverständlichkeit, mit der die Leute hier von einem Wesen sprachen, das man sich nicht einmal annähernd vorstellen konnte.

„Hättet ihr das den Behörden nicht klarmachen können?", wunderte sie sich.

„Behörden? Kindchen, die Zeiten waren damals anders. Es kamen Büttel und stellten uns vor vollendete Tatsachen. Heute muss ich sagen, sie hatten Recht. Es waren nur noch zweiundzwanzig Seelen auf der Insel, uns eingerechnet. Von heiratsfähigen Leuten ganz zu schweigen. Die Lebensbedingungen waren rau, aber wie ich schon sagte, wir kannten es nicht anders. Wir taten uns schwer mit dem Leben auf dem Festland. Die vielen Menschen, der Strom, alles war auf Knopfdruck erreichbar, und es wurde und wird ja immer schlimmer. Es ist zu leicht, verstehst du. Die Leute verschwenden kaum mehr einen Gedanken daran, was sie alles tun.

Just in diesem Moment begann der alte Teekessel zu pfeifen. Molly ging zum Herd und löschte die Gasflamme. In Deutschland war so etwas eine Rarität, die bei jungen Köchen wieder in Mode kam.

Molly setzte den Plastikfilter auf die Tasse, schaufelte einige Löffel Kaffeepulver hinein und goss schließlich das Wasser aus dem Teekessel darüber. Sogleich breitete sich ein Duft der besonderen Art in der kleinen Küche aus, der Tamara das Wasser im Mund zusammenlaufen ließ. Noch nie im Leben hatte jemand auf diese Art und Weise Kaffee für sie gekocht.

„Wir hatten keine Elektrizität, keine Läden, keine Krankenhäuser, keine Banken. Wir hatten nur das, was wir uns mit den eigenen Händen erarbeiteten und lebten von der Hand in den Mund. Die Männer waren Fischer und Farmer. Die Frauen sorgten neben der Betreuung der Kinder dafür, dass der Alltag lief. Die

Kinder halfen dabei, sobald sie dazu in der Lage waren. Jeden Tag eine warme Mahlzeit oder gar täglich ein anderes Gericht auf dem Tisch kannten wir nicht. Wir tranken Milch von unseren Kühen oder Wasser. Wir hatten einen Laib Brot, der meist für eine Woche reichen musste, und schon im frischen Zustand so hart war, dass man ihn heutzutage eher dem Vieh geben würde. Ansonsten lebten wir von Fisch und Robbenfleisch.“

Tamara riss die Augen auf. Ihr wurde schlecht, wenn sie an die niedlichen Robben dachte, die sich am Strand der Great Blasket tummelten. Molly erriet ihre Gedanken und sagte: „Für uns waren das nichts anderes als Nutztiere. Ihr Fleisch bot uns das lebensnotwendige Fett für unser Überleben sowie für Lampenöl.“

Tamara nickte, obwohl sie nichts verstand. Die Entbehrungen der Inselleute schienen ihr schier unerträglich. Zugleich erinnerte sie sich, dass sie hier von der Zeit der großen Hungersnot sprachen, wo es den Leuten auf der Insel mit Abstand um einiges besser ergangen war als jenen auf dem Festland.

„Einige Jahre lang kam sporadisch ein Lehrer zur Insel, doch ich war noch zu jung für die Schule. Und auch so hätte ich Mummy nie im Stich gelassen. Mein Vater starb auf See, als ich vier war. Sie waren nachts zum Hummerfischen ausgefahren und hatten den Sturm unterschätzt. Sie trieben weit vom Land ab, und eine Böe ließ das Boot kentern. Die Besatzung starb. Von da an arbeitete meine Mutter für zwei. Meine große Schwester Irina betreute mich, doch wenig später starb sie an den Masern. Meine Mutter musste Torf stechen gehen, um das Haus beheizen und uns etwas kochen zu können. Wir hatten einige Schafe, die sie ebenfalls betreute. Nachbarn halfen, wo sie nur konnten. Aber am Ende haben die viele Arbeit und der Kummer meine Mummy umgebracht. Als wir auf dem Festland waren, kämpfte sie noch acht Jahre. Danach sorgte ein Cousin für mich, bis ich mit sechzehn Eóin traf."

Tamara versank in Mollys Worten. Sie erzählte weiter, von einer Zeit, die aus Einfachheit und harter Arbeit bestand. Aus Entbehrungen und rauschenden Festen mit lautem Gesang. Einer Zeit, in der die Menschen einander in der Not die Hände reichten und in der man sich mit dem zufriedengab, was man hatte und war. Das Lebensgefühl der ehemaligen Insulaner schien Tamara fremd und ließ sie tiefe Scham empfinden. Sie blickte auf ihr eigenes, rastloses Leben zurück mit all seinen bunten Eindrücken und Reisen. Nie hatte sie gefunden, wonach sie gesucht hatte, und sich dabei zeitgleich so weltgewandt und lebenserfahren gefühlt. Nun saß sie am Tisch dieser alten Frau und erkannte, dass sie rein gar nichts wusste. Nichts vom Einfachsein. Nichts von der Liebe. Nichts von sich selbst.

„Ich glaube, ich sollte die Idee mit dem Buch ganz schnell wieder vergessen", sagte sie kleinlaut, als Molly ihre Erzählungen beendet hatte.

„Warum denn das in Gottes Namen?"

„Ich verstehe nichts von den Dingen, von denen du gesprochen hast. Mir ist dieses Leben so fern wie der Mond."

„Ach Liebes." Molly ergriff über den Tisch hinweg ihre Hand. „Das heißt doch noch lange nicht, dass es so bleiben muss. Wir kommen Dingen doch erst richtig nah, wenn wir uns mit ihnen auseinandersetzen."

Molly nahm einen der Kuchen vom Fensterbrett. „Jetzt haben wir uns beide ein großes Stück verdient."

Kapitel Fünfzehn

Als Henrik an diesem Tag am Hafen in Dingle ankam, graute ein trüber, windiger Morgen, der die See feindlich stimmte. Es war nicht das beste Wetter für einen guten Muschelfang, doch er mochte es trotzdem. Er fühlte sich dann wie ein Löwenbändiger auf ihrem Fischkutter.

Sean stand bereits in voller Montur aus Gummistiefeln, Regenhose und Baumwollpullover am Kutter und überprüfte die Dredge, eine Art Schleppnetz, das von Hand bedient wurde. Die größeren Varianten hätten ihr kleines Boot auf dem Grund des Meeres versenkt, außerdem sorgten diese für ungewollten Beifang, den sie um jeden Preis vermeiden wollten.

„Du kommst spät", sagte Sean, ohne aufzusehen.

Henrik verzog genervt das Gesicht. „Fällt dir auch mal eine andere Begrüßung ein? Ich kenne niemanden, der eher da ist als du. Meine Vermutung ist, du schläfst auf dem Kahn, um dem Trubel daheim zu entkommen."

Sean grinste. „Eigentlich gar keine schlechte Idee, Kumpel."

„Haben Daisys spezielle Launen wieder begonnen?"

„Gott ist mein Zeuge", seufzte Sean schwer. „Wenn ich dieses Weib noch einmal schwängere, hält es unsere Ehe nicht aus."

Henrik wusste, dass Daisy im letzten Schwangerschaftsdrittel zu üblen Launen neigte, die ihr sonst so sonniges Gemüt Lügen strafte. Sie war unleidlich, unzufrieden und wütend auf sich und alle Welt, vor allem aber auf Sean, der sie in diese missliche Lage gebracht hatte. „Ich hoffe, das gibt sich bis heute Abend wieder."

Sean winkte ab. „Wenn sie auf Tamara trifft, wird sie der reinste Engel sein, keine Sorge. Sie redet seit Freitag von nichts anderem mehr."

„Das macht mir fast mehr Angst als ihre Launen."

Sean grinste. „Wir werden nicht so tun, als wäre sie nur ein Gast von vielen, Henrik. Das liegt uns nicht."

Henrik nickte und dachte an die Begegnung mit Miles und Rupert. „Inzwischen glaube ich, dass sich Tamara durch nichts und niemanden so leicht verschrecken lässt."

Sean hob zum ersten Mal den Blick. „Gibt es etwas, das ich wissen sollte?"

Henrik überlegte, wie er sich ausdrücken sollte. „Ich denke inzwischen, dass ich sie mit einem Annäherungsversuch nicht überfordern würde."

Sean lachte freudig auf. „Wusste ich es doch. Also heute Abend?"

„Ich will das nicht planen, Sean. Das wirkt so vorsätzlich."

Sean stöhnte genervt auf. „Ein Kuss ist keine Straftat, Henrik. Ist jetzt auch schon eine Weile her bei dir."

Henrik runzelte dir Stirn. „Ist es eigentlich normal, dass du so viel über mein Liebesleben weißt?"

Sean zuckte grinsend die Schultern, ehe er aufs Boot sprang und ihn an Bord winkte. „Blutsbrüder eben."

Als Henrik auf dem Kutter war, verflog seine Anspannung augenblicklich. Nichts auf der Welt hatte auf ihn eine so beruhigende Wirkung wie das Meer. Aber mit seiner Prognose sollte er Recht behalten. Heute war kein guter Arbeitstag. Wenn sie das Schleppnetz ins Wasser tauchten, um die Muscheln vom Grund des Meeres zu holen, hatten sie Mühe, nicht über Bord zu gehen. Der Wind stach ihnen wütend in den Rücken, als wäre er der Geist eines längst verstorbenen Piraten, der sie über die Reling jagen wollte. Das Meer war aufgewühlt und versuchte ebenfalls, sie in die Tiefe zu ziehen, wenn sie ihm zu nahekamen. Zwar war es für diese Art des Muschelfischens unerlässlich, im seichten Gewässer zu bleiben, doch das machte es nicht besser. Die Wellen brachten sie derart von ihrem Kurs ab, dass sie ständig auf der Hut sein mussten, um nicht auf eine Sandbank aufzulaufen.

Trotz der beißenden Kälte und der ständigen Regenduschen waren beide Männer schweißüberströmt, als sie am Ende der Tour die Netze einholten. Zufrieden betrachteten sie die fünf großen Behälter, die bis zum Rand mit Jakobsmuscheln gefüllt waren.

„Tony wird sich freuen", kommentierte Sean den Fang. Tony war der Koch im hiesigen Fischrestaurant. Eines von vielen, die inzwischen zu ihren Abnehmern zählten. Er war ihr Lieblingskunde, denn er zahlte auch mal über den üblichen Lohn hinaus, wenn es bei ihm gerade gut lief.

„Bald kommen die Touris, das wird sich lohnen", sagte Henrik zufrieden und schüttelte sein nasses Haar aus. „Macht es dir was aus, wenn ich noch kurz mit zu euch komme?"

Sean grinste ihn wissend an. „Willst dich wohl für deine Süße noch etwas frisch machen? Kann mich nicht daran erinnern, dass du früher so ein Aufhebens gemacht hättest. Wir sind immer direkt nach der Arbeit zum Fest, selbst wenn wir nass waren bis auf die Haut."

„Ich hatte noch nie eine Frau dabei", sagte Henrik leicht genervt.

„Auf deine Verantwortung. In dem Haus ist auch Daisy, denk dran."

„Ich werde auf der Hut sein." Henrik sah auf seine beschlagene Armbanduhr. Er war kein Fan von teurem Schmuck, aber in Anbetracht seiner Arbeit auf See hatte er sich vor Jahren ein wasserfestes Exemplar zugelegt. „Ich habe Tamara gesagt, wir treffen uns um fünf am Hafen. Ich habe also noch eine halbe Stunde.“

„Na, dann ab mit dir ins Schloss, Cinderella, damit die Verwandlung rechtzeitig glückt“, höhnte Sean. „Ich sichere nur noch unseren Fang.“

„Du willst so wenig Zeit wie möglich vor dem Fest mit Daisy verbringen.“

„Da hast du verdammt Recht, Kumpel. Und jetzt sieh zu, dass du Land gewinnst.“

Tamara erreichte den Hafen Punkt fünf Uhr. Sie stellte den Wagen auf einem der Parkplätze direkt am Wasser ab und nahm sich einige Minuten, um noch einmal tief durchzuatmen. Schon wieder war sie so aufgeregt wie ein Teenager bei seinem ersten Date. Dabei war das hier etwas völlig Harmloses. Was verursachte ihr nur solches Herzflattern?

„Weil es eben doch nicht so harmlos ist“, gestand sie sich seufzend ein.

Sie warf einen Blick in den Rückspiegel, um sich ein letztes Mal die Lippen nachzuziehen, und sah hinter sich das niedliche Monument, das von den Einwohnern für den Delfin Fungie errichtet worden war. Als Dank für die vielen Touristen, die er in die Stadt zog, hatte man sein gusseisernes Abbild auf dem Herzstück des Platzes aufgestellt. Ein kleiner Junge saß auf dem Rücken der Figur und jauchzte vor Glück.

Tamara lächelte und stieg aus. Der Sturm, der die Insel den ganzen Tag geärgert hatte, hatte sich verzogen und die Wolken mit sich genommen. Ein klarer, blauer Himmel war das Resultat. Die Strahlen der sinkenden Sonne wärmten noch angenehm, sodass sich Tamara ihre Jacke locker um die Hüften band.

Henrik hatte ihr nicht zu viel versprochen – die Kulisse war schlicht und ergreifend magisch. Das kleine Fest war kein Vergleich zur Calgary Stampede in

Kanada oder all den anderen riesigen Volksfesten, die sie über die Jahre mit Simon besucht hatte. Eine Handvoll winziger Holzbuden kuschelte sich dicht an dicht in die hübsche Hafenstraße. Dazwischen waren große Lichterketten gespannt, die die Strahlen der untergehenden Sonne nicht ausstechen konnten. Das Lachen und Geschwätz der Leute waren lauter als die Musik, was der Szenerie etwas sehr Intimes verlieh, das Tamara sofort für sich gewinnen konnte.

Sie entdeckte Henrik mit einem jungen Paar und einer Horde Kinder an einem Stand, an dem man Dosen werfen konnte. Offensichtlich versuchte er gerade, den Hauptgewinn für die Kinder abzugreifen. Drei kleine Mädchen tummelten sich wie aufgeregte Hühner um ihn und feuerten ihn an. Tamara hielt sich belustigt im Hintergrund, um ihn nicht zu stören, und beobachtete seltsam gerührt die Szene.

Bereits mit dem zweiten Ball hatte Henrik die Dosenpyramide vollständig umgeworfen. Die Kinder kreischten aufgeregt und zeigten einvernehmlich auf den überdimensionalen rosa Teddy, der über ihren Köpfen baumelte.

„Du lieber Gott, Henrik, musste das sein", beschwerte sich die hochschwangere junge Frau, offensichtlich die Mutter der Mädchen. Sie fragte sich sicher, wo sie das Stoff-Ungetüm unterbringen sollte.

Henrik schenkte ihr ein entschuldigendes, verschmitztes Lächeln, ehe er sich wieder an den Betreiber der Schießbude wandte. „Was mache ich mit meinem letzten Wurf, Tom?"

Dieser riss die Augen auf. „Was sollst du schon damit machen? Gib mir den verdammten Ball zurück und lass den nächsten an die Reihe kommen."

„Hm, ich habe keinen Versuch mehr? Und das, obwohl ich es schon mit zwei Bällen geschafft habe? Das heißt, ich werde mit denen gleichgesetzt, die drei brauchen? Das ist nicht fair, oder?" Henrik sah die Mädchen bestätigungsheischend an. Sofort brachen diese in lautes Gezeter aus.

„Das stimmt. Er muss noch mal werfen dürfen", sagte die Größte von ihnen und machte ein Gesicht, als bekäme sie bald einen Wutanfall.

„Schon gut", lenkte der Mann namens Tom schnell ein. „Aber danach seht ihr zu, dass ihr Land gewinnt!"

Grummelnd baute er die Pyramide wieder auf. Grinsend beobachtete Tamara, wie Henrik den Mädchen verschwörerisch zuzwinkerte. Es war ein hinreißendes Schauspiel. Inzwischen hatte sich eine kleine Menschentraube um den Stand versammelt. Es wirkte, als wären sie den Anblick von Henrik an einem Wurfstand und seine Treffsicherheit gewohnt, was die ablehnende Haltung des Mannes in der kleinen Bude erklären würde.

Als Henrik mit dem Ball in der Hand weit ausholte, schienen alle den Atem anzuhalten. Tamara tat es ihnen gleich. Der Ball traf die Pyramide mit einer solchen Wucht an ihrer empfindlichsten Stelle, dass das komplette Konstrukt ein zweites Mal in sich zusammenfiel. Tom fluchte wüst. Die Schwangere tadelte ihn mit bösem Blick. Die Mädchen kreischten erfreut auf. Und die Menge klatschte anerkennend. Henrik kratzte sich verlegen am Kopf, als er das Spektakel um sich herum bemerkte, und der Vater der Kinder gab ein genervtes „Angeber" von sich.

Allmählich löste sich der kleine Tumult wieder auf, und die Mädchen bekamen ihren großen rosa Teddy, um den sie sich augenblicklich stritten.

„Immer mit der Ruhe, sucht euch lieber den zweiten Preis aus", versuchte ihr Vater, sie zu beruhigen. Augenblicklich hörte das Gezeter auf und wurde von wilden Forderungen abgelöst. Das große Mädchen schrie nach einer Puppe, das kleinere nach noch einem Teddy und die Jüngste wollte offenkundig nur etwas essen.

Henrik sah sich hilfesuchend nach der Mutter der Kinder um, aber die blieb unbarmherzig. „Das hast du dir selbst eingebrockt."

Als er sich wieder zum Stand umwenden wollte, blieb sein Blick an Tamara hängen. Lange genug, um auch die Aufmerksamkeit der Familie zu erwecken. Tamara war seltsam verlegen, als sie das breite Lächeln des Paares sah. Sie trat zu ihnen an den Stand.

Die Frau machte es ihr leicht, indem sie sogleich ihre Hände ergriff und sie mit strahlenden Augen begrüßte, als gäbe es für sie keine größere Freude. „Wie schön, dich kennenzulernen! Ich bin Daisy und jedem Wesen für seine Anwesenheit dankbar, das kein Mann oder unter eins sechzig groß ist."

Daisy war einen guten Kopf kleiner als Tamara, aufgrund ihrer Schwangerschaft so breit wie hoch und strahlend schön. Sie hatte eine ebenmäßige, helle Haut und Sommersprossen auf einer Stupsnase in einem Kleinmädchen-Gesicht mit babyblauen Augen. Die kurzen blonden Locken verstärkten diesen Eindruck noch. Ihre Ansprache und ihre offene Art hatten den Knoten sofort gelöst.

Tamara erwiderte das Lächeln der Schwangeren. „Freut mich auch. Mir scheint, ich bin mitten in eine riesige Party geplatzt."

„Du hast ja keine Ahnung", sagte der breitschultrige Mann mit dem flammend roten Haar neben Daisy und reichte Tamara grinsend die Hand. „Sean Hennessy. Das sind Finnja, Maureen und Starley."

Er zeigte vom kleinsten Mädchen bis zum größten, das einen theatralischen Knicks machte, den Tamara absolut entzückend fand.

„Dein Kleid ist schön", sagte Maureen schüchtern und schielte auf das lange, blaue Kleid aus grobem Stoff, das

Tamara nach langem hin und her gewählt hatte. Als sie jetzt die anderen Frauen auf dem Platz in Jeans und Sweatshirt sah, fühlte sie sich schrecklich overdressed und wünschte, sie hätte ihr Haar zudem nicht aufgesteckt. Alles an ihrem Erscheinungsbild musste doch verraten, wie sehr sie ihrem Gastgeber imponieren wollte.

Henrik sah auch umwerfend aus. Er trug ein weißes Hemd mit aufgekrempelten Ärmeln, zwei Knöpfe an seinem Kragen waren offen und betonten seine muskulöse Brust. Tamara lief bei seinem Anblick sprichwörtlich das Wasser im Mund zusammen. Noch nie zuvor hatte sie einen Mann derart begehrt.

Als er sprach, brauchte sie einen Moment, um wieder in der Gegenwart anzukommen. „Da wir das jetzt geklärt haben, können wir uns vielleicht darauf einigen, dass der zweite Gewinn an die Frau in dem bezaubernden Kleid geht.“

Tamara wollte eilig abwinken, aber die Mädchen waren Feuer und Flamme. Sofort riefen sie Vorschläge durcheinander, und Tamara sah sich bereits mit einem überdimensionalen Kuschelbären nach Hause gehen. Seltsamerweise hätte sie das nicht gestört. So hätte sie in Deutschland immer eine Erinnerung an diesen Tag. Der Gedanke machte sie traurig.

Da legte sich eine sanfte Hand tröstend auf ihre Schulter. Als sich Tamara umwandte, lächelte Daisy ihr aufmunternd zu, ehe sie die Gewinne begutachtete und schließlich bei der Schmuckauslage stehen blieb. Es handelte sich um billige, bunte Kinderringe, die auf schwarzem Samt wie Bonbons in der Sonne glänzten. „Ich finde, ihr solltet Tamara einen von diesen aussuchen.“

Das Gesicht der Jüngsten fiel in sich zusammen. „Warum? Was kann man damit machen?“

„Große Mädchen lieben Schmuck. Und ein Ring ist immer ein besonderes Versprechen. Ein Zauber, der Tamara mit diesem Tag und uns verbindet", erklärte Daisy. Die Art, wie sie es sagte und Henrik ihr dabei einen flüchtigen Blick zuwarf, bescherte Tamara eine Gänsehaut vom Kopf bis in die Zehenspitzen.

„Ich möchte ihn aussuchen", forderte Starley, die Älteste. „Darf ich?"

Ihre Mutter nickte nachsichtig und lächelte Tamara vergnügt an, während ihre Tochter kritisch die Auslage betrachtete.

„Hab einen!", rief sie stolz nach einigen Minuten und hielt einen kleinen, versilberten Ring in die Höhe, an dem ein blaues Kleeblatt funkelte. „Der passt zu deinem Kleid."

Als sie ihn ihr feierlich überreichen wollte, hob Maureen eine Hand. „Henrik soll ihn ihr anstecken!"

Starley war sofort mit Feuereifer dabei. „Ja, wie bei einer Braut! Los Henrik, mach!"

Daisy und Sean hielten sich grinsend im Hintergrund, während Tamara siedend heiß wurde. Natürlich war es nur ein Schauspiel für die Mädchen. Es war ein billiger Kinderring, wie man ihn in Kaugummiautomaten an jeder Ecke bekam. Silber gefärbtes Plastik und ein zerkratzter, hellblauer Stein. Aber als Henrik mit einem „Darf ich?" ihre Hand nahm und sie daraufhin nickte, fühlte sich das so sehr wie ein Versprechen an, dass sich die Härchen in ihrem Nacken aufstellten. Er schob den Ring auf ihren Ringfinger, genau wie die Mädchen es erwarteten, und Tamara hatte das Gefühl, als säße ihr das Herz in der Kehle, so berührt war sie von dem Moment.

Die Mädchen jubelten und klatschten, und Starley rief im Befehlston: „Und jetzt musst du sie küssen!"

Tamara wusste nicht, ob sie erleichtert oder traurig sein sollte, als Sean dazwischen ging. „Das reicht jetzt,

Starley! Ich weiß nicht, wie es euch geht, aber nach dem ganzen Kitsch brauche ich erst einmal ein schönes Guinness."

„Sehr gern, das wäre mein erstes Guinness in Irland", stimmte Tamara begeistert zu.

Sean und Daisy sahen sie an, als käme sie von einem anderen Stern. „Wie lange bist du schon hier?"

„Seit zwei Wochen." Es erinnerte sie daran, dass ihr nur noch eine Woche auf der Insel blieb.

„Ich hol euch eine Runde", sagte Daisy fröhlich. Ihre glockenhelle Stimme zerriss die dunklen Wolken, die Tamaras Antwort mit sich gebracht hatte.

„Willst du ihr das nicht abnehmen?", wollte Henrik mit einem skeptischen Blick auf die watschelnde Hochschwangere von seinem Freund wissen, als dessen Frau fröhlich am Getränkestand drei Pints forderte.

Sean winkte ab. „Sie ist froh über jede Sekunde, die sie mal für sich hat. Apropos." Er kramte in seiner Hosentasche und förderte einen Zehner zutage, den er feierlich seiner ältesten Tochter überreichte. „Das reicht fürs Karussell und eine Runde Eis für jede von euch. Kann ich mich auf dich verlassen?"

Starley nahm ehrfürchtig das Geld entgegen und nickte mit gewichtiger Miene, ehe sie ihre beiden Schwestern an den Händen fasste. „Kommt, ich passe jetzt eine Weile auf euch auf. Und wehe, ihr geht ans Wasser oder zur Straße!"

Henrik sah ihnen lächelnd nach. „Sie ist die geborene große Schwester."

„Dem Himmel sei Dank", erwiderte Sean. „Oh, da kommt Daisy auch schon."

Tamara wandte sich um und lachte spontan auf, als sie sah, dass Daisy das Tablett mit den drei Pints auf ihrem verboten großen Leib balancierte. „Zu irgendwas muss das Ding ja gut sein."

„Schatz, du siehst wunderschön aus", sagte Sean beschwichtigend.

„Halt doch die Klappe", schimpfte Daisy und fügte an Tamara hinzu: „Das sagt er nur für den Hausfrieden. Hier, es wird Zeit, dass du mal richtiges Bier probierst."

Dankend nahm Tamara das Glas mit der dunklen Flüssigkeit entgegen. Für sich selbst hatte Daisy Kirschsaft besorgt, den sie nun feindselig musterte. „Mir bleibt wirklich nichts erspart. Wenn das vorbei ist, trinke ich ein ganzes Fass Guinness allein."

„Und das ist kein Scherz", murmelte Sean Tamara ins Ohr, was sie wieder zum Lachen brachte.

„Jetzt trinken wir auf unseren Gast und auf die zauberhaften Begegnungen, die Gott für uns im Leben bereithält", sagte Daisy und erhob ihr Glas. „Sláinte!"

Als sie anstießen, spiegelte sich das Licht der untergehenden Sonne in ihren Gläsern, und die Musik schwoll an. Sie tranken gleichzeitig, wie Freunde es taten. In diesem Moment wusste Tamara, dass sie nirgendwo anders sein sollte als genau hier.

Ein weiteres Pint später war die Sonne in der Dingle Bay verschwunden. Daisy und Sean verkündeten, dass sie die Mädchen ins Bett bringen müssten. Die Jüngste schlief bereits selig in Henriks Armen, der sie seit einer halben Stunde auf der Hüfte trug, als wäre sie leicht wie eine Feder. Sean nahm sie ihm behutsam ab.

Die anderen beiden jammerten und wehrten sich. „Können wir nicht noch bleiben?"

„Es ist schon zehn, Starley", erwiderte Daisy erschöpft. „Ich bin hundemüde. Du willst doch, dass es dem Baby gut geht. Es kann jederzeit kommen, und dafür brauche ich Kraft, schon vergessen?"

Starley nickte tapfer. „Dann helfe ich dir, Mummy."

Sie nahm Maureens Hand, die sich ihrerseits die Augen rieb, ehe sie sich an Tamara wandte. „Wann sehen wir uns wieder?"

„Oh, ich weiß nicht", sagte sie zögernd und gerührt.

„Wenn es dir nichts ausmacht, komme ich dich mit den Mädchen am Sonntag nach dem Gottesdienst besuchen. Oder wollen wir alle zusammen bei euch in die Messe gehen?"

Tamara war nicht gläubig, aber irgendwie gefiel ihr der Gedanke, darum willigte sie ein. Als sie sich von der kleinen Familie verabschiedet hatten, fragte Henrik: „Willst du auch nach Hause?"

Sie schüttelte den Kopf.

Er lächelte. „Das hatte ich gehofft."

Als er seinen Arm um ihre Hüften legte und sie gemeinsam an dem kleinen Hafen entlangschlenderten, fühlte es sich an wie die natürlichste Sache der Welt. Tamara sog seine Nähe tief in sich auf und betete zu einem Gott, den sie nicht kannte, dass dieser Moment für immer anhalten würde.

Sie entfernten sich vom Fest und den Buden, wo die Lichterketten jetzt den Platz erhellten. Hier war das Geräusch des Meeres die Musik, doch der Wind trug ab und an Fetzen der Festmelodien zu ihnen. Es war eine schöne Mischung. Der Himmel war mit Sternen übersät, und in der Ferne schimmerten die Häuserfassade des Fischerörtchens im Licht des fahlen Mondes.

„Es ist einfach wunderschön hier", flüsterte Tamara, löste sich aus Henriks Griff und sah zu ihm auf. „Danke, dass du mich hergebracht hast."

Sie ließ es zu, dass er ihr sanft über die Wange strich. Diese Liebe hatte längst ihren Anfang genommen. Nicht erst heute, nicht erst in Dublin. Nein, das hier existierte seit dem Anbeginn der Zeit. Umso härter trafen sie seine Worte.

„Hast du das mit Simon geklärt?"

Sie trat einen Schritt zurück. „Was soll das, Henrik? Warum tust du das jetzt? Das mit Simon ist vorbei und hat hiermit nichts zu tun."

Er nickte und ging auf sie zu. „Gut, ich wollte wissen, ob du bereit dafür bist."

Ehe sie Gelegenheit hatte zu begreifen, was er damit meinte, hob er ihr Kinn an und presste seine Lippen unendlich sanft auf ihren Mund. Und sie wusste, nie im Leben könnte irgendjemand jemals bereit für so etwas sein. Diese unendliche Zärtlichkeit war beinahe schmerzhaft. Die bittersüße Klarheit malte den Moment in einer Schönheit, der es mit nichts aufnehmen konnte. Tamara wollte in ihm versinken, ihn an sich reißen und für immer behalten. Und dieses Wollen legte sie in ihren Kuss. Sie presste sich an Henrik, vergrub ihre Hände in seinem Haar. Aus seinem Mund drang ein warnendes Knurren, das eine triumphale Macht in ihr auslöste.

Aber er ließ sie plötzlich los. In seinen Augen sah sie, dass er genauso hilflos und aufgewühlt war wie sie. Gleichzeitig strahlte er eine seltsame Ruhe aus. „Langsam, Tamara. Wir sind mehr als ein schnelles Abenteuer."

Sie hob in einer Geste der Verzweiflung beide Hände. „Aber wir haben nicht mehr als das, Henrik!"

Sein Blick verfinsterte sich. „Da irrst du dich. Ich werde mich nicht von der Zeit treiben lassen. Es geschieht auf seine Weise."

„Wir haben nur noch diese Zeit. Eine Woche", brach es aus ihr heraus, und sie wünschte sich, sie hätte ihnen das hier schon eher zugestanden.

Henrik legte seine Hände auf ihre Schultern, als wüsste er genau, was in ihr vor sich ging. Sein Blick war von einem Vertrauen erfüllt, das Tamara nicht verstand. „Alles hat seine Zeit. Und wir haben keine

Kontrolle darüber. Lass es geschehen, aber erzwing es nicht. Press es nicht in deine Bedingungen."

„Können wir nicht einfach nehmen, was wir kriegen können? Wir werden nie ein richtiges Liebespaar sein, Henrik", rief sie. Ihre Verzweiflung flog über das Meer hinaus. Sie fragte sich, ob sie irgendwo da draußen auf Resonanz traf.

„Dann schalten wir lieber einen Gang zurück", sagte Henrik ruhig.

Ihr blieb der Mund offen stehen, als ihr klar wurde, was seine Worte bedeuteten. Er wollte sie. Für mehr als nur eine Handvoll Nächte. Die Erkenntnis war schön und unendlich grausam. Sie konnte sich vorstellen, mit diesem Mann alt zu werden. Wenn er nicht im falschen Land wohnen würde.

„Du hast zwei Guinness getrunken, ich fahr uns zurück. Deinen Wagen können wir morgen holen."

Plötzlich war die Dunkelheit erdrückend und schwer. Und sie konnte nichts dagegen tun.

Kapitel Sechzehn

Der Rückweg in Henriks Auto verlief schweigend. Die Stille erinnerte Tamara schrecklich genau an ihre letzte Autofahrt mit Simon. Endeten alle guten Dinge ohne Worte? Sie wusste, es war das Beste so. In einer Woche würde sie dankbar dafür sein, dass sie Henrik nicht noch mehr in ihr Leben gelassen hatte. Doch das änderte nichts daran, dass sie sich immer fragen würde, was gewesen wäre, wenn sie es getan hätte.

Die Schwermut machte sie müde und kraftlos, sodass sie unendlich erleichtert war, als sie endlich am Farmhouse zum Stehen kamen. Als Henrik den Motor abgestellt hatte, wandte er sich ihr zu. „Es war ein wunderschöner Abend. Danke dafür. Was ich in Dingle gesagt habe, ist mein voller Ernst. Du bist mir mehr wert als nur ein Abenteuer. Das hier ist etwas Besonderes."

Sie sah betreten auf ihre nackten Knie hinunter, auf denen sich nicht allein wegen der Kälte der Nacht eine Gänsehaut abzeichnete. Sie wurde aus diesem Mann einfach nicht schlau. Sie war davon ausgegangen, dass alles zwischen ihnen vorbei war und er von nun an so tun würde, als wäre nie etwas geschehen. Wie ging es jetzt weiter? Sie fühlte sich wie eine Seiltänzerin ohne Balancestange. Würde er sie auffangen, wenn sie fiel?

Doch als er sich abermals zu ihr beugte, um sie zu küssen, wurde Tamara schlagartig klar, dass sie sich längst im freien Fall befand. Dieses Mal ließ sie die Zärtlichkeit, die Tiefe des Kusses zu, ohne ihn beschleunigen zu wollen. Sie nahm, was Henrik ihr gab. Es war wie alles auf dieser Insel. Sorglos, tief, wahrhaftig und magisch. Und es machte keinen Unterschied, ob es heute oder morgen endete, so lange es andauerte. Sie beschloss, sich einfach treiben zu lassen.

Als sie sich voneinander lösten, sah er sie fragend an. Sie verstand die unausgesprochenen Worte problemlos. *Verstehst du jetzt, was ich sagen will? Kannst du mit dieser Art zu lieben klarkommen?*

Sie nickte mit einem kleinen Lächeln. Es war wie ein Tanz. Jeder Schritt war vorherbestimmt. Und sie hatte nicht die geringste Kontrolle über den Rhythmus. „Gute Nacht, Henrik", sagte sie leise.

„Gute Nacht, Tamara."

Als sie ausstieg und zum Cottage ging, spürte sie, wie er ihr nachsah. Sie war so glücklich wie nie zuvor in ihrem Leben.

***

Die nächsten zwei Tage kam Henrik nicht umhin, sich zu fragen, ob er nicht einen Fehler begangen hatte, Tamara derart abzuweisen. Wenn man es Abweisung nennen konnte, nicht mit einer Frau zu schlafen, weil man der Beziehung zuvor die nötige Tiefe verleihen wollte. Normalerweise war er nicht derart fundamentalistisch. Er hatte auch schon One-Night-Stands gehabt. Aber bei keiner Frau hatte er sich vorstellen können, sein Leben mit ihr zu verbringen. Und genau das war der springende Punkt.

Dennoch war es schwer für einen Mann, eine Frau von sich zu stoßen, die er begehrte wie keine Zweite vor ihr. Und sie hatte Recht. Ihnen blieben nur noch fünf Tage. Das war nichts im Angesicht der Ewigkeit ohne sie. Er wusste nicht, wie er das überleben sollte. Vielleicht sollte er seine Prinzipien über Bord werfen und alles nehmen, was sie ihm geben konnte. Fast wünschte er, er wäre dazu in der Lage. Doch er konnte es nur ihm überlassen, der alles in der Hand hielt. Alles andere schien ihm falsch und vermessen und würde letzten Endes unwiderruflich in einem hässlichen Chaos enden.

Er wurde unsanft aus den Gedanken geholt, als Sean ihm die Angel entriss und wie verrückt zu kurbeln begann, wobei er wie ein Rohrspatz schimpfte. „Das ist jetzt bereits das zweite Mal, dass ich dir den Arsch rette. Merkst du nicht, dass die Biester heute besonderen Gefallen an deinem Köder gefunden haben? Die Angel hat eine Polka getanzt, und du träumst von der holden Maid. Würdest du mir jetzt endlich helfen?"

Sofort sprang Henrik auf und griff nach der Angel. Gemeinsam zogen sie ein Prachtexemplar von einem Pollack an Bord. „Wenn wir den zu den anderen legen, ist die Wanne sofort voll", staunte Sean.

Henrik sah auf den Fisch hinunter, der einen guten Meter maß. Ein einziges Mal hatte er einen dieser Größe gefangen – zusammen mit seinem Großvater auf seiner allerersten Tour. Sie taten mit ihm, was getan werden musste, dann schafften sie ihn an die Seite des Bootes und legten eine kleine Pause ein, während ihre Angeln munter weiter tanzten.

„Ein guter Tag heute", sagte Henrik. „Wenn das so weitergeht, müssen wir ein Beiboot für den Fang anschaffen."

„Kann schon sein, aber durch deine Träumerei geht uns immer noch die Hälfte durch die Lappen." Sean musterte ihn über den Rand seiner Kaffeetasse hinweg. „Du denkst an ihre Abreise, stimmts?"

„Es fällt mir schwer, an irgendetwas anderes zu denken", gab Henrik zu. Sein Herz fühlte sich wie ein Stein in seiner Brust an.

„Tut mir echt leid, Kumpel. Ihr passt wirklich gut zusammen."

Henrik sah ihn an. „Wenn es nur das wäre, Sean. Sie *ist* es."

Sean ließ sich mit seiner Antwort Zeit und schenkte ihnen beiden Kaffee nach. „Meinst du nicht, du dramatisierst, weil eure Zeit begrenzt ist? Du weißt schon, ein Spielzeug ist erst interessant, wenn es nicht zu haben ist."

Henrik schüttelte den Kopf. Und Sean seufzte. „Nein, du hast Recht. So bist du nicht. Verdammt, können wir nicht irgendetwas tun?"

„Was sollen wir schon tun?"

Sean warf die Arme in die Luft, wobei ein Schwall Kaffee auf Henriks Schuhen landete. „Keine Ahnung. Mach ihr einen Antrag, sperr sie in ein Zimmer ein, klau ihren Personalausweis. Das Einzige, was ihr braucht, ist Zeit, und die habt ihr nicht."

„Jetzt wo du es sagst ... Einsperren scheint mir eine gute Lösung zu sein", sagte Henrik sarkastisch.

„Tut mir leid", sagte Sean noch einmal. „Und was hast du jetzt vor?"

„Wir haben morgen ein Date im Pub. Mit Sarah und Miles von der Great Blasket. Ich werde einfach das Beste aus der Zeit machen, die uns bleibt."

Sean nahm sich die Mütze ab und fuhr sich durchs Haar. Eine Geste der Anteilnahme, die Henrik von ihm kannte, seit sie Kinder waren. „Verdammt, so viel Guinness wie du brauchst, um die Kleine zu vergessen, gibts auf der ganzen gottverdammten Insel nicht."

„Das ist ja das Schlimme an der Sache." Henrik sah auf das aufgewühlte Wasser hinaus. „Ich will sie gar nicht vergessen."

***

Tamara hatte eine solche Schreibwut erfasst, dass sie nicht merkte, wie die Tage verstrichen. Blatt für Blatt stapelte sich mal hier mal dort in dem behaglichen Cottage und schien damit genau am richtigen Platz zu liegen. Sie legte den Stift nur zur Seite, um auf die Toilette zu gehen oder einen Happen zu essen – und selbst das nur widerwillig. Molly hatte mit ihren Worten Bilder in ihrem Kopf entstehen lassen, die sie nicht zur Ruhe kommen ließen. Die Fäden der Geschichte flochten sich ganz natürlich ineinander. War eine Szene beendet, erblühte bereits die nächste in ihrem Kopf.

Das Einzige, was sie an die Realität und ihre baldige Abreise erinnerte, war die wachsende To-do-Liste ihres Chefs, der immer neue Ideen für Irland-Artikel zu haben schien, befeuert von Simons Fotos der Klippen, die er ihm schon hatte zukommen lassen. Doch sie wollte verdammt sein, wenn sie in ihrem Urlaub darauf reagierte.

Für heute legte sie allerdings den Stift beiseite. Es war das erste Mal seit zwei Tagen, dass sie es mit Freuden tat. In zwei Stunden wollte sie sich mit Henrik, Sarah und Miles im Krugers treffen. Als Autorin konnte sie es kaum erwarten, die Eindrücke in sich aufzusaugen, um sie für ihre Arbeit verwenden zu können. Als Frau dachte sie dagegen nur an den Mann, der sie begleiten würde.

Heute machte sie sich keine Gedanken darüber, overdressed zu sein. Sie entschied sich für das klassische kleine Schwarze und ließ ihr langes Haar offen über den tief ausgeschnittenen Rücken fallen. Sie legte aufwendiges Make-up auf und ließ dafür den Schmuck weg. Einzig der Kinderring zierte ihren Finger. Sie brachte es nicht über sich, ihn abzulegen, so kindisch das auch sein mochte.

Sie war kaum fertig, da klopfte es an der Tür. Verwundert eilte sie hin. Als sie öffnete, stieß sie ein überraschtes Lachen aus, da Henrik im Rahmen lehnte. Er trug wieder das weiße Hemd, in dem er schon beim Fischerfest so unglaublich ausgesehen hatte, und hielt einen Strauß Rosen in der Hand. „Das wollte ich schon immer mal tun.“

„Ich fühle mich wie die Abschlussballkönigin“, sagte Tamara entzückt. Sie erinnerte sich nicht, wann sie zuletzt Blumen von einem Mann bekommen hatte, und hatte auch nie viel darum gegeben. Doch jetzt, da sie ihre Nase an die Blüten drückte, erkannte sie den Reiz in der Geste.

„Dann ist ja alles wie geplant gelaufen“, erwiderte Henrik grinsend. „Soll ich uns nach Dunquin fahren oder wollen wir zu Fuß gehen und die Landschaft genießen?“

„Da wähle ich natürlich den Spaziergang“, erwiderte sie, während unermessliche Aufregung und Vorfreude auf den Abend in ihr hochkochten.

Der Spaziergang an Henriks Seite die Küstenstraße entlang kam ihr wie eine Sequenz aus einem kitschigen Hollywoodstreifen vor. Der Abend war lau, der Wind freundlich und die Sonne küsste sie mit orangeroten Strahlen. Sie hätte nichts ändern mögen. Alle Bitternis und Enttäuschungen ihres Lebens schienen ihr meilenweit entfernt.

„Nimmt man es jemals als selbstverständlich hin, an einem solchen Ort zu leben?“ Sie deutete auf den paradiesischen Strand unter ihnen.

Er schüttelte den Kopf. „Wir Iren sind nicht umsonst so stolz auf unser Land. Aber die Westküste übertrifft, wenn du mich fragst, alles. Hier ist es wild, ursprünglich und wir leben von der Tradition. Um Dublin herum gibt es nicht mehr viele Iren, die Irisch sprechen. Hier tut es beinahe jeder.“

„Auch du?“, fragte sie fasziniert.

„Mise freisin, mo daor“, erwiderte er.

„Das klingt fast wie eine Melodie. Lernt ihr das in der Schule?“

Henrik schüttelte den Kopf. „Meine Mutter hat in meiner frühen Kindheit nur Irisch mit mir geredet. Alle Italiener und Franzosen werden mir widersprechen, aber in keiner anderen Sprache gibt es schönere Koseworte und Liebesbekundungen."

Tamara lächelte warm. „Du sprichst sehr liebevoll von deiner Mutter."

„Sie ist die Beste", bekräftigte Henrik. „Ich kann mich nicht erinnern, dass sie je geschrien hat oder auch nur laut geworden wäre. Und das bei sechs Kindern."

„Sechs! Du meine Güte!"

Henrik lachte. „In Irland ist das nicht unüblich. Soweit ich weiß, ist Daisys und Seans Familienplanung auch noch nicht abgeschlossen."

Tamara schüttelte den Kopf. „Das wäre unvorstellbar für mich."

„Möchtest du keine Kinder?"

„Nein. Ja. Ich weiß nicht", erwiderte sie unbehaglich. „Darüber habe ich noch nie nachgedacht."

Henrik sah lächelnd aufs Meer hinaus. „Also ich möchte mindestens drei. Ich glaube, das liegt daran, dass wir hier alle mit so vielen Geschwistern aufwachsen und den Trubel gewohnt sind. Hast du Geschwister?"

Sie schüttelte den Kopf und stellte überrascht fest, wie sehr sie das bedauerte. Vielleicht hätte ihr eine Schwester als Komplizin geholfen, wenn ihre Mutter sie ungerecht behandelte. Oder ein großer Bruder hätte Tim Gordon vermöbelt, der sie nach ihrem ersten Kuss einfach sitzengelassen hatte. Sie lächelte bei dem Gedanken daran.

Sie gingen Hand in Hand und teilten ihre Erinnerungen miteinander. Ihre Wünsche, Ängste, Erlebnisse aus der Kindheit. Als sie in Dunquin ankamen, kam es Tamara vor, als würden sie einander schon ewig kennen.

Das Krugers lag nur wenige Schritte vom Ortseingang entfernt und sah aus, wie man sich als Tourist einen irischen Pub vorstellte. Die knallblaue Fassade wurde von den rötlichen Sonnenstrahlen perfekt in Szene gesetzt. Auf den Fensterbänken standen Kästen, aus denen sich üppig blühende Blumen ergossen, deren Namen Tamara nicht kannte. Die Tür stand weit offen und ließ lautes Stimmengewirr und Musik auf die Straße. Alles an der Szenerie wirkte fröhlich und einladend.

„Willkommen in Irland", sagte Henrik, als er Tamara sanft hinter sich in den Pub hineinzog.

Die Lautstärke war überwältigend. Obwohl Dunquin ein kleines Dorf war, war der Raum zum Bersten gefüllt mit Menschen und stand der Temple Bar in Dublin in nichts nach. In der Mitte saßen drei alte Männer und sorgten mit Geige und Akkordeon für die Musik, zu der alle Gäste tanzten. Rupert war unter ihnen und schien eins mit seiner Fidel zu sein. Es waren genügend freie Plätze vorhanden, da sich jeder auf den Beinen befand. Ehe Tamara sichs versah, wurde sie von zwei kräftigen Armen gepackt und in den Strudel der Tanzenden gezogen.

Es war Miles. Beim Tanzen wirkte er wie ein junger Mann. „Habt ihr also doch hergefunden!"

„Dieser Ort ist unglaublich!" Sie mussten schreien, um sich verständigen zu können.

Er grinste breit, was ihm noch einmal fünf Jahre schenkte. „Willkommen in Irland."

Tamara versuchte hilflos, mit den anderen Schritt zu halten und ihre Bewegungen nachzuahmen, doch sie fühlte sich wie eine Außerirdische. Da nahm Henrik ihre Hand, riss sie über ihren Kopf, und Tamara drehte sich wie von selbst anmutig um sich selbst. „Denk an Dublin. Lass los. Lass es fließen."

Es passierte einfach. Alles floss. Die Musik, die Menschen um sie herum, ihre Gefühle für Henrik und schließlich sie selbst. Sie ließ die Melodie ihren Körper übernehmen, ihre Gedanken, ihr ganzes Sein. Und ließ sich vollkommen in den Moment fallen.

Sie wusste nicht, wie lange sie getanzt hatten, als die Männer eine tragische Ballade anstimmten. Henrik versetzte sie in Entzücken, indem er aus vollem Halse mitsang, als hätte er sein Leben lang nichts anderes getan. Für die übrigen Gäste schien das nichts Neues zu sein. Die meisten hatten sich zurück auf ihre Plätze begeben und lauschten dem traurigen Lied, das von der Liebe zu einer dunkelhaarigen Schönheit erzählte, die unvergleichlich und unvergänglich schien. Während er sang, sah er sie unverwandt an, und sie tanzten einfach weiter und weiter, während die Leute einen Kreis um sie bildeten und im Takt der Musik klatschten. Als wären sie beide der Mittelpunkt der Erde.

Als Henrik die letzten Töne sang, exakt als die Instrumente verklangen, drehte er Tamara, und sie fiel direkt in seine Arme. Der Pub erzitterte unter dem Applaus. „Das tust du nicht zum ersten Mal", sagte sie atemlos.

Er lächelte ihr gewinnend zu, und in diesem Moment schenkte sie ihm ihr Herz gänzlich. „Schuldig."

Als sie sich zu Miles und Sarah an einen Tisch in einer der hinteren Nischen gesellten, warteten dort schon zwei Pints Guinness auf sie. „Was für ein Schauspiel, Junge. Aber wenn ich zwanzig Jahre jünger wäre, nähme ich es locker mit dir auf", sagte Miles und lud Tamara ein, sich neben ihn zu setzen.

„Das glaube ich dir aufs Wort", erwiderte sie ehrlich.

„Henrik, ich kann mich nicht erinnern, wann ich dich das letzte Mal mit einer Frau erlebt habe. Und nun sieh euch einer an!" Sarah strahlte übers ganze Gesicht, als wären Weihnachten und Ostern auf einen Tag gefallen.

Tamara brauchte all ihre Kräfte, um sich die Schönheit des Moments nicht durch den Gedanken an ihre baldige Abreise zerstören zu lassen. Demonstrativ setzte sie das Glas an ihre Lippen und ließ die Hälfte des Guinness durch ihre Kehle rinnen. Miles lachte überrascht auf.

„Deine Freundin hat Durst, mein Junge! Ich hole Nachschub!" Damit war er an der Bar verschwunden.

Auf Sarahs belustigten Blick hin sagte Tamara mit einem Achselzucken: „Wir Deutschen vertragen auch so einiges."

Aber längst nicht so viel wie die hiesige Bevölkerung. Das musste sie sich Stunden später beschämt eingestehen, als sie aufstand und bemerkte, dass der Raum schwankte. Inzwischen war ein Sturm aufgezogen, der das Meer gegen die Felsen wüten ließ.

„Oje, bei diesem Wetter können wir unmöglich nach Blasket Island zurück", sagte Sarah besorgt.

„Henrik hat sicher Platz im Farmhouse", sagte Tamara, nicht ohne Hintergedanken, wobei der Alkohol ihr ein würdiger Helfer war.

Henrik wirkte hin und hergerissen zwischen dem Wunsch, Miles und Sarah in Sicherheit zu wissen und sich in diesem heiklen Zustand von Tamara fernzuhalten.

„Wir wollen wirklich keine Umstände machen", sagte Sarah, die das zu bemerken schien.

Aber Miles war auf Tamaras Seite. „Unsinn, der Junge hat Platz genug in seinem Haus für das Mädchen. Und morgen können wir alle zusammen frühstücken."

Henrik blieb angesichts des geflossenen Alkohols nichts anderes übrig, als zuzustimmen, also liefen sie zu viert nach Coumeenoole zurück.

***

Als Miles und Sarah hinter der Tür zum Farmhouse verschwunden waren, ahnte Henrik längst die Gefahr, die von Tamara ausging. Sie hatte bestimmt auch die Sicherheit der beiden im Sinn, doch zugleich leuchteten ganz andere Gedanken in ihren hellblauen Augen auf. Der Wind peitschte ihr schwarzes Haar, als hätte er eine stille Abmachung mit ihr getroffen, ihn in die Knie zu zwingen. Sie hatte eindeutig zu viel getrunken. Er wollte nicht, dass es auf diese Weise geschah. Und er traute sich selbst nicht mehr über den Weg.

Als die Haustür hinter ihnen ins Schloss gefallen war, beeilte er sich, Abstand zwischen sie zu bringen, indem er in der Küche verschwand. „Möchtest du noch einen Kaffee?"

Sie lehnte lächelnd im Türrahmen. In dem Kleid wirkte sie wie eine Schwarze Witwe auf Männerfang. Er sah eilig weg. Doch der Klang ihrer wissenden, verführerischen Stimme machte es nicht besser. „Hast du Angst vor mir, Henrik?"

„Momentan wüsste ich nicht, wovor ich mehr Angst haben sollte." Er sah wieder auf.

Sie war keinen Schritt nähergekommen. In ihren Augen lag das Wissen, dass er es war, der zu ihr kommen würde. Sie hatte ihn durch ihre bloße Anwesenheit besiegt. „Wäre es dir lieber, wenn ich rüber gehe, um auf der Couch zu schlafen?"

Die Frage klang herausfordernd und belustigt. „Zum Teufel, Tamara. Ich werde deinen Zustand auf keinen Fall ausnutzen", presste er zwischen zusammengebissenen Zähnen hervor, denn seine Gedanken straften seine Worte Lügen.

„Meinen Zustand", erwiderte sie belustigt. „Ich habe vier Pints getrunken und war etwas angeheitert. Aber kam ich dir irgendwann heute Abend unzurechnungsfähig vor? Wir sind zwanzig Minuten in der kühlen Nachtluft hierhergelaufen. Ich denke, das hat mich genügend ausgenüchtert, um dir wie eine erwachsene Frau sagen zu können, dass ich dich will."

Ihre Worte trafen in seinen Magen wie ein glühendes Messer. Sein Kopf fuhr zu ihr herum. Und er kam sich wie der letzte Idiot vor. Nicht sie war diejenige, die Angst vor Gefühlen hatte, sondern er. Er hatte angenommen, sie verstünde nicht, wie wichtig und groß das mit ihnen war. Doch das Gegenteil war der Fall – sie verstand sehr gut und hatte keine Furcht. Keine Furcht vor dem kommenden Schmerz, wenn sie das hier zuließen. Seine akkurat errichtete Mauer fiel innerhalb weniger Sekunden in sich zusammen. Er war mit drei Schritten bei Tamara und riss sie in seine Arme.

Endlich war alles, was er denken konnte, während seine Hände die nackte Haut unter ihrem Kleid erkundeten. Ihrer Kehle entrang sich ein Laut, der wie ein sanftes Schnurren klang und ihm durch Mark und Bein ging. Mit Schwung hob er sie auf seine Arme, um sich davon abzuhalten, es gleich hier in der Küche zu beenden.

Er trug sie die Treppe hinauf in sein Schlafzimmer und legte sie behutsam auf das Bett mit den vier hölzernen Bettpfosten, das dem Raum einen warmen, erotischen Hauch verlieh. Er überlegte, Kerzen zu entzünden, entschied sich aber dagegen, als er voller Erstaunen bemerkte, was der Mondschein mit ihrer hellen Haut anstellte.

Zu weiteren Gedanken kam er nicht, da zog sie ihn zu sich herunter, und ihre Lippen verschmolzen in einem innigen, alles verschlingenden Kuss. Und jegliche Gedanken waren verloren. Im Taumel seiner Sinne nahm er nur das pochende Verlangen seines Körpers, ihre schweißnasse Haut und das sanfte Seufzen im Raum wahr, ehe er sich unwiderruflich in ihr verlor.

Kapitel Siebzehn

Am nächsten Morgen erwachte Tamara mit einem Gefühl tiefster Glückseligkeit in Henriks Armen. Er war bereits wach und lächelte sie zärtlich an. Wenn es stimmte, dass es Momente gab, die sich für immer ins Gedächtnis einbrannten, so war dies ein solcher. Sie suchte nach Worten, aber ihre Kehle war wie zugeschnürt. Es stand einfach nichts mehr zwischen ihnen – nichts bis auf ihre bevorstehende Abreise.

„Ich hasse es, jetzt aufzustehen, aber ich muss das Frühstück für Miles und Sarah vorbereiten. Ich bin schon wahnsinnig spät dran. Bleib ruhig liegen."

Warum überraschte es sie nicht, dass er auch bei einer spontanen Übernachtung zweier Freunde der perfekte Gastgeber war? Sie schüttelte lächelnd den Kopf und setzte sich auf. „Ich muss mich für die Messe vorbereiten, schon vergessen? Um Viertel nach acht will Daisy mit den Kindern da sein."

Henrik fuhr sich mit der Hand durchs Haar und brachte es damit noch etwas mehr durcheinander. „Oje, das hatte ich völlig vergessen. Fühl dich frei und benutz meine Dusche, während ich drüben bin. Soll ich dir frische Sachen aus deinem Schrank mitbringen?"

Sie war gerührt, dass er daran dachte, aber nicht sicher, was sie anziehen sollte. „Ja gern. Wenn du etwas in meinem Schrank findest, das man zu einem Gottesdienst tragen kann."

Er lachte warm auf und gab ihr einen Kuss. „Du bist wunderbar, weißt du das? Sehen wir uns heute noch?"

Sie blickte in seine sanften Augen und spürte dem Ziehen in ihrer Brust nach, das so schwer, so leicht, so schmerzhaft schön war. Sie wusste, sie würde am

Boden zerschellen, sobald dieser Höhenflug ein Ende nahm. Dennoch konnte sie nichts anderes tun, als ihn in vollen Zügen zu genießen. „Ja, wir sehen uns heute noch."

Er strich ihr über die Wange. „Hab einen schönen Tag."

Als er gegangen war, bemerkte sie entsetzt die aufsteigenden Tränen. Hier – allein in seinem Bett – musste sie nichts mehr tun, um sie aufzuhalten. Sie hatte die Liebe ihres Lebens gefunden und noch genau drei Tage, sie zu genießen. Sie schleuderte eines der Kissen zu Boden, um ihrer Wut freien Lauf zu lassen, dann schlug sie beide Hände vors Gesicht und begann hemmungslos zu weinen.

Nach der eiskalten Dusche hatte sie sich soweit wieder gefasst, dass sie ein tapferes Lächeln aufsetzen konnte. Offenbar war Henrik, während sie unter der Dusche gestanden hatte, zurückgekommen, um ihr die Kleidung zu bringen. Er hatte sich für ihr hellblaues Kleid und den langen Cardigan entschieden. Der schwingende Rock fiel weit über die Knie und die Jacke schützte sie vor den kühlen Frühlingswinden. Dankbar schlüpfte sie hinein und machte sich anschließend auf den Weg zur Ferienwohnung, wo Miles und Sarah beim Frühstück saßen und sich angeregt mit Henrik unterhielten, der etwas verlegen im Türrahmen stand.

Als Tamara eintrat, verstummte die Unterhaltung augenblicklich, sodass sie nicht viel Fantasie aufbringen musste, um zu erraten, über wen sie gesprochen hatten. Tapfer hielt sie ihr Lächeln. „Guten Morgen."

„Guten Morgen, Liebes", sagte Sarah, der es offensichtlich peinlich war, erwischt worden zu sein, wie sie über Tamara gesprochen hatten. „Nochmals vielen Dank, dass wir deine Urlaubsunterkunft leihen durften. Ich habe gerade zu Henrik gesagt, dass wir uns revanchieren wollen."

„Oh, das müsst ihr wirklich nicht", sagte Tamara, doch Miles überrollte sie wie eine Lawine. „Lass die Alten zu Ende reden, Mädchen. Ihr müsst noch einmal nach Blasket Island kommen und in einem unserer Ferienhäuser übernachten. Das hat noch keinem jungen Paar geschadet. Leben wie damals, kein Trubel und der Blick aufs Meer vom Schlafzimmerfenster aus."

„Miles!", zischte Sarah.

„Danke für das Angebot", sagte Henrik höflich, wirkte aber ehrlich überfordert mit der Situation.

„Setzt euch doch zu uns, dann können wir gleich einen Termin ausmachen", sagte Miles, der entweder kein Gespür für die Verlegenheit der jungen Leute hatte, oder – und das lag näher – sie war ihm völlig egal.

„Das geht leider nicht", eilte Tamara Henrik zur Hilfe. „Gleich kommen Freunde von uns aus Dingle, mit denen wir zur Messe gehen wollen."

Miles sah auf die Uhr. „Das wird zu knapp für uns, euch heute zu begleiten. Wie schade. Nun, dann frühstücken wir noch in Ruhe fertig, während ihr eure christliche Pflicht erfüllt."

„Wir legen dir den Schlüssel unter die Matte", sagte Sarah und gab den beiden stumm zu verstehen, dass sie schleunigst verschwinden sollten. Tamara und Henrik folgten dem Wink nur zu gern und verabschiedeten sich eilig.

„Du hast mir das Leben gerettet", sagte Henrik, als sie wieder in seinem Teil des Hauses waren. „Ich hoffe, es ist okay für dich, hier auf Daisy zu warten?"

„Ob es okay für mich ist?", fragte Tamara ungläubig. „Glaubst du im Ernst, ich gehe freiwillig zurück in diese Schlangengrube?"

„Tut mir leid. Die beiden sind sehr eigen, wenn sie jemanden ins Herz geschlossen haben. Ignorier das einfach.“

„Um ehrlich zu sein – das Angebot, auf der Insel zu übernachten, reizt mich schon“, erwidert sie mit einem verschmitzten Grinsen. „Du musst nicht mit zur Messe kommen. Ich wollte dich nur retten. Wahrscheinlich hast du heute anderes zu tun.“

„Nicht wirklich. Und ich war viel zu lange nicht mehr in einem Gotteshaus. Ich denke, die Zeit ist perfekt, um sich ihm mal wieder richtig zuzuwenden.“

Als sie wenig später vor dem Haus das Geräusch eines ersterbenden Motors hörten, winkte Henrik Daisy und Starley durch das geöffnete Fenster zu sich. Daisy trat wenig verwundert über die Schwelle und machte auch keinen überraschten Eindruck, als sie Tamara am Küchentisch entdeckte.

„Hallooo!“, trällerte Starley begeistert, rannte mit der für Kinder typischen Begeisterung auf Tamara zu und schlang ihre kleinen Arme um sie.

Gerührt erwiderte Tamara die Umarmung, ehe sie sich an Daisy wandte: „Wo sind denn die anderen beiden?“

„Bei ihrem Papa. Glaubt ihr, ich gönne ihm einen freien Morgen, während ich die ganze Arbeit mache? Starley sollte eigentlich auch zuhause bleiben, aber sie wollte dich noch mal sehen, ehe du abreist.“

Tamara zuckte innerlich zusammen. Es war, als brächte Daisy das Thema absichtlich auf den Tisch. Starley machte es nicht einfacher, als sie sie mit großen Augen ansah. „Musst du wirklich gehen?“

„Ich fürchte ja.“

„Wir sollten den Wagen nehmen, es ist schon relativ spät. Ich kann uns fahren“, lenkte Henrik das Gespräch geschickt in eine andere Richtung.

„Ich will neben Tamara sitzen!", verkündete Starley und nahm ihre neue beste Freundin entschlossen bei der Hand, als sie nach draußen zu Henriks Wagen gingen.

Sie erreichten die Kirche von Dunquin in weniger als fünfzehn Minuten. Es war ein kleines Gebäude, das zu dem ruhigen Örtchen passte. Sie waren tatsächlich die Letzten, die eintrafen, und mussten sich mit den hintersten Plätzen begnügen, da die Kirche zum Bersten gefüllt war. Für Tamara ein ungewohnter Anblick. Wenn man sich in ihrer Heimat in eine Kirche verirrte, saßen dort meist nicht mehr als zwei einsame Seelen, die schrecklich verloren wirkten. Hier herrschte fröhliches Stimmengewirr. Man unterhielt sich über die alltäglichen Sorgen und Nöte. Ab und zu drehte sich jemand zu ihnen um und winkte, dann grüßte Henrik mit einem kurzen Nicken zurück. Starley hatte sich das Gesangsbuch geschnappt und blätterte eifrig darin, als kenne sie jede Seite in- und auswendig.

Tamara fühlte sich seltsam verloren. Es war das erste Mal in ihrem Leben, dass sie einen Gottesdienst besuchte. Sie hatte schreckliche Angst, dass man ihr das vom Gesicht ablesen und sie dafür verurteilen könnte. Doch als der junge Prediger das erste Lied anstimmte, vergaß sie all ihre Bedenken. Starleys klare Kinderstimme ragte aus allen heraus wie der Nordstern am dunklen Nachthimmel. Es war tief berührend. Ab dem dritten Lied konnte Tamara nicht anders, als zaghaft in die Strophen einzufallen.

Die Predigt war gegen ihre Erwartungen jung, humorvoll und bewegend. Sie konnte sich gut vorstellen, dass sie noch weitere Gottesdienste besucht hätte, wenn sie länger auf der Insel bleiben würde. Als zum Gebet aufgerufen wurde, ließ sie sich wie alle anderen auf die Knie sinken. Doch mit Sicherheit betete keiner der überzeugten Katholiken so inbrünstig wie sie an diesem Morgen. Sie betete darum, dass sie den Schmerz der Trennung von Henrik überleben würde.

Als sie nach dem Gottesdienst wieder beim Farmhouse ankamen, verabschiedete sich Henrik mit den Worten, dass er die Frauengesellschaft nicht stören wollte. Und tatsächlich wirkte Daisy, kaum dass er hinter seiner Haustür verschwunden war, froh, ihn los zu sein, und stürzte sich mit blitzenden Augen auf die ahnungslose Tamara. „Jetzt sag schon, was dein Plan ist."

„Was?", fragte Tamara überfordert.

„Du kannst ihn nicht verlassen", klinkte sich Starley altklug ein, nahm ein Buch aus einem der Regale und lümmelte sich damit auf die Couch vor dem Kamin.

Daisy sah Tamara vielsagend an, dann bediente sie sich vom Kaffee, als wäre sie hier zuhause. „Auch einen?"

Tamara nickte. Es gefiel ihr nicht, welche Richtung das Gespräch nahm. „Ich will ihn nicht verlassen, aber ich muss zurück nach Deutschland."

„Tut mir leid." Daisy seufzte. „Es wartet sicher Arbeit und ein Zuhause auf dich."

Das verursachte Tamara einen Stich. Sie hatte keinen festen Arbeitsplatz und nun auch keinen Ort mehr, an den sie zurückkehren konnte. Meine Güte, sie war obdachlos und hatte es die ganze Zeit nicht bedacht. Wo wäre sie denn nach der Landung am Mittwoch in Frankfurt hingegangen? Zurück zu Simon? Zu ihrer Mutter? Ihr wurde so übel, dass sie sich auf einen Stuhl sinken lassen musste.

Daisy war in zwei Schritten bei ihr. „Alles in Ordnung?"

„Ich habe nicht einmal eine Wohnung", sagte Tamara fassungslos. „Wieso war mir das all die Zeit über nicht bewusst?"

Daisy streichelte ihr mütterlich über das Haar. „Wahrscheinlich, weil du dich hier so wohlfühlst und gar nicht darüber nachgedacht hast. Ganz ruhig, Süße. Langsam ein- und ausatmen. Beruhig dich, und dann erzählst du mir von der Sache."

Inzwischen hatte auch Starley das Buch zur Seite gelegt und saß zu Tamaras Füßen, eine Hand tröstend auf ihrem Knie. Sie hatte den ruhigen, wissenden Gesichtsausdruck einer Erwachsenen. Das beunruhigte Tamara mehr als alles andere.

Sie musste einige Male tief Luft holen, um eine ausgewachsene Panikattacke abzuwehren. Und dann erzählte sie. Sie erzählte von ihrem Leben mit Simon. Von den vielen Reisen und davon, dass sie stets wie eine Nomadin gelebt hatte. Dass sie noch nie eine eigene Bleibe besessen hatte und nicht wusste, wo sie anfangen sollte. Wie in Gottes Namen sollte sie bis Mittwoch eine Wohnung finden?

„Also, wenn ich es richtig verstehe, kannst du von überall aus arbeiten, habe ich Recht?", sagte Daisy sachlich, als Tamara geendet hatte.

Sie nickte kläglich. Ihr Kopf war zu voll, als dass sie den Weg allein gefunden hätte.

„Warum, in Gottes Namen, willst du dann so überstürzt am Mittwoch abreisen?" Daisys Stimme klang, als würde sie mit einem Kleinkind sprechen.

Tamara sah sie entgeistert an. Sie hatte einen gebuchten Rückflug für Mittwoch. Aus diesem Grund hatte es für sie nie zur Debatte gestanden, ihn nicht anzutreten. So lief es in ihrem Leben doch. Sie kaufte Flugtickets, klinkte sich eine Weile aus ihrem Leben aus und kehrte zur geplanten Zeit wieder zurück. Doch jetzt war alles anders. Das wurde ihr erst in dieser Sekunde bewusst.

Aufgeregt sah sie Daisy an. „Du meinst, ich könnte noch bleiben?"

„Wenigstens bis du eine Wohnung hast, in die du zurückkehren kannst. Das scheint mir zumindest der logische nächste Schritt zu sein." Die Schwangere zwinkerte ihr zu.

Es klang zu einfach, zu schön, um wahr zu sein. Tamara fühlte sich, als hätte sie eine alte Haut abgestreift und eine neue angezogen. „Ich könnte meinen Roman in Ruhe hier beenden und nebenbei eine Wohnung suchen. Mich drängt nichts. Warum habe ich das nicht gesehen? O Gott, das ist perfekt, Daisy. Meinst du, Henrik hat das Cottage für die nächste Zeit noch nicht weitervermietet?"

Daisy sah Tamara mit einem beinahe mitleidigen Lächeln an. „Ich denke, selbst wenn es so wäre, fände er ein Plätzchen für dich."

So verging der Vormittag, den Tamara sich melancholisch ausgemalt hatte, in den hellsten und fröhlichsten Farben. Daisy brachte Tamara spontan bei, Scones zu backen. Starley ließ es in eine Party ausarten, indem sie laute Musik aufdrehte und unentwegt tanzte. Sie redeten ununterbrochen, und nach wenigen Stunden kannten sich die Frauen bereits so gut, dass sie den Satz der jeweils anderen beenden konnten.

Als Daisy sich mit einer festen Umarmung verabschiedet hatte, winkte Tamara ihrem Auto so lange, bis es nicht mehr zu sehen war und wusste, dass sie nie eine bessere Freundin gehabt hatte.

Kapitel Achtzehn

Am Nachmittag verschwendete Tamara keine Zeit und stornierte ihren Rückflug. Dass sie das verlorene Geld nicht zurückerhielt, störte sie wenig. Sie platzte schier vor Freude beim Gedanken daran, länger in Irland bleiben zu können. So lange sie es wollte und brauchte. So lange, bis ihre Geschichte erzählt war. Wieso war sie nicht schon selbst darauf gekommen? Manchmal sah man in seinem Kummer den Wald vor lauter Bäumen nicht.

Nachdem die Stornierung erfolgreich durchgeführt war, erinnerte sich Tamara an das Versprechen, das sie Simon gegeben hatte, sich ab und an bei ihm zu melden. Sie hatte ihm keine einzige Nachricht mehr geschickt. Als sie gestern daran gedacht hatte, hatte sie sich gesagt, dass es keine Rolle spielte, da sie ohnehin bald wieder in Deutschland wäre, wo ein Zusammentreffen unumgänglich war. Es war an der Zeit, mit offenen Karten zu spielen. Simon musste endlich erfahren, dass seine Hoffnung keine Früchte trug.

„Tamara, wie schön, dass du anrufst!"

„Es tut mir leid, dass ich mich erst jetzt wieder melde", sagte sie.

„Schon okay. Ich hätte dich nicht so unter Druck setzen dürfen. Wie geht es dir?"

„Um ehrlich zu sein so gut wie schon lange nicht mehr. Ich denke, die Insel passt einfach zu mir", erwiderte sie vorsichtig und beschloss dann, es so schnell wie möglich hinter sich zu bringen. „Deshalb bleibe ich, bis ich meinen Roman beendet habe."

Simon atmete geräuschvoll aus. „Okay."

„Ich weiß, das kommt plötzlich, aber es ist ja nichts anderes, als wenn wir sonst auf Reisen sind. Die Artikel für den *Traveler* kann ich auch hier schreiben“, fügte sie nervös hinzu, da sie seine Reaktion nicht einordnen konnte. „Und ich kann mich in Ruhe nach einer Wohnung umsehen.“

„Du meinst es wirklich ernst“

Es war seine Nüchternheit, die Tamara die Hoffnung verlieh, dass er endlich verstand, dass es kein Zurück mehr in ihr gemeinsames Leben gab.

„Ich wollte, dass du es als Erster erfährst.“

„Danke“, erwiderte er, doch ohne die Bitterkeit, die sie erwartet hatte. Da war etwas anderes, das sie nicht definieren konnte. „Tamara, ich will, dass du glücklich bist. Ich habe erst in den vergangenen Tagen begriffen, was alles schiefgelaufen ist.“

„Denk nicht mehr daran“, sagte sie und fühlte den alten Schmerz der Trennung wieder auflodern. „Niemand trägt die Schuld daran. Solche Dinge passieren, Simon.“

„Klar, aber ich hätte nie gedacht, dass sie uns passieren“, sagte er. „Hab erst einmal eine gute Zeit, aber vergiss mich nicht ganz, okay?“

Sie lächelte traurig. „Das könnte ich gar nicht.“

Sie hatte kaum aufgelegt, als es sanft an der Tür klopfte. Selbst die Art, wie Henrik klopfte, war ihr vertraut. „Komm rein.“

Er öffnete die Tür, trat aber nicht über die Schwelle. Er schien sofort zu spüren, dass etwas vorgefallen war. „Ich habe Daisy und Starley vor einer Stunde wegfahren sehen. Möchtest du Zeit für dich haben?“

Sie schüttelte den Kopf und zeigte Richtung Küche. „Ich möchte, dass du meine Scones probierst, während ich gern etwas mit dir besprechen würde.“

Unwillkürlich zog er den Kopf ein. „Es ist nie gut, wenn eine Frau reden will.“

„Ob du es gut findest, wird sich während des Gesprächs zeigen. Die Scones gibt es nur beim Reden."

„Das ist Erpressung", beschwerte er sich, dennoch trat er ein.

„Möchtest du einen Kaffee?"

„Willst du mich umbringen? Sag mir einfach, was los ist, Tamara."

Diese für ihn so untypische Ungeduld entzückte sie so sehr, dass sie nicht anders konnte, als das Spiel noch etwas weiter zu treiben. Summend holte sie in aller Ruhe den Korb mit den duftenden Scones aus der Küche und stellte ihn auf den Tisch, ehe sie sich daran machte, ihnen Kaffee einzuschenken. „Zucker?"

Henrik schüttelte den Kopf, während er sie argwöhnisch beobachtete. Als sie sich zu ihm gesetzt hatte und genussvoll in eins der Scones biss, fragte er ungeduldig: „Und?"

„Ich finde, fürs erste Mal sind sie mir sehr gut gelungen."

„Tamara, über was möchtest du mit mir sprechen?"

Sie entschied, dass sie genug Spaß mit ihm getrieben hatte. „Wie sieht es momentan mit den Buchungen für das Farmhouse aus?"

„Ich habe ein paar Anfragen für kommende Woche bekommen. Wieso interessiert dich das?"

„Nun, ich hoffe, du findest mich als Gast angenehm genug, dass ich noch eine Weile hierbleiben kann." Sie freute sich über das Schauspiel auf seinem Gesicht. Erst riss er ungläubig die Augen auf, dann verzog sich sein Mund zu einem breiten Lächeln, bis er schließlich Worte fand. „Du bleibst noch?"

„Ich kann dir aber nicht genau sagen, wie lange. Vielleicht ein paar Wochen, vielleicht ein paar Monate. Ich möchte meinen Roman fertigstellen und mir in Ruhe eine Wohnung in Deutschland suchen."

„Das ist überhaupt kein Problem. Bleib, so lange du möchtest!“

Sie horchte auf. „Ich werde dich auch weiterhin bezahlen, Henrik.“

Sofort verfinsterte sich seine Miene. „Ich werde mit Sicherheit kein Geld von der Frau annehmen, mit der ich schlafe.“

„Was ist das denn für eine altmodische Einstellung? Ich habe Einnahmen, du hast Ausgaben. Ich nage nicht am Hungertuch.“

„Und ich ebenso wenig“, erwiderte er stur. „Ich werde kein Geld von dir nehmen, Tamara.“

„Dann werde ich mir wohl oder übel eine andere Bleibe suchen müssen.“

Er sah sie wütend an. „Ist das dein Ernst?“

„Das ist mein voller Ernst.“

Er rieb sich mit den Händen über das Gesicht. Etwas, das er stets tat, wenn er nicht weiterwusste. Tamara hatte diese Geste zu lieben gelernt.

„Na schön, fürs Erste hast du gewonnen“, sagte er schließlich und sah sie aus funkelnden Augen an. „Du bleibst also noch hier.“

„Ja, wegen meines Romans.“

„Natürlich, der Roman.“ In seiner Stimme lag dieses sanfte Wissen, dem sie sich nicht stellen wollte. Er stand auf, trat vor sie und reichte ihr die Hände. „Hast du gerade eine kleine Schreibpause?“

Sie legte ihre Hände in seine. „Ich denke, ein paar Minuten kann ich mir nehmen.“

„Dann sollten wir feiern!“ Damit hob er sie auf seine Arme und trug sie Richtung Schlafzimmer. Sie liebte es, wenn er das tat, und sie sich in seinen starken Armen leicht und kostbar fühlte. Und der Gedanke, in dem atemberaubenden Raum mit ihm Sex zu haben, entzückte sie.

„Ich hoffe, das ist das erste Mal, dass du einen deiner Gäste in seiner Unterkunft verführst", sagte sie atemlos, als er sie auf das Bett legte.

„Sex mit Gästen ist tabu", erwiderte er belustigt. „Aber da du kein richtiger Gast mehr bist ..."

Den Rest des Satzes ließ er unvollendet und sprach nur noch in jener Sprache, die Liebende auch ohne Worte verstanden. Heute liebten sie sich ohne diese alles verzehrende Verzweiflung, die sich durch ihre bevorstehende Abreise zuvor mit ins Schlafzimmer gestohlen hatte. Jetzt ging es nur um sie beide. Eine Frau und einen Mann, die einander begehrten. Seine Hände umfassten ihre Brüste, und sie schloss die Augen, während die Hitze in ihrem Inneren explodierte. Wie automatisch glitten ihre Finger durch sein Haar, vergruben sich in dem eigenwilligen Gold und zogen ihn zu sich herunter. Tamara genoss das Gefühl von Henriks warmer Haut auf ihrer. Sie genoss den sanften Druck seiner Berührungen, die Finger, die sich mit ihren verflochten, als sie sich vereinten. Sie genoss es, dass nichts mehr zwischen ihnen stand, und ließ sich vollkommen in den Moment fallen.

Am nächsten Morgen erwachte sie allein, obwohl die Sonne noch ein kleiner, feuerroter Ball war. Sie drehte sich wohlig in den Laken um und atmete Henriks Geruch ein, der aus ihrem Kissen strömte. Sicher war er längst in Dingle und machte sein Boot für die erste Delfin-Tour bereit. Als sie daran dachte, brannte der Wunsch in ihr auf, ihn zu begleiten. Nun, dafür hatten sie jetzt jede Menge Zeit. Lächelnd schwang sie die Beine aus dem Bett, schnappte sich den Morgenmantel, den er ihr bereitgelegt hatte, und ging voller Vorfreude auf einen Kaffee ins Nebenzimmer. Natürlich war auch der Frühstückstisch perfekt für sie gedeckt, nur mit dem Unterschied, dass dieses Mal sogar eine Vase voller Wildblumen in der Mitte stand. Der Anblick rührte sie zutiefst. Als sie an einer der Blüten roch, bemerkte sie den Zettel, der an der Vase lehnte.

Das war der schönste Morgen seit Langem für mich. Ich wünsche dir viele Schreibideen und einen wundervollen Tag. Dein Henrik.

Sie ließ es sich nicht nehmen, den Zettel an ihre Brust zu drücken, die Augen zu schließen und lächelnd dem fast schmerzhaften Herzklopfen nachzuspüren. „Ich weiß genau, was du meinst."

Sie genoss in Ruhe das Frühstück und nahm noch eine ausgiebige Dusche. Dabei dachte sie daran, dass es bald an der Zeit war, sich wieder an die Arbeit für den *Traveler* zu machen. Aber bis Mittwoch hatte sie noch offiziell Urlaub.

Sie entschied, dass sie heute erst einmal alles organisieren würde, was für ihren weiteren Aufenthalt in Irland nötig war. Mit Klamotten für drei Wochen würde sie nicht hinkommen, auch wenn sie über eine Waschmaschine verfügte. Bald würde auch hier der Sommer Einzug halten und die kühleren, regenreichen Frühlingstage ablösen. Sie freute sich darauf, mit Henrik barfuß am Strand spazieren zu gehen. Also brauchte sie einige ihrer Sachen aus Deutschland.

Da gab es nur ein Problem. Wer sollte ihr etwas nachschicken? Ihre Mutter war ausgeschlossen. Tamara hatte wenig Lust, ihr von ihren Plänen zu erzählen, da sie die Reaktion ohnehin erahnte. Natürlich hatte sie auch Freundinnen, allerdings war die Beziehung zu keiner von ihnen so eng, als dass sie sie um so etwas bitten wollte. Vor allem, da sie nichts von dem Beziehungs-Aus mit Simon wussten.

Beschämt musste sich Tamara eingestehen, dass es in Deutschland nur einen einzigen Menschen gab, mit dem sie eine wirklich tiefe Beziehung verband. Und genau diesen Menschen hätte sie am liebsten nicht um den Gefallen bitten müssen. Sie konnte sich allerdings nicht zu einem Anruf durchringen.

Guten Morgen Simon. Ich hasse es, dich fragen zu müssen, aber ich wüsste nicht, wen ich sonst darum bitten könnte. Würdest du mir einige meiner Sachen zuschicken?

Wieder war sie überrascht, dass er sofort antwortete, und noch mehr über die Worte an sich.

Kein Problem, Tamara. Mach mir einfach eine Liste.

Irgendwie war das nicht mehr der Mann der letzten Monate, der stets auf seinen eigenen Vorteil bedacht schien. Einerseits war sie erleichtert, andererseits nagte das schlechte Gewissen an ihr. Sollte sie ihm von Henrik und sich erzählen? War es relevant? Immerhin waren sie nicht mehr zusammen.

Es war erstaunlich, wie wenig es brauchte, sie aus ihrer guten Stimmung zu reißen. Sie besann sich auf den gegenwärtigen Moment und auf das, was zu tun war. Sie nahm das Tablet, ging in Gedanken ihren Kleiderschrank durch und erstellte Simon eine Liste.

Kapitel Neunzehn

In den nächsten Wochen floss die Zeit nur so dahin. Kaum hatte Tamara wieder zu arbeiten begonnen, dauerte es nicht lange, bis sie zu einer Routine auf der Grünen Insel gefunden hatte. Simon hatte ihr in einem großen Karton ihre Sachen geschickt. Dabei lagen, liebevoll eingepackt, noch einige ihrer Lieblingsschokoriegel. Der Anblick hatte ihr einen Stich versetzt.

Da Henrik wochentags von früh bis spät in Dingle war, fiel es ihr leicht, sich auf ihre Arbeit zu besinnen. Morgens stürzte sie sich mit Feuereifer auf ihre Geschichte, während sie die trägen Nachmittagsstunden nutzte, um einige Artikel für das Reisemagazin zu schreiben. Noch war der *Traveler* ihre einzige Einnahmequelle.

Sie konnte kaum glauben, dass sie schon zwei Monate in Irland war. Gleichzeitig fühlte sie sich, als wäre es nie anders gewesen. Das kleine Cottage am Meer war ihr Zuhause geworden. Sie mochte das Gefühl der vertrauten Routine. Nie hätte sie gedacht, wie viel Freude es ihr bereiten könnte zu wissen, dass am Morgen ein Frühstück und am Abend die Arme eines Mannes auf sie warteten. Jeder Tag war gleich und dennoch etwas völlig Besonderes.

Ab und an stand Molly mit einem Kuchen vor ihrer Tür. Dann verloren sie sich in endlosen Gesprächen über die Blasket Islands oder Mollys wunderbare, viel zu kurze Ehe mit Eóin. Mit Daisy traf sie sich mindestens einmal die Woche. Jetzt, da der Geburtstermin ihrer Jüngsten näher rückte, hatte Tamara es sich angewöhnt, sie in Dingle zu besuchen.

So auch heute. Das Wetter war bombastisch. Es war der erste wirklich heiße Tag, den sie auf der Insel erlebte. Die Hitze war anders als das flirrende Brennen an den Hochsommertagen Deutschlands. Die kühle Brise, die das Meer mit sich brachte, strich tröstend über ihre Arme. Die Sonnenstrahlen sorgten für eine wunderschöne Bräune ihrer sonst so blassen Haut, sodass Tamara mit ihrem langen schwarzen Haar plötzlich exotisch aussah.

Sie parkte ihren Wagen in der Einfahrt und unterdrückte den Impuls zu klopfen, ehe sie Seans und Daisys Zuhause betrat. Mehr als einmal hatten beide ihr eingeschärft, dass gute Freunde einfach eintreten durften. Für Tamara war es nach wie vor befremdlich, aber der Gedanke, dass Daisy nicht extra ihretwegen zur Tür watscheln musste, bestärkte sie.

Wie erwartet lag die Schwangere ausgestreckt mit einem Buch auf der Couch und genoss es offensichtlich, dass die Kinder in der Schule waren. Das Haar klebte an ihrer Stirn und ihre Haut war von der Hitze gerötet.

„Du bist bestimmt der einzige Mensch auf der Insel, der sich nicht über die Wärme freut", begrüßte Tamara die Freundin.

Daisys Gesicht leuchtete freudig auf, dann verzog sie es zu einer Grimasse. „Hör nur auf. Ich hasse es. Ich bekomme meine Elefantenfüße in keinen Schuh mehr rein, geschweige denn, dass ich überhaupt einen Schritt vor den anderen setzen könnte. Ich habe das Gefühl, ich platze jede Minute."

Diese und ähnliche Sätze fand Tamara extrem beunruhigend. Das nächste Krankenhaus befand sich auf dem Festland bei Farranfore. Sie wollte nicht diejenige sein, die eine in den Wehen liegende Frau betreute. Zudem war das Thema Schwangerschaft und Geburt für Tamara mehr als befremdlich. Vielleicht, weil sie selbst Welten von beiden entfernt war.

„Ich mache uns eine Kanne kühles Pfefferminzwasser", sagte sie daher und stellte die mitgebrachte Tüte voller Obst vor Daisy auf den Tisch.

Daisy schielte kurz hinein. „Keine Schokoriegel?"

„Sean meinte, du naschst genug und brauchst Vitamine. Also was ist mit dem Wasser?"

Wieder verzog die Schwangere unwillig das Gesicht. „Ein Guinness wäre mir lieber."

„Vielleicht in einem Jahr", erwiderte Tamara fröhlich und machte sich auf den Weg in die Küche.

„Warte nur, bis es bei dir so weit ist!", wütete Daisy und erntete dafür nur lautes Gelächter.

Als Tamara mit der Karaffe und zwei Gläsern ins Wohnzimmer zurückkehrte, hatte sich Daisy aufgesetzt. Ihr Bauch sah verboten groß aus. Tamara setzte sich zu ihr.

„Wie läuft es mit dem Schreiben?"

„Ich hätte ehrlich gesagt nicht gedacht, dass es so gut voran geht. Ich habe es fast geschafft. Es fehlen nur noch eine Handvoll Kapitel. Ich scheue mich davor, sie anzugehen. Irgendwie will ich nicht, dass die Geschichte zu Ende ist."

Daisy sah sie mit ihren großen blauen Augen an. „Meinst du das Buch oder deine Beziehung zu Henrik?"

Zwar gewöhnte sich Tamara langsam an die beinahe schmerzhafte Direktheit der Freundin, dennoch war es nicht leicht, damit umzugehen, wo sie doch am liebsten gar nicht über das Thema nachdachte. „Beides natürlich."

Daisy nippte schweigend an ihrem Tee, dann sagte sie leise: „Du musst nicht gehen, weißt du?"

„Ich weiß, dass ich nicht sofort abreisen musst, wenn ich das Buch beendet habe. Schließlich habe ich mich immer noch nicht um eine Wohnung bemüht."

„Woran glaubst du, liegt das?"

„Daran, dass ich mich auf den Roman konzentrieren wollte."

Daisy lachte ungläubig auf. „Du bist echt Meisterin darin, dir selbst etwas vorzumachen, aber bei mir schaffst du das nicht, meine Liebe."

Irritiert legte Tamara die Stirn in Falten. „Wie meinst du das?"

„Du willst doch gar nicht gehen, Liebes."

Unbehaglich sah Tamara auf ihre Schuhe. Sie konnte an einer Hand abzählen, wie oft sie in den letzten Wochen mit ihrer Mutter telefoniert hatte. Und jedes Mal war das Gespräch in hässliche Vorwürfe ausgeartet. Von ihrem Vater hatte sie seit ihrem letzten Geburtstag nichts mehr gehört. Er wusste wahrscheinlich noch nicht einmal, wo sie sich aufhielt. Selbst Simon hatte sich zurückgezogen. Wenn sie jetzt mit ihren deutschen Wurzeln argumentierte, würde sie sich wie die weltgrößte Heuchlerin fühlen. Trotzdem. „Ich kann doch nicht einfach für immer hierbleiben."

„Aber warum denn nicht?", fragte Daisy verständnislos.

Tamara suchte fieberhaft nach Gründen, doch ihr fiel nur der eine ein. „Weil es viel zu verrückt wäre."

Daisys Augenbrauen schossen in die Höhe. „Wirklich? Ich fände es eher verrückt, die Liebe meines Lebens zu verlassen, um in ein Land zurückzukehren, dem ich vom Herzen her vor Jahren den Rücken gekehrt habe."

„Du verstehst das nicht".

„Nein. Nein, das verstehe ich wirklich nicht." Daisy legte ihr beruhigend eine Hand aufs Knie. „Aber ich verstehe, wenn jemand Angst hast. Es tut mir leid, dass ich dich aufgeregt habe. Eigentlich wollte ich mit dir über etwas anderes sprechen. Du warst mir die letzten Wochen eine große Stütze, hast die Mädchen mal von der Schule abgeholt, sie bespaßt, wenn es mir nicht gut ging, bringst mir ständig irgendetwas vorbei. Sogar Eis hast du durch diese Tür geschmuggelt."

„Davon darf Sean nie etwas erfahren!", sagte Tamara in verschwörerischem Ton.

„Von mir erfährt er nichts", erwiderte Daisy lächelnd. „Du warst eine wahnsinnig große Stütze für mich, und du bist die beste Freundin, die ich jemals hatte."

Tamara konnte nichts dagegen tun, dass ihr Tränen in die Augen schossen. Sie fragte sich, ob Daisy es ihr noch schwerer machen wollte, die Insel wieder zu verlassen. Doch als sie in ihre Augen sah, entdeckte sie keinerlei Hintergedanken, sondern pure Zuneigung. „Ich möchte, dass du Leias Patentante wirst."

„O Gott, Daisy!" Die Tränen schwappten über. „Leia! Was für ein schöner Name. Natürlich will ich. Aber was ist mit deinen Schwestern? Ich bin doch fast eine Fremde für deine Familie."

Daisy nahm Tamaras Hände in ihre und drückte sie fest, während sie ihr eindringlich in die Augen sah. „Du kannst vieles wegreden, Mara. Du kannst vieles für nichtig erklären. Aber du warst zu keinem Zeitpunkt für irgendeinen von uns eine Fremde."

Diese Worte ließen sie noch immer nicht los, als sie auf den Weg zu Henriks Boot war. Er hatte sie zur heißersehnten Delfintour eingeladen. Als sie an dem kleinen Hafen ankam, erwartete er sie schon. „Was ist los? Wo sind die Leute? Müssen wir die Tour verschieben?"

Lächelnd reichte er ihr eine Hand und half ihr an Deck. „Ganz im Gegenteil. Die Tour findet statt. Hast du gedacht, ich würde dich teilen?"

„Wir fahren allein?" Tamara strahlte. „Was ist mit deinen Einnahmen?"

„Kannst du bitte aufhören, ständig praktisch zu denken?"

Tamara lachte. „Tut mir leid. In der Beziehung bist wohl eher du der Romantiker. Ich freue mich wirklich!"

„Irgendwie habe ich das Gefühl, dass nicht ich allein der Grund für dein Strahlen bin."

„Daisy möchte mich als Patentante für ihre Kleinste", platzte Tamara heraus, die selbst überrascht war, wie viel ihr das bedeutete. Schon jetzt sah sie sich mit tausend rosa Luftballons ins Krankenhaus einmarschieren. Bis zur Geburt der kleinen Leia musste sie unbedingt noch bleiben!

„Wow! Herzlichen Glückwunsch, das trifft sich ja gut. Mich hat sie heute Morgen besucht und ebenfalls zum Paten gemacht."

Tamara riss die Augen auf. „Davon hat sie mir kein Wort erzählt."

Henrik lachte. „Sie ist nicht so unschuldig, wie sie aussieht. Nun verbindet uns also ein gemeinsames Kind."

Die Worte hätten Panik in ihr ausgelöst, hätte sein breites Grinsen sie nicht abgeschwächt. „Bevor wir uns noch über das Sorgerecht streiten, würde ich lieber Fungie sehen."

Henrik ging nach vorn und warf den Motor des Bootes an. „Ich tue, was ich kann. Mach es dir gemütlich."

Sie folgte ihm zum Steuer und ließ sich auf die kleine Bank in der gläsernen Kabine nieder. Wenig später gab es nur noch sie beide und das offene Meer.

„Was für ein Gefühl. Als würde die Freiheit niemals enden. Hast du nicht manchmal das Bedürfnis, so lange weiterzufahren, bis dein Tank leer ist?"

„Meistens hält mich mein gesunder Menschenverstand davon ab", erwiderte Henrik. „Ich drehe mit dir jetzt eine Runde weiter draußen, weil ich finde, dass man das einfach erlebt haben sollte. Um Fungie zu sehen, müssen wir wieder näher in die Bucht. Er wartet dort regelrecht auf Touristen."

„Ihr beide scheint ein eingespieltes Team zu sein."

„Auf jeden Fall. Manchmal spendiere ich ihm nach Feierabend ein Pint."

Tamara lachte hell auf. Henrik stellte den Motor ab, und das Boot schaukelte auf den Wellen. Überraschend zog er eine Flasche Sekt und zwei Gläser aus dem kleinen Fach neben dem Steuerrad. „Wir haben noch etwas zu feiern."

„Die Patenschaft?" Dankend nahm Tamara eins der Gläser entgegen.

„Darauf können wir natürlich auch trinken. Es geht aber eher um einen beruflichen Erfolg, wenn man es so sehen will. Ich bin zum ersten Mal seit Bestehen meiner Pension von April bis Oktober völlig ausgebucht. Heute hat ein junger Mann aus Schweden angerufen, der sich eine Auszeit gönnen will. Er hat die Pension für den ganzen Sommer gemietet."

„Wow", erwiderte Tamara beeindruckt. Dann ging ihr auf, was das für sie bedeutete. „Wann will er anreisen?"

„Nächste Woche."

Sie riss die Augen auf. „Oh. Wow. Henrik, ich weiß, es ist deine Pension, aber ich weiß nicht, ob ich so schnell eine andere Unterkunft finde. Ich wollte schon noch ein paar Wochen bleiben."

„Du sollst nicht gehen!", sagte er schnell, stellte sein Glas ab und ergriff ihre Hände. „Ich dachte, du könntest bei mir wohnen."

Erschrocken sah sie ihm ins Gesicht. Es fühlte sich so einfach, so natürlich an. Und doch so verrückt. „Findest du das nicht etwas übereilt?"

„Ich bin doch den ganzen Tag weg. Ich habe genug Platz, um dir ein eigenes Zimmer einzurichten. Es wäre ja keine Lebensgemeinschaft oder so. Es ist nur zur Überbrückung, bis du nach Deutschland zurückgehst. Du könntest kostenfrei wohnen und mir bei den Gästen helfen."

Es war die Win-Win-Situation, die Tamara überzeugte. Und die Tatsache, dass sie gar keine Wahl hatte, wenn das Farmhouse ab nächste Woche einem anderen Gast zur Verfügung stand. „Okay, es macht sicher nicht viel Unterschied, ob nun eine Mauer mehr oder weniger zwischen uns ist.“

***

Für Henrik war es ein gravierender Unterschied, doch er war klug genug, ihr das zu diesem Zeitpunkt nicht zu sagen. Als sie miteinander anstießen, ließ er sie in dem Glauben, dass sie die Buchung des Schweden feierten und nicht seinen Sieg. Fortuna war ihm zu hold, um es dabei zu belassen. „Ich habe auch mit Miles und Sarah gesprochen. Du erinnerst dich doch sicher an das Angebot, auf den Blaskets zu übernachten.“

Hier war es leichter, ihre Begeisterung zu erwecken. „Ja, sicher. Sag bloß, du hast etwas ausgemacht!“

„Sie haben ebenfalls gerade mit den ersten Touristen zu tun, aber in zwei Wochen könnten wir kommen. Hast du Lust?“

„Da fragst du noch?“ Sie vollführte ein kleines Tänzchen. „Dann lebe ich eine Nacht genauso wie meine Protagonisten.“

„Mit dem kleinen, aber feinen Unterschied, dass du dein Abendessen nicht aus der See fischen und selbst ausnehmen musst.“

Sie verzog das Gesicht. „Du bist ein solcher Spielverderber.“

Er genoss es, sie mit auf dem Boot zu haben. Sie war wie das Meer. Einmal saß sie still und in sich ruhend einfach nur da und sah aufs Wasser hinaus, um im nächsten Moment umso lauter ihre Begeisterung über die Naturgewalten kundzutun. Und damit spiegelte sie genau das, was er fühlte, wenn er aufs Meer hinausfuhr.

223

Sie verbrachten einen wundervollen Nachmittag auf dem Wasser mit grandiosem Sex auf dem Deck, wo nur einige Möwen ihre Zuschauer waren. Er wollte nicht, dass sie je wieder ging. Neben aller Freundschaft glaubte er, dass Daisy mit der Patenschaft nichts anderes bezweckte, als dass Tamara sich noch stärker mit der Insel verbunden fühlte. Er war dankbar, solche Menschen seine Freunde nennen zu können.

Einzig und allein der Delfin schien ihn heute im Stich zu lassen. Die Sonne stand schon tief, und sie hatten über eine Stunde Runden durch das seichte Gewässer vor der Bucht gezogen, da stieß er einen resignierten Seufzer aus. „Es tut mir leid. Der kleine Fiesling scheint sich heute einen Tag Urlaub genommen zu haben."

„Das macht doch nichts", erwiderte Tamara. „Dann müssen wir das eben wiederholen."

Henrik ankerte das Boot an seinem vorgesehenen Platz, stellte den Motor ab und schloss sehnsüchtig die Arme um sie. „Wenn das so ist, werde ich eine Abmachung mit ihm schließen, dass er sich dir niemals zeigt, dann habe ich dich jeden Tag bei mir."

Sie schmiegte sich mit diesem sexy Lachen in seine Arme, das ihr so sehr zu eigen war und ihm jedes Mal eine Gänsehaut über den Rücken trieb. Beinahe schmerzhaft pochte das Verlangen nach ihr in ihm. Er presste seine Lippen auf die Stelle zwischen Schulter und Hals und kostete ihren herrlichen Geschmack.

„Hier haben wir mehr Zuschauer als nur die Möwen", stöhnte sie.

Er presste sie gegen die Kabinenwand. „Ich sehe niemanden."

Sie schlang die Beine um seine Hüften, als er sie hochhob und ihr Kleid nach oben schob. Sie taten es schnell und hitzig. Als sie aufschrie, überwältigte Henrik sein Verlangen.

Als es vorbei war, sank sie zittrig in seine Arme und sah über seine Schulter, während er ihr das Kleid zurecht strich. „Du liebe Güte. Wenn uns nur keiner gesehen hat."

„Ich will deine Schamgefühle nicht ins Unermessliche treiben, aber da draußen ist tatsächlich jemand."

Sie fuhr mit hochrotem Kopf herum und stieß einen Schrei des Entzückens aus, als sie den Tümmler entdeckte, der neugierig seinen Kopf aus dem Wasser steckte. Er befand sich direkt neben dem Boot.

„Da ist er ja! Du liebe Güte, ist der groß! Sieh ihn dir nur an", rief Tamara begeistert, während sie die Kabine verließen und an Deck traten. Sie beugte sich weit über die Reling und tastete ohne Angst nach dem Kopf des Tümmlers. Dieser wiederum nutzte die Chance und schmiegte seine nasse Schnauze in ihre Hand. Tamara quietschte vor Vergnügen wie ein kleines Mädchen. „Das ist der Wahnsinn! Ich hätte nie gedacht, einem Delfin in freier Wildbahn so nahe zu kommen."

Lächelnd trat Henrik zu ihr und genoss den Anblick der beiden. Der Delfin hatte offensichtlich nicht weniger Freude an der Streicheleinheit. „Fungie ist eben etwas ganz besonders."

„Oja, das ist er", sagte Tamara entzückt. Da tauchte der Delfin unter, um Sekunden später einen spektakulären Flip in der Luft für sie durchzuführen. Tamara jauchzte vergnügt auf. „Oh, ich würde ihn am liebsten fotografieren, aber ich will keine Sekunde verpassen."

„Das Gefühl, das dir diese Minuten ins Herz brennen, kann dir kein Foto der Welt zurückholen."

Der Tümmler blieb fast eine Viertelstunde lang an ihrem Boot und schindete Eindruck durch waghalsige Sprünge und Schwimmmanöver. Als er wieder auf das offene Meer schwamm, wandte er sich noch einmal um, als wollte er sich von ihnen verabschieden.

„Das ist unglaublich“, sagte sie, als er fort war. „Es ist, als würde man mit einem Menschen kommunizieren. Nein, es ist noch …“ Sie suchte offenbar nach dem richtigen Wort. Henrik half nach: „Intensiver? Ehrlicher?“

Sie nickte mit leuchtenden Augen. „Danke für dieses Erlebnis, Henrik!“

Er war gerührt. „Danken kannst du mir für die Bootstour. Dass du Fungie getroffen hast, dafür hat jemand anderes gesorgt.“

Kapitel Zwanzig

Und genau diese Art der Fürsorge spürte Tamara mehr und mehr, je länger sie in Irland lebte. Sie war kein Mensch, der zum Glauben konvertiert war. Und doch konnte sie nicht leugnen, dass der Himmel hier näher, das Meer weiter und die Sonne heller schien. Beständig lag ein Flüstern, eine ahnungsvoll klingende Melodie in der Luft, die in ihrem Herzen nachschwang und ihr den Weg zu weisen schien. Selbst an sehr warmen Tagen wie diesem, wenn der Himmel babyblau war, roch man den Regen in der Luft. Für Tamara war das der Duft einer Sehnsucht, die an ihrem Herzen riss. Sie hatte von Zauber, Legenden und Feen gehört und in einem industriellen, modernen Deutschland nicht verstanden, wie sich in einem katholischen Land wie Irland ein solcher Aberglaube über so lange Zeit halten konnte. Nun stand sie selbst auf den grünsten Wiesenflächen, die sie je gesehen hatte, und verstand es voll und ganz. Das ging so weit, dass sie sich nicht vorstellen konnte, wieder in Frankfurts Großstadtlärm zurückzukehren, wo man an heißen Tagen die Luft anhalten musste, wenn die Mülltonnen auf ihre Abholung warteten und man vor lauter Häusern den Himmel nicht sah. Von Sternen ganz zu schweigen. Sie hatte sich stets für ein Stadtmädchen durch und durch gehalten. Jetzt fragte sie sich hier in der Stille, ob sie sich selbst überhaupt noch kannte.

Der Roman, der noch immer namenlos und handgeschrieben auf einzelnen Blättern im Cottage ruhte, war fast fertig. Es fehlten nur noch zwei Kapitel. Sie wusste, was sie in ihnen sagen wollte. Sie hatte alle Informationen, die sie brauchte, um das Buch zu einem runden

Abschluss zu bringen. Doch sie konnte sich nicht dazu durchringen, es zu tun.

Es war, als müsse sie vorher noch etwas anderes erledigen. Sie war zu ruhelos, um sich hinzusetzen und es zu Ende zu bringen. Und ja, sie wusste, dass sie es zum Teil auch aus dem Grunde nicht tat, weil sie dann keinen Vorwand mehr hätte, länger zu bleiben. Der Traum vom großen Roman war ihr größter Feind geworden, der ihr im Nacken saß und mit wippendem Fuß auf die Fertigstellung wartete. Sie wusste, sie hätte sich einfach eine Woche Auszeit nehmen können, um ihren Aufenthalt und das Zusammensein mit Henrik noch etwas zu genießen. Doch so lange der Roman nicht beendet war, kreisten seine Figuren und Orte in ihrem Gedankenkarussell umher, dass ihr schwindelte.

Sie fühlte sich stets ausgelaugt, obwohl sie kaum etwas zu Papier brachte, und fragte sich, ob dies das Los einer echten Schriftstellerin war. Zudem wurde sie kurz vor der Zielgeraden von extremen Selbstzweifeln geplagt. War der Roman gut genug? Im Rückblick kam er ihr so linkisch und seicht vor, dass sie sich beinahe schämte. Konnte sie es Menschen wirklich zumuten, ihn als Lesestoff anzubieten? Was würden sie sagen? Würde sie damit überhaupt einen Verlag finden? War das wichtig?

Obwohl sie schon ihr Leben lang schrieb, fühlte sich Tamara plötzlich laienhaft und unsicher, wenn sie auf ihre Worte starrte, weil es so ganz anders war als das, was sie während ihres Journalistenstudiums gelernt hatte. Es war unstrukturiert, emotional, dramatisch und überladen. Zudem fand sie keinen passenden Titel. Die Geschichte erzählte von einer aussichtslosen Liebe zwischen einem Mädchen vom Festland und einem Jungen von den Blasket Islands, die durch die Gezeiten hoffnungslos voneinander getrennt waren und am Ende jeweils jemand anderen heiraten sollten.

Und genau hier steckte sie fest, fühlte es sich nicht mehr stimmig an. Sie wusste nicht, wie die beiden plötzlich zueinander finden sollten. Der Junge würde niemals seine Familie auf den Blaskets zurücklassen.

Du liebe Güte, sie setzte sich mit ihren Protagonisten intensiver auseinander als mit allen anderen Menschen in ihrem Leben. Völlig entnervt beschloss sie, sich eine Pause von ihnen zu gönnen. Sie nahm den Stapel und packte ihn resolut ganz unten in ihren Koffer, ehe sie ihre restlichen Sachen aus dem Schrank zerrte und darüber schichtete.

Sie tat es schnell und unbedacht, schließlich war der Umzug in Henriks Teil des Hauses eine Notwendigkeit, um einem anderen Gast Platz zu machen. Hätte sie mehr darin gesehen, wäre sie die Sache sicher anders angegangen. Oder gar nicht. Für Tamara stand fest, dass sie nur noch wenige Wochen in Irland sein würde. Da kam es ihr nur gelegen, dass sie jede freie Minute mit Henrik verbringen konnte.

***

Als Henrik an diesem Samstagmorgen in seiner Küche stand, atmete er erleichtert den Duft seines starken Kaffees ein. Es war eine harte Woche gewesen. Der Touristenansturm in Dingle war zu dieser Jahreszeit heftig. Dementsprechend ausgebucht waren seine Touren. Von acht Uhr morgens bis acht Uhr abends hatte er das Boot nur verlassen, um Nachschub an Getränken und Häppchen zu holen. Hinzu kamen seine Fangtouren mit Sean mittwochs und freitags. Tamara und er hatten sich kaum gesehen, obwohl sie Tür an Tür wohnten. Meist hatte sie schon geschlafen, wenn er abends von Dingle zurückgekehrt war. Er hatte es nicht fertiggebracht, sie zu wecken. Nur einmal in dieser Woche waren sie nebeneinander aufgewacht.

Deswegen war es so wichtig, dass sie den nächsten Schritt unternahmen, auch wenn Tamara glaubte, er täte es nur, um einen neuen Gast zu empfangen. Im Moment packte sie ihre Sachen zusammen. Sein Herz schlug schneller, wenn er sich vorstellte, wie sie mit ihrem Koffer auf seiner Schwelle erschien. Er würde alles dafür tun, dass sie diesen Koffer nicht noch einmal packte!

Da klopfte es auch schon an der Tür. Henrik eilte durch den Korridor und riss seine Haustür auf. „Hey, du bist schneller als ... Mum?"

Entgeistert starrte er in Joleens grüne, lachende Augen. Sie war bepackt mit zwei überdimensionalen Papiertüten und zog belustigt ihre roten Brauen nach oben. „Komme ich etwa ungelegen?"

Ungelegener hätte sie nicht kommen können. Warum hatten Mütter das Talent, genau dann zu erscheinen, wenn man es als Sohn am wenigsten gebrauchen konnte? Und warum hatten Söhne nicht die Fähigkeit, ihnen das mitzuteilen? „Natürlich nicht. Komm rein!"

Sie marschierte in die Küche, wo sie die Tüten auf die Anrichte stellte und augenblicklich begann, seinen Kühlschrank zu füllen, als wäre er noch immer der Siebzehnjährige, dem sie kurz nach seinem Auszug aus dem elterlichen Nest beim Überleben helfen musste.

Mit warmem Blick beobachtete er sie bei ihrem Tun. „Ich wusste nicht, dass du in der Gegend bist."

„Oh, ich wusste es bis vor Kurzem selbst nicht", erwiderte Joleen fröhlich und setzte nebenbei Kaffee auf.

Henriks Brauen schossen in die Höhe, als er sah, dass sie drei Tassen rausstellte. „Okay, wer hat es dir gesagt?"

Lächelnd drehte sie sich zu ihm um. „Es musste mir nicht gesagt werden. Du hast dich Wochen nicht bei uns blicken lassen. Das allein könnte ich den Dickköpfen von dir und deinem Vater zuschreiben. Aber dass du selbst die wöchentlichen Anrufe vergisst, kann nur an einer Frau liegen.“

Henrik atmete hörbar aus. „Es tut mir leid, dass ich euch vernachlässigt habe. Aber es ist kompliziert. Ich kann sie dir nicht vorstellen, Mum. Wir sind noch nicht so weit. Und ehrlich gesagt weiß ich nicht, ob wir es jemals sein werden.“

„Daisy hat mir von der Problematik erzählt“, sagte sie, als würde er darüber reden, was er zum nächsten Kirchgang anziehen sollte.

Ihm klappte die Kinnlade herunter. „Daisy ist zu euch nach Tralee gekommen?“

Joleen nickte. „Als deine gute Freundin war es ihre heilige Pflicht, also lass sie in Frieden. Du hast also deine Traumfrau endlich gefunden, mein Schatz.“

Ihr Blick war so warm, ihre Worte so alles bedeutend. „Nein, so ist es nicht. Ich meine, ja sie ist es. Aber sie wird nicht bleiben. Sie muss gehen. Sie hat das Gefühl, es zu müssen.“

Joleen legte den Kopf schief. „Dann wirst du ihr das Gefühl übermitteln, bleiben zu müssen, Henrik. Es ist doch ganz einfach.“ Damit zeigte sie zum Küchentisch, woraufhin er sich gehorsam setzte und argwöhnisch beobachtete, wie sie es ihm gleichtat. Ohne ein weiteres Wort stellte sie eine Ringschatulle auf den Tisch.

„Mum!“, rief er entsetzt. „Das geht wirklich zu weit. Wir kennen uns erst ein paar Monate.“

„Hör auf, mit so einem Unsinn zu argumentieren“, erwiderte Joleen streng. „Öffne das Kästchen.“

Beinahe unwillig gehorchte er und schluckte, als er den alten Claddagh-Ring aus Silber blitzen sah. „Das ist Máimeós alter Ring.“

Joleen nickte und fixierte ihren ältesten Sohn mit festem Blick. „Deine Großmutter wollte, dass du ihn bekommst. Ich sollte ihn aufbewahren, bis du die richtige

Frau kennengelernt hast. Wenn Tamara die Eine ist, erwarte ich, dass du ihn an dich nimmst."

Als er betreten schwieg, griff sie über den Tisch hinweg nach seinen Händen. „Henrik, du hast schon immer nach den Sternen gegriffen. Dein größter Traum war es, ein eigenes Boot zu besitzen. Um diesen Traum wahr werden zu lassen, hast du sogar deinem Vater vor den Kopf gestoßen. Und das war richtig so! Aber wenn du diesen zweiten Traum einfach so ziehen lässt, ohne vorher alles für seine Erfüllung getan zu haben, würdest du mir vor den Kopf stoßen. Und mit Sicherheit auch Gott."

Das war die zweite Lektion, die Henrik an diesem Morgen lernte – Mütter schreckten vor nichts zurück, wenn es um das Wohl ihrer Kinder ging. Mit bebenden Fingern griff er nach der Schatulle, nahm sie an sich und ließ sie in seine Hosentasche gleiten, just in dem Moment, als sich die Haustür öffnete. „Ich bins!"

„Guter Junge", flüsterte Joleen und rief dann, ehe Henrik es verhindern konnte: „Komm rein, Liebes! Wir sind in der Küche!"

***

Tamara blieb wie angewurzelt in der Diele stehen, als sie die weibliche Stimme hörte. Sie bemerkte sofort den mütterlichen Ton in den Worten. Für einen Moment spielte sie mit dem Gedanken, einfach die Tür aufzureißen und auf Nimmerwiedersehen zu verschwinden, sagte sich dann jedoch, dass das kindisch wäre, und betrat die Küche.

Henrik saß mit einer kleinen Frau am Tisch, die mit ihrer zierlichen Gestalt und den roten Korkenzieherlocken viel mehr einer Fee ähnelte als der Mutter eines eins neunzig großen Mannes. Die blitzenden grünen Augen und das spitze, mädchenhafte Gesicht unterstrichen diesen Eindruck noch.

„Ich wusste nicht, dass du Besuch hast", sagte Tamara
nervös, weil sie nicht wusste, was sie sonst sagen sollte.

Die Frau überbrückte den unangenehmen Moment,
stand auf und durchmaß die Küche. Sie ergriff Tamaras Hände mit einer solchen Herzlichkeit, dass kein
Platz für Angst blieb. „Ich bin Joleen, Henriks Mutter.
Ich habe meinen Jungen zu lange nicht gesehen. Normalerweise platze ich nicht einfach so hier herein. Du
musst Tamara sein."

Tamara nickte und fühlte sich so befangen wie ein
kleines Mädchen, das der neuen Schulklasse vorgestellt wurde. Sie hatte bisher nur einmal eine ähnliche
Erfahrung gemacht, und zwar mit Simons Mutter. Das
Verhältnis zu ihr war nicht gerade unkompliziert gewesen. Allgemein konnte man behaupten, dass für
Tamara in dem Wort *Mutter* etwas Negatives mitschwang. Sie konnte ihren Argwohn einfach nicht abstellen. Doch in Joleens Augen sah sie weder Vorwurf
noch Forderungen, sondern schlichte Freundlichkeit,
und so entspannte sie sich, soweit es in der Situation
möglich war.

„Ich habe uns einen Kuchen gebacken und hoffe, ihr
habt Zeit, ein Stück davon mit mir zu kosten." Während
sich Joleen an der Anrichte am Kuchen zu schaffen
machte, blieb Henrik und Tamara gerade mal eine Sekunde, um hilflose Blicke zu tauschen.

Wortlos ließ sie sich auf den Stuhl neben Henrik sinken. Sie fühlte sich wie in einem Traum. Vor zwei Monaten war sie mit Simon hergekommen, um ihre Liebe
aufzufrischen. Ein Urlaubsziel wie viele andere, nichts
weiter. Jetzt saß sie mit Henrik an seinem Küchentisch
und wurde bei Kaffee und Kuchen seiner Mutter vorgestellt. Ihr Magen flatterte, und tausend Gedanken jag-
ten durch ihren Kopf. Wusste Joleen nicht, dass sie wieder abreisen würde? Wusste sie überhaupt etwas über
sie? Was würde passieren, wenn sie erfuhr, dass sie

gerade im Begriff war, bei ihrem Sohn einzuziehen? Panisch suchte sie Henriks Blick, doch der sah stur auf seine Hände hinunter.

„So, nun lasst es euch schmecken", sagte Joleen, als sie sich zu ihnen gesetzt und jedem ein Stück Kuchen aufgetragen hatte. Tamara murmelte einen Dank und begann sofort zu essen, um nichts sagen zu müssen. Doch so einfach machte Joleen es ihr nicht. „Wie ich gehört habe, bist du eine richtige Nomadin! Das stelle ich mir sehr aufregend vor."

Tamara würgte das erste Stück ihre staubige Kehle hinunter. Noch nie war es ihr so schwergefallen, in eine Unterhaltung einzusteigen. „Ja, schon. Ich meine, so war es bis vor Kurzem. Ich bin viel gereist, das stimmt. Aber es hat mich dann nicht mehr ausgefüllt. Eigentlich wollte ich einen festen Platz zum Leben finden, aber stattdessen bin ich immer noch hier."

„Das Schicksal geht die seltsamsten Wege", erwiderte Joleen vergnügt und gab Zucker in ihren Kaffee.

Aus dem Augenwinkel sah Tamara, wie Henrik verzweifelt versuchte, seine Mutter zum Schweigen zu bringen.

„Ich wollte ja schon immer nach Deutschland. Vielleicht kann ich Henrik mal begleiten, wenn er dich besucht? Wo genau wohnst du?"

Tamara war haltlos überfordert. Wie würde es mit ihr und Henrik überhaupt weitergehen, wenn sie wieder zurückgekehrt war? Dass sie ihre Beziehung nicht aufrechterhalten konnten, war klar, aber sie konnte sich auch nicht vorstellen, ihn nie wiederzusehen. Darüber hatten sie bisher kein Wort verloren.

„Momentan habe ich noch keine neue Bleibe gefunden."

„Das klingt, als hättest du vor, noch eine Weile hierzubleiben. Das ist schön!" Joleen schien nichts von dem Unbehagen zu bemerken, das sie bei den zwei jungen

Menschen ausgelöst hatte. „Sicher willst du dir noch etwas die Gegend ansehen?"

Endlich meldete sich Henrik zu Wort. „In der Tat hatten wir heute vor, zum Drombeg-Steinkreis zu fahren. Wir müssen auch bald los, ehe die Touristen die Atmosphäre zerstören."

Von diesem Vorhaben hörte Tamara zum ersten Mal, doch sie hatte weder etwas gegen einen Ausflug noch gegen die Aussicht, dieser Situation zu entkommen, und so versank sie in Schweigen.

„Wie romantisch. Wusstet ihr, dass unsere Vorfahren diesen Steinkreis erbauten, um mit den Göttern zu kommunizieren? Noch heute herrscht dort eine ganz einzigartige Magie." Joleen erhob sich und räumte das Geschirr auf die Anrichte. „Ich muss auch weiter. Daisy erwartet mich zum Kaffee. Ihr seid mir hoffentlich nicht böse, wenn ich den restlichen Kuchen für sie und die Kinder mitnehme?"

„Nein, schon gut. Ich bringe dich noch zur Tür", sagte Henrik.

„Es hat mich gefreut, dich kennenzulernen. Ich hoffe, wir sehen uns bald wieder?", verabschiedete sich Joleen von Tamara, die nur hilflos lächeln konnte.

Als Henrik und seine Mutter den Raum verlassen hatten, ließ sie ihre Stirn auf die kühle Tischplatte sinken. „Du meine Güte, wo bin ich da nur hineingeraten?"

Henrik schloss die Tür und wandte sich im Flur im Flüsterton an seine Mutter. „Bist du von allen guten Geistern verlassen? Wenn du vorhattest, sie zu vergraulen, hast du das jetzt mit Sicherheit geschafft!"

Joleen sah ihren Sohn voller Liebe an. „Ich kenne dich so nicht, was mir zeigt, wie viel sie dir bedeutet. Und ich kann dich beruhigen, ich hatte zu keiner Zeit vor, Tamara zu vertreiben."

„Und was sollten dann all diese unangenehmen Fragen?“

Joleen war eine kleine Frau, doch wenn sie ihre Arme in die Hüften stemmte und zu ihrem Gegenüber aufsah, schien sie überlebensgroß. „Einer musste sie ja mal aussprechen. Ich wette, ihr umgeht sie fein hübsch, bis es an der Zeit für Tamaras Abreise ist und ihr einander euer Leben lang hinterher weinen könnt.“

Henrik wurde wütend, wie immer, wenn er sich ertappt fühlte. „Keine dieser Fragen bringt uns irgendwie weiter.“

„Sicherlich nicht“, bestätigte seine Mutter. „Aber die Antworten könnten nicht schaden.“

Er seufzte verzweifelt. „Hör zu, Mum. Das hier ist kompliziert. Das ist nicht wie bei dir und Dad, wo es funkt und dann bleibt man für den Rest des Lebens zusammen. Tamara kommt aus Deutschland und wird wieder dorthin zurückkehren. Es ist, was es ist, aber es ist nicht die Art von Beziehung, bei der man die Mutter zum Kaffee einlädt.“

„Das habe ich verstanden, aber weißt du, was ich nicht verstehe?“ Joleens Ton war eine Spur kühler, doch in ihren Augen lag immer noch diese mitleidige Belustigung.

Henrik sah sie erschöpft an. „Was denn?“

Joleen nickte zu Tamaras Koffer, der neben der Garderobe stand und Henriks Worte Lügen strafte. Dann gab sie ihrem Sohn einen Kuss auf die Wange. „Hör auf, dir etwas vorzumachen, so habe ich dich nicht erzogen. Tu das Richtige.“

Als die Haustür hinter ihr zugefallen war und sie den Motor ihres Wagens startete, kam Tamara hinter Henrik aus der Küche. Plötzlich wirkte das Haus viel zu eng für sie beide. Hilflos sahen sie einander an.

„Hast du Lust auf einen Ausflug zum Steinkreis?“,
fragte er.

„Nichts lieber als das!“

Kapitel

Einundzwanzig

Was den Drombeg-Steinkreis betraf, hatte Henriks Mutter nicht übertrieben. Sie hatten Glück, die Touristen hatten an diesem Tag noch nicht hergefunden, und so umgab den Ort eine allesbedeutende Stille. Tamara war sich nicht sicher, ob das Henrik und ihr momentan guttat. Der Himmel war bleischwer. Dicke Wolken hingen tief und drohten, bald auf sie herunterzustürzen. Im Großen und Ganzen spiegelte das die Stimmung wider, in der sie sich befanden.

Tamara versuchte verzweifelt, sich auf den Zauber des Ortes zu konzentrieren, doch gerade der schien alles aufzureißen, was sie hinter ihrem Schweigen verschließen wollten. Die Worte hingen in der Luft zwischen den Steinen, beinahe greifbar wie die Dämonen ihrer eigenen Vergangenheit.

Es war Henrik, der es als Erster nicht mehr ertrug. „Verdammt nochmal, wir müssen darüber reden!"

Er stand mitten im Steinkreis und wirkte wie ein Krieger aus einer längst vergangenen Zeit. Alles in Tamara fühlte sich zu ihm hingezogen. Doch welche Rolle spielte sie in der Schlacht? Solange sie das nicht wusste, hielt sie lieber sicheren Abstand. „Es ergibt keinen Sinn, darüber zu reden, denn das ändert nichts. Das weißt du genauso gut wie ich. Was hast du dir gedacht, deine Mutter einzuladen? Hast du geglaubt, du könntest mich ihr vorstellen und dir dann unsere gemeinsame

Zukunft von wenigen Wochen glorreich vor dem geistigen Auge ausmalen?"

„Ich habe sie natürlich nicht eingeladen", erwiderte Henrik, nicht minder wütend. „Sie stand plötzlich einfach vor der Tür. Was hätte ich tun sollen? Sie wieder nach Hause schicken?"

„Natürlich nicht", erwiderte sie ruhiger und unendlich erschöpft. „Aber du hättest mich nicht gleich als deine Freundin anpreisen müssen."

„Auch das habe ich nicht getan, da mach dir mal keine Sorgen. Sie wusste es von Daisy."

„Daisy?" Tamara war völlig außer sich. „Weiß eigentlich jeder auf dieser verdammten Insel, was beim jeweils anderen vor sich geht? Bin ich die Einzige hier, die es unnormal findet, etwas Privatsphäre zu wahren?"

„Du bist die Einzige hier, die nicht versteht, dass echte Zuneigung bedeutet, dass man sich ab und an einmischt."

Ihre Worte hatten ihn an seiner empfindlichsten Stelle getroffen – seinem irischen Vaterlandsstolz. Sie hörte es an dem bedrohlichen, dunklen Ton, der in seinen Worten mitschwang. Sie wusste nicht, warum sie das so sehr traf. Der Angriff eines verletzten Kriegers war immer am gefährlichsten. Sie drehten sich im Kreis. Wenn es nicht bald einer von ihnen schaffte, einen Schild hochzuheben, würden sie sich gegenseitig zerfleischen in ihrer verzweifelten Liebe. „Und was sollte das bringen? Es hat uns die letzten gemeinsamen Tage verdorben!"

„Meine Mutter wollte uns zum Reden bringen. Und das hat sie ja auch getan, oder? Mir war zum Beispiel nicht klar, dass wir nur noch wenige gemeinsame Tagen haben, Tamara. Schön, dass ich das auch mal erfahre."

Er klang unendlich verletzt. Sie hatte sofort das Bedürfnis, ihren Worten die Schärfe zu nehmen. „Ich bleibe noch, bis Daisy entbunden hat.“

„Wie gütig von dir“, erwiderte Henrik kühl und verschränkte die Arme vor der Brust. In diesen Minuten wirkte er wie eine uneinnehmbare Festung. „Glaubst du, danach wird es für Daisy leichter sein? Oder für dich und mich?“

Sie warf hilflos die Arme in die Luft. „Was willst du denn von mir hören, Henrik?“

„Die Wahrheit. Die ungeschminkte Wahrheit. Und dann machen wir das Beste aus dem, was uns bleibt.“

„Die kennst du bereits. Warum zwingst du mich, das alles jetzt auszusprechen?“, fragte sie in verständnisloser Wut.

„Weil wir beide es hören müssen!“

Er wirkte so unnachgiebig. So fremd. Gar nicht wie der Mann, in dessen Armen sie die vergangenen zwei Monate beinahe jeden Morgen erwacht war. Nicht wie der vertraute Fremde in der Temple Bar, der sie dazu gebracht hatte, ihr altes Leben hinter sich zu lassen. War das hier der Mann, den sie zurücklassen würde?

„Mein Roman ist fast beendet. Mehr als eine Woche brauche ich dafür nicht mehr. Ich warte, bis Daisy entbunden hat. Ich denke, ich werde danach noch eine Woche bleiben, um ihr etwas unter die Arme zu greifen. Ich werde mich jetzt online auf Wohnungssuche begeben, und sobald ich etwas gefunden habe, werde ich abreisen.“

Henrik nickte, als hätte er nichts anderes erwartet. Auch das verursachte einen Schmerz in ihrer Brust, den sie nicht verstand. Es war doch alles so, wie es im Stillen abgemacht gewesen war. Was hatte sich verändert? Warum tat es jetzt so weh, fühlte sich so falsch an?

„Und wie geht es mit uns weiter, nachdem du abgereist bist?“

Sie sah ihn verständnislos an. „Henrik, du kannst doch nicht allen Ernstes glauben, dass eine Beziehung auf diese Entfernung funktionieren kann.“

„Ich glaube an alles, solange mir nicht das Gegenteil bewiesen wurde. Wichtig ist nur, dass einer einen Schritt auf den anderen zugeht“, erwiderte er, trat aus dem Steinkreis heraus und kam langsam auf sie zu.

Sie stand wie festgefroren. Mit dieser neuen Möglichkeit hatte sie nicht gerechnet. Sie erschien ihr viel zu schmerzhaft und schwer, um sie in Betracht zu ziehen. Tamara kannte sich – ohne einen klaren Schlussstrich würde sie leiden und an ihrer Sehnsucht zerbrechen.

Als er vor ihr zum Stehen kam, schüttelte sie unter Tränen den Kopf. „Nein, Henrik. Ich bin eher der Typ für ganz oder gar nicht. Ich möchte keine Fernbeziehung mit dir führen, deine Stimme durchs Telefon hören, während du einen Ozean von mir getrennt bist.“

Sie rechnete damit, dass er sie überreden würde, und wappnete sich. Aber er nickte nur, in seinen Augen nichts als Verständnis und Trauer. „In Ordnung.“

Sie sah ihn sprachlos an. Dann fragte sie verwirrt: „Was machen wir denn jetzt?“

„Das Beste aus der Zeit, die wir noch zusammen haben“, erwiderte er und wischte ihr die Tränen von den Wangen.

***

Sie hatten weiter gemacht wie bisher. Sie hatten sich den Steinkreis angesehen und waren anschließend spontan nach Süden zum Mizen Head gefahren, um auf den Klippen des südwestlichsten Punktes vor Amerika aufs Meer hinauszusehen. Die ganze Zeit hatte er die Schatulle mit dem Ring in seiner Hosentasche gespürt, die er beinahe beim Steinkreis hervorgeholt hätte, wenn Tamara ihm nicht klipp und klar gesagt hätte, dass sie keine Chance für sie sah.

Zurück am Farmhouse war er froh, als sie in entschuldigendem Ton sagte, dass sie Zeit für sich bräuchte und sich in den Raum zurückzog, den er für sie hergerichtet hatte. Er hatte sich sofort wieder in sein Auto gesetzt und war nach Dingle gefahren.

Jetzt stand er vor Seans Haus, hörte die fröhlichen Kinderstimmen und Daisys Lachen und fühlte sich wie ein Eindringling. Er wollte gerade wieder gehen, da öffnete sich hinter ihm die Tür und Maureen stand auf der Schwelle. „Wusste ich doch, dass ich dein Auto gesehen habe, Onkel Henrik. Warum willst du denn schon wieder weg?"

„Wer ist es denn, Schatz?" Daisy erschien hinter ihrer Tochter. „Oh, hallo Henrik."

„Ich bin zufällig vorbeigekommen und wollte nur kurz hallo sagen. Aber ich will nicht stören. Ich komme die Woche noch mal her", sagte Henrik in einem unnatürlich fröhlichen Ton, den er sich selbst nicht abkaufte.

Daisy sah ihn aus verständnisvollen Augen an. „Hör auf, so einen Unsinn von dir zu geben, und komm rein."

Dankbar betrat er das nach Kuchen und Gebäck duftende Heim, doch zeitgleich wurde ihm noch schwerer ums Herz. Wie gern hätte er all das mit Tamara aufgebaut.

„Geht nach oben spielen, ja? Die Erwachsenen müssen etwas Wichtiges besprechen", sagte Daisy im Flüsterton zu ihrer Zweitjüngsten.

Das Mädchen setzte einen ernsten Gesichtsausdruck auf und bog ins Wohnzimmer ab. „Starley! Finnja! Kommt hoch, Mum und Dad müssen mit Henrik etwas Wichtiges bereden!" Schon erschienen die anderen Mädchen in der Diele, die Henrik scheu zuwinkten, ehe sie die Treppe ins Obergeschoss hinauf trampelten.

„Jetzt habe ich ein schlechtes Gewissen“, sagte Henrik, während er den Mädchen nachsah, bis Finnjas Rockzipfel am oberen Treppenabsatz verschwand.

„Mach dir um die Mädchen keine Sorgen“ Daisy führte ihn mittels sanftem Druck Richtung Wohnstube, wo Sean dabei war, eine wahre Puppen-Apokalypse fortzuräumen.

Als er seinen Freund in der Tür entdeckte, verzog er das Gesicht. „Ich träumte von einer Eisenbahn, die durchs ganze Wohnzimmer fährt. Von einem Piratenschiff zum selbst zusammenbauen. Und was habe ich stattdessen bekommen?“

„Die drei schönsten Mädchen Irlands“, erwiderte Henrik lächelnd.

Sean grinste. „Da hast du verdammt recht. Daisy, Schatz, bitte setz dich. Ich hole uns Tee und Kekse.“

Schon war er aus dem Raum geeilt. Daisy ließ sich mit einem Seufzer auf die Couch plumpsen und klopfte auffordernd auf den Platz neben sich. Henrik setzte sich zu ihr. „Es wird schwerer für dich, oder?“

„Schwer ist gar kein Ausdruck. Ich habe das Gefühl, demnächst ein Elefantenbaby zu gebären. Bei den anderen dreien habe ich mich nie so behände gefühlt.“ Sie seufzte und streichelte dabei liebevoll ihren stark geschwollenen Leib.

Sean kehrte mit einem Teller voller frischgebackener Kekse und einer Kanne Tee zurück. Kaum hatte er sich gesetzt, sah er Henrik auffordernd an. „Nun, erzähl schon!“

Er tat es automatisch und so nüchtern, wie man von einem Wahlergebnis berichtet hätte. Angefangen von Tamaras Einzug bei ihm über den Spontanbesuch seiner Mutter bis zu dem Gespräch am Steinkreis.

„Die ganze Zeit hatte ich den Drang, dort vor ihr auf die Knie zu gehen und sie zu fragen, ob sie meine Frau werden will“, schloss er und rieb sich erschöpft mit den Händen über das Gesicht.

Aus den Augenwinkeln sah er, wie Daisy und Sean einen Blick wechselten, ehe sie sanft fragte: „Und du glaubst, sie hätte abgelehnt?“

Henrik sah sie entgeistert an. „Hast du mir zugehört? Sie hat gesagt, sie reist bald ab, und eine Fernbeziehung käme für sie nicht infrage. Wozu sollte ich mir also weitere Gedanken um den Antrag machen.“

Daisy schnaubte. „Du Dummkopf!“

„Was?“ Henrik sah hilfesuchend zu Sean, von dem er Bestätigung erwartete. Doch als dieser ihn nur mitleidig musterte, war er mit seinem Latein am Ende. „Was hätte ich denn tun sollen?“

„Glaubst du, es war Zufall, dass deine Mutter gerade an diesem Tag mit dem Ring auftauchte?“, wollte Daisy wissen.

„Nein“, erwiderte Henrik bestimmt. „Das war dein Verdienst, weil du ihr zuvor einen Besuch abgestattet hast.“

„Von einer Hochzeit war nie die Rede. Ich wollte einfach, dass deine Mutter Tamara kennenlernt, ehe sie abreist. Dass sie sieht, an wen du dein Herz verloren hast. Ich habe ihr nicht gesagt, dass sie dir den Ring bringen soll.“

Henrik runzelte die Stirn. „Du weißt ja, wie sie ist.“

„Okay, dann hat sie dich jedes Mal mit diesem Ring bedrängt, wenn du eine etwas ernstere Beziehung hattest?“, wollte Sean wissen.

Henrik starrte auf seine Hände. Nein, das hatte sie natürlich nicht getan. Im Gegenteil. Er konnte sich nicht erinnern, dass sich seine Mutter irgendwann in seine Beziehungen eingemischt oder übermäßige Neugier gezeigt hätte.

„Das hat sie nur getan, weil Tamara die Richtige ist“, sagte Daisy beschwörend.

Henrik sah sie zweifelnd an. „Ich habe ihr rein gar nichts erzählt. Soll sie das allein von deinem Besuch abgeleitet haben?“

Daisy schüttelte den Kopf; schon wieder hatte sie dieses nachsichtige Lächeln auf den Lippen. „Eine Mutter spürt so etwas eben.“

Das war ein Argument, das er schwer entkräften konnte. Wieder wandte er sich hilfesuchend an Sean. „Also, was hättest du getan?“

„Ich hätte ihr den Antrag gemacht.“

Henrik starrte ihn ungläubig an. „Sie wird abreisen. Sie will keine Fernbeziehung. Ich gehöre hierher …“

„Liebst du sie?“, fiel Sean ihm ins Wort.

„Mehr als alles andere, aber …“

„Willst du, dass sie bleibt?“

„Natürlich, das wisst ihr doch, aber ihr habt doch gehört …“

„Willst du sie heiraten?“, fragte Sean laut.

„Ja, verdammt!“, rief Henrik aufgebracht.

Sean zuckte die Schultern. „Dann mach ihr einen Antrag.“

Daisy nickte, in ihren Augen eine Mischung aus Bestimmtheit und Milde. „Gib ihr wenigstens die Chance, nein sagen zu können. Im Moment weiß Tamara nur etwas von dem, was ihr momentan habt. Ein paar schöne Stunden zu zweit. Ist ihr eigentlich klar, was sie dir bedeutet, Henrik?“

Er ging in sich. Hatte er es ihr jemals gesagt? *Ich liebe dich* war in jeder gemeinsamen Sekunde so laut in seinem Kopf, dass er einfach davon ausgegangen war, dass sie es wissen musste. Jetzt erst erkannte er, wie dumm er gewesen war. „Ihr meint also, ich soll es wagen?“

„Zeig ihr die Möglichkeiten, die sie hier hätte. Das Leben, das sie mit dir haben könnte, und lass ihr die Wahl, nein zu sagen. Aber entscheide nicht einfach für sie, weil du Angst hast, dass es ihr nicht reichen könnte“, entgegnete Sean.

„Wow, so habe ich das noch nicht betrachtet.“ Unzählige Bilder einer gemeinsamen Zukunft drängten sich ihm auf, doch er kämpfte sie erbarmungslos nieder. Es war ein Versuch, mehr nicht. „Ich werde es auf der Great Blasket tun. Kommenden Samstag.“

Sean pfiff anerkennend durch die Zähne, während Daisy ihn begeistert anfunkelte. „Dann wird sie gar nicht nein sagen können!“

Kapitel
Zweiundzwanzig

Bereits in der Woche nach Tamaras Einzug in Henriks Haus kam es ihr vor, als wäre es nie anders gewesen. Morgens tastete sie sich im Halbschlaf so sicher durch die Räume, als wäre sie hier aufgewachsen. Sie wusste, wo der Kaffee stand und welchen Trick sie anwenden musste, wenn die alte Kaffeemaschine mal wieder streikte. Zudem hatte sie Sonntagabend auf eigenen Wunsch hin begonnen, das Cottage für den Gast aus Schweden herzurichten, und eine ungeahnte Freude dabei empfunden. Die Berichte für den *Traveler* schüttelte sie sich abends vor dem Zubettgehen beinahe genervt aus dem Ärmel, während sie sich voller Inbrunst an den Feinschliff ihres Manuskriptes setzte und stundenlang darüber grübeln konnte.

Henrik befand sich aktuell wie immer um diese Tageszeit noch in Dingle, doch anders als bisher vermisste Tamara ihn schrecklich. Seit der Auseinandersetzung beim Drombeg-Steinkreis war das in den Fokus gerückt, was die ganze Zeit schon in ihrem Hinterkopf gebrodelt hatte – ihr Glück war nur noch von kurzer Dauer. Zwar hatten sie kein Wort über den Streit verloren, doch Tamara ging kaum mehr etwas anderes durch den Kopf. Besonders, wenn sie wie jetzt erfolglos nach einer Wohnung in Frankfurt suchte. Lustlos scrollte sie durch die Anzeigen und fragte sich, ob sie überhaupt dorthin zurückkehren wollte. Nichts und niemand wartete auf sie. Die Stadt schien zu einem

Leben zu gehören, das definitiv nicht mehr ihres war. Aber wohin konnte sie gehen?

Sie mochte Hamburgs maritime Atmosphäre, aber sie konnte sich nicht vorstellen, dort zu leben. Auch die Weinberge bei Koblenz hatte sie lieben gelernt, doch es schien ihr zu fremd für einen Neuanfang. Es gab keinen Ort, an den es sie zog. Verzweifelt fragte sie sich, wie sie mit dieser Mutlosigkeit je eine Wohnung finden sollte.

Hätte sie sich in Irland auf die Suche gemacht, hätte sie genau gewusst, wonach sie suchen wollte. Eine kleine Haushälfte oder ein Cottage direkt am Meer. Mit alten Möbeln, die sie eigenhändig hätte restaurieren können. Ihr fielen auf Anhieb einige Orte an der Westküste ein, in denen sie sich vorstellen konnte zu leben. Und dann erklang Daisys Stimme in ihrem Kopf, so laut, als säße sie neben ihr. *Warum bleibst du nicht einfach hier!?*

Mit wild pochendem Herzen klappte Tamara den Laptop zu, stand auf und tigerte im Zimmer auf und ab. Weil es zu verrückt wäre, hallte ihre Erwiderung von damals durch ihren Kopf, aber dieses Mal schaltete sich die Stimme ihres gegenwärtigen Ichs ein. *Das ist keine Antwort, Tamara. Was spricht wirklich dagegen?*

Sie blieb mitten im Raum stehen. Ihr Blick fiel aus dem Fenster über dem Schreibtisch, hinter dem sich das glitzernde Meer ausbreitete. „Und was spricht dafür?"

Plötzlich glaubte sie, keine Luft mehr zu bekommen. Damals war sie davon ausgegangen, dass sie, wenn sie bliebe, es nur wegen Henrik täte. Das hätte ihr nicht gefallen. Es wäre nicht richtig gewesen, denn nur zu gut wusste sie, dass sich eine Beziehung im Laufe der Jahre verändern konnte.

Jetzt merkte sie, dass sie noch eine andere Beziehung lebte als die zu Henrik. Nämlich eine Beziehung zu

Irland. Sie liebte die Geschichte des Landes, verschlang Buch um Buch über die irische Hungersnot oder den Osteraufstand oder blätterte in Sammlungen alter Legenden. Die Freundlichkeit der Iren war ihr so in Fleisch und Blut übergegangen, dass sie sich nicht vorstellen konnte, noch nach Deutschland zu passen. Sie erwischte sich immer öfter dabei, wie sie mitten auf der Straße innehielt, um mit einem Wildfremden ein Schwätzchen zu halten. Und da war noch Daisy. Eine Freundin, wie sie noch keine besessen hatte, und die sie nicht mehr missen wollte. Ganz zu schweigen von Mollys gesegneten Nachmittagsbesuchen. Es war, als wäre sie all die Jahre auf diesem Stückchen Erde zuhause gewesen, ohne davon zu wissen. Als hätte es nur auf sie gewartet. Und natürlich war da Henrik. Es war immer schon Henrik gewesen.

„Ich bin freie Autorin. Ich kann von überall arbeiten. Ich liebe es hier. Warum sollte ich zurück nach Deutschland gehen?", sagte sie laut, als müsse sie die Überlegungen erst ausgesprochen hören. Ihre Hände waren feucht. War sie wirklich im Begriff, das zu tun?

Noch ehe die Zweifel kamen, stellte sie sich Henriks Reaktion vor. Sie sah vor ihrem inneren Auge, wie sie es ihm sagte und wie er ungläubig die Augen aufriss. Und Daisy! Jetzt entrang sich Tamaras Kehle ein wildes Lachen. Sie würde vor Freude buchstäblich platzen. Ein Wortspiel, dass sie bei dem aktuellen Zustand der Freundin als sehr treffend empfand.

Natürlich konnte sie nicht weiter bei Henrik wohnen, so weit waren sie noch lange nicht. Sie würde sich auch hier eine Wohnung suchen müssen, aber sie hatte keinen Zweifel, dass sie etwas Passendes finden konnte. Molly kannte die Insel wie ihre Westentasche und hätte sicher den ein oder anderen Geheimtipp für sie.

„Moment", bremste sie sich selbst aus und zwang sich zur Ruhe. Sie atmete tief durch und ging zum Fenster, riss es auf und ließ die kalte Meeresluft ihr Haar zerzausen. „Willst du das wirklich tun, Tamara?"

Darauf gab es keine einfache Antwort. Sie hatte gelernt, dass man im Leben Erfahrungen machen musste, um herauszufinden, was falsch und was richtig war. Sie wusste nur, dass sie nicht fortwollte. Lächelnd beschloss sie, dass das genug Grund war, zu bleiben.

***

Mit fahrigen Händen packte Henrik die letzten Dinge in die Tasche für sein gemeinsames Wochenende mit Tamara auf der Great Blasket. Zwei Flaschen Rotwein, denn sie würden ja hoffentlich Grund zum Feiern haben. Eine Dose voller Rosenblütenblätter, weil er ein hoffnungsloser Romantiker war. Und schließlich den Ring seiner Großmutter. Ein letztes Mal öffnete er die Schatulle und betrachtete das alte Schmuckstück, das durch liebevolle Pflege beinahe wie neu wirkte. Der altertümliche Claddagh-Ring blitzte zu ihm herauf. Das alte keltische Symbol zeigte ein gekröntes Herz, das von zwei Händen festgehalten wurde. Genauso geborgen sollte sich Tamara an seiner Seite fühlen.

Selbst für einen bodenständigen, selbstbewussten Mann wie ihn, der immer gewusst hatte, dass er heiraten und Kinder bekommen wollte, war das hier ein großer Schritt. Sie kannten einander kaum drei Monate. Das spielte für ihn, der allein aufgrund seiner Gefühle entschied, keine Rolle, aber er wusste, dass es das für Tamara tat. Es gab einige Dinge zu bedenken. Mit dem Antrag bot er ihr nicht nur einen Teil seines Lebens an – seine Freundschaft, seine Zeit, seine Treue, sein Heim, seine Träume. Er verlangte auch von ihr, dass sie ihr Leben hinter sich ließ. Konnte das, was er ihr bot, ausreichen, um aufzuwiegen, was sie verlieren würde? Wollte Tamara überhaupt heiraten? Es war ihm nicht entgangen, wie unbehaglich sie sich stets gefühlt hatte, wenn das Thema Kinder zur Sprache gekommen war.

„Ganz ruhig, ein Schritt nach dem anderen, Henrik", ermahnte er sich lächelnd. Er würde behutsam vorgehen müssen. Sicher hatte sich eine unabhängige Nomadin wie Tamara nie zuvor Gedanken über das Thema Heiraten gemacht.

Als der schrille Klang seines alten Kabeltelefons ertönte, das er ausschließlich für Buchungen benutzte, schreckte er zusammen und fluchte. Er ließ den Ring in die Tasche gleiten und dachte ernsthaft darüber nach, den Anruf nicht entgegenzunehmen, schließlich war er für die kommenden Wochen ohnehin ausgebucht. Doch seine angeborene Gastfreundschaft war stärker.

„Fishermans Farmhouse am schönen Coumeenoole Beach, hier spricht Henrik."

„Henrik, gut, dass ich dich endlich erreiche! Hier spricht Simon. Ich denke, du erinnerst dich?"

Er hatte sich bei der ersten Silbe an ihn erinnert. Sofort hatte er ein ungutes Gefühl. Was wollte Tamaras Ex-Freund von ihm? Er ahnte, dass sie ihm nichts von ihrer Beziehung erzählt hatte, andernfalls wäre die Begrüßung mit Sicherheit anders ausgefallen. „Natürlich erinnere ich mich. Wie geht es dir?"

„Nun, du hast sicher mitbekommen, was zwischen Tamara und mir vorgefallen ist. Du weißt ja, wir Männer brauchen manchmal etwas länger." Ein verlegenes und doch irgendwie gewinnendes Lachen folgte. Die Angst lag schwer wie ein Stein in Henriks Magen. Ehe er auch nur ein Wort sagen konnte, fuhr Simon fort. Er war wie eine Dampfwalze, die voranpreschte und von nichts und niemandem aufgehalten werden konnte.

„Wir hatten einen dummen Streit und haben uns aus einer puren Laune heraus getrennt. Eigentlich hat Tamara den Urlaub bei dir gebucht, weil sie gehofft hat, dass ich ihr dort endlich einen Heiratsantrag mache.

Ich Blödmann dachte, dass ich gar nicht heiraten will. Ich meine, so eine feste Bindung will gut überlegt sein, stimmts? Tja, was soll ich sagen? Ich hatte die letzten Wochen jede Menge Zeit zum Nachdenken, und die Wahrheit ist, ich will Tamara. Und zwar für immer. Ich habe Ringe gekauft und will sie damit überraschen. Um ehrlich zu sein, sitze ich schon im Taxi und bin in einer halben Stunde beim Cottage."

Bei Simons euphorischen Worten brach Henriks Welt in sich zusammen. Tamara war hergekommen, weil sie von Simon einen Antrag erwartet hatte? Das war für Henrik etwas völlig Neues, und er konnte sich keinen Reim darauf machen. Hatte sie sich nur aus Trauer auf ihn eingelassen, weil ihr Traum geplatzt war? War er für sie nicht mehr als eine Ablenkung gewesen? Das würde auch erklären, warum sie partout keine Zukunft für sie sah. Und nun war Simon hier in Irland und hatte vor, ihr all das zu bieten, was sie sich die ganze Zeit gewünscht hatte.

Henrik schluckte hart. Er wusste, er hatte bereits zu lange geschwiegen, denn Simon ergriff wieder das Wort. „Ich weiß, es ist sehr spontan. Du musst auch nicht mehr machen als mich ins Cottage zu lassen, damit ich etwas vorbereiten kann ... und Tamara vielleicht so lange weglotsen?"

Henrik fühlte sich wie betäubt. Sein Hirn hatte das Denken eingestellt und tat nur noch das Nötigste. Er wusste, in diesem Moment befand sich Tamara auf einem Einkaufsbummel für das geplante Wochenende.

„Ich habe eine bessere Idee", hörte er sich mit der Stimme eines völlig Fremden sagen.

***

Völlig außer Atem schleppte Tamara den vollbeladenen Picknickkorb durch Dunquin und musste sich eingestehen, dass sie es vor lauter Vorfreude wohl etwas übertrieben hatte. Sie hatte viel mehr eingekauft als sie in zwei Tagen würden verzehren können. Doch sie hatte einen wahnsinnigen Hunger. Hunger auf das Wochenende, auf das Leben, auf Henrik.

Über ihr braute sich ein Sturm zusammen. Ob es wohl ein ungeschriebenes Gesetz war, dass der Himmel aussah wie am Tag des Jüngsten Gerichts, wenn man zu den Blaskets übersetzen wollte? Unwillkürlich musste sie an die einstigen Bewohner der Inseln denken, die die raue See bei jedem Wetter hatten befahren müssen, um ihr Überleben zu sichern.

Fakt war: Sie hatte hier alles für einen romantischen Wochenendaufenthalt mit dem Mann, den sie liebte. Letzteres war ihr unleugbar klar geworden. Henrik war ihr Gegenstück, und wenn sie ehrlich zu sich war, wusste sie, dass sie es in Dublin bereits gespürt hatte. Und genau deshalb würde sie bei jedem Wetter mit ihm nach Blasket übersetzen.

Es war der ideale Ort, um ihm zu sagen, dass sie hierbleiben würde. Er war magisch, urtümlich und hatte eine besondere Bedeutung für sie. Nicht etwa, weil ihr erster Roman dort spielte, sondern vielmehr, weil die Insel für so vieles stand. Für das nackte Überleben, ja. Aber auch für Tradition, Ehrlichkeit, Einfachheit und Liebe zu seiner Heimat. All das hatte sie in Irland und in Henriks Armen gefunden. Sie wollte, dass er wusste, wie sehr er ihre Welt auf den Kopf gestellt hatte. Sie war nach Irland gekommen und hatte geglaubt, so vieles zu wissen. Jetzt war sie demütig und geläutert, und ihr war klar, dass sie rein gar nichts wusste.

Als sie am Pier eintraf, kam Rupert ihr entgegen. Er musste sich regelrecht gegen den Wind stemmen. Während er sprach, presste er seine Mütze auf den Kopf. „Da bist du ja, endlich, Mädchen. Bist du bereit für den Höllenritt deines Lebens?"

Sie machte sich nichts daraus, dass er heute noch grummeliger klang als sonst. Längst hatte sie die Eigenarten der Inselbewohner akzeptieren und lieben gelernt. Suchend sah sie sich um. „Wir müssen noch auf Henrik warten.“

„Planänderung, du fährst mit mir allein rüber.“

Irritiert sah Tamara auf das wild schaukelnde Boot. Plötzlich erschien ihr der Sturm bedrohlicher. Mit Henrik an der Seite hätte sie keine Angst, doch jetzt kroch eine Furcht in ihr hoch, die nicht allein von den hohen Wellenbergen stammte, die gegen die Felsen schlugen. „Ist er schon drüben? Oder kommt er nach?“

„Wird ne Überraschung.“ Rupert wandte ihr den Rücken zu, um zu seinem Boot zu stapfen.

Tamara schob das ungute Gefühl beiseite und sagte sich, dass Henrik sicher seine Gründe hatte, und eine Überraschung war schließlich immer gut. Diesen Satz wiederholte sie in Gedanken immer wieder wie ein Mantra, während das kleine Boot gegen die Wellen klatschte, die es teilweise beinahe aus dem Wasser hob. Sie hatte die Zähne fest aufeinandergepresst, um sich nicht übergeben zu müssen. War der Sturm ein schlechtes Omen? Sie versuchte, an seinen Gesichtszügen abzulesen, ob die Lage ernst war, doch er guckte so grimmig wie immer. Erst als er leise fluchte, geriet Tamara in Panik.

„Was ist?“, schrie sie durch das Tosen des Sturms und krallte sich noch mehr am Boot fest.

„Regen“, war die grummelige Erwiderung.

Als hätte der Himmel nur auf dieses Stichwort gewartet, öffnete er seine Schleusen, und es goss wie aus Eimern. Man sah kaum mehr die Hand vor Augen. Gerade als Tamara Rupert fragen wollte, wie er sich orientieren konnte, setzte das Boot hart auf dem Strand auf.

Nachdem Rupert ihr aus dem Boot geholfen hatte, sagte sie: „Kommen Sie mit. Während ich auf Henrik warte, können wir eine heiße Tasse Tee trinken, und Sie können sich am Feuer wärmen."

Der Alte schüttelte den Kopf. Dabei stand etwas in seinen Augen, das Tamara beunruhigte. „Danke für das Angebot, aber ich bin bei Sarah und Miles eingeladen. Sicher haben sie auch trockene Sachen für mich. Geh ins Haus, ehe du dir noch den Tod holst. Es ist Nummer zweiundfünfzig. Das kleine dort in der Mitte."

Damit stapfte er davon und ließ sie mit einem mulmigen Gefühl am Strand zurück. Schließlich trieb sie der Regen an, weiterzugehen. Sie schirmte ihre Augen ab und entdeckte ihr Zuhause für dieses Wochenende gleich am Ende des Trampelpfades, der vom Strand hinaufführte. Sie rannte, so schnell es ihre vollgelaufenen Stiefel zuließen, und hoffte, dass die Vorräte in ihrem Korb nicht allesamt ruiniert waren.

Kurz darauf betrat sie das kleine Cottage und beeilte sich, Regen und Wind auszusperren, indem sie die Tür schnellstens hinter sich zuzog. Es loderte schon ein wärmendes Feuer im Kamin – typisch irische Gastfreundschaft. Wie liebevoll der Tisch für zwei Personen gedeckt war, irritierte Tamara allerdings. Kleine Steine und Muscheln waren überall zwischen den Tellern und Tassen verteilt. Neben zwei prallgefüllten Blumenvasen stand ein schlanker, goldener Kerzenständer. Der Schein der Kerze tauchte den Raum in zartes Licht. Irgendetwas war falsch, bei dem Anblick war rann ihr eine Gänsehaut über den Rücken. Mit wild klopfendem Herzen sah sie sich um.

Das Cottage sah Henriks Ferienwohnung sehr ähnlich. Grobe Wände aus grauem Naturstein, selbstgewebte Teppiche auf dem Boden, altes Geschirr aus Emaille. Doch die Art und Weise, wie der Tisch gedeckt war, wirkte so schrecklich vertraut. Auf einem der

Teller lag eine einzelne rote Rose. Unzählige rote Blütenblätter waren im ganzen Raum verstreut. Sie war sicher, dass dies nicht das Werk von Sarah und Miles war.

Sie wollte gerade unsicher nach Henrik rufen, da hörte sie Schritte im Raum nebenan. Wie erstarrt beobachtete sie, wie sich die Tür öffnete und Simon mit einem riesigen Strauß roter Rosen erschien.

Tamaras ganze Welt kippte. Sie war nicht in der Lage, auch nur einen klaren Gedanken zu fassen. Ihr Ex-Freund war der Allerletzte, mit dem sie hier und heute gerechnet hätte. Zudem musste Henrik jede Minute erscheinen. Was würde er denken, wenn er sie zusammen sah? Tausend Gedanken rasten durch ihren Kopf, während sie Simon fassungslos anstarrte. Plötzlich wirkte er wie ein Fremder auf sie.

„Überraschung", sagte er leise und mit dieser Spur von Arroganz und Gefahr in der Stimme, die sie früher so anziehend gefunden hatte.

„Was tust du denn hier?", platzte es aus ihr heraus. Sie sah sofort, dass er eine andere Begrüßung erwartet hatte. Seine Brauen hoben sich leicht, während er auf sie zukam und ihr den Rosenstrauß überreichte. Nachdem er eine so lange Reise auf sich genommen hatte, um sie zu überraschen, fand sie es herzlos, ihn nicht entgegenzunehmen, aber sie legte ihn kurz danach auf dem Tisch ab.

„Ich wollte dich sehen. Tamara, ich habe nachgedacht. Du hattest Recht. Ich habe nur an mich und meist nie über den Moment hinausgedacht. Warum auch? Aber die Wahrheit ist, ich habe dich die ganze Zeit vermisst. Ich war kein ganzer Mensch mehr in den vergangenen Wochen. Und dabei habe ich verstanden, was sich in dir verändert hat. Warum du plötzlich von Heirat gesprochen hast."

Wie automatisch flog ihre Hand zu ihrem Herzen, und ihr entfuhr ein panisches: „Simon!“

Aber er war nicht mehr zu stoppen. Sie konnte ihn nicht davon abhalten, ihrer beiden Herzen noch einmal zu brechen. „Ich will, dass du zu mir gehörst, Tamara. Für immer. Und deswegen ...“

Voller Entsetzen sah sie zu, wie er vor ihr auf die Knie ging. Sie blickte in seine tiefbraunen, wunderschönen Augen. Jetzt bemerkte sie sogar, dass er ein Hemd trug. Das Weiß hob sich perfekt von seiner gebräunten, stark tätowierten Haut ab. Sie erinnerte sich nicht, wann er sich jemals so angezogen hätte. Er hasste formelle Kleidung. Dann entdeckte sie die beiden Ringe. Gold und Silber, der eine mit einem wunderschönen Diamanten. Alles war so, wie sie es sich immer gewünscht hatte. Und nichts hatte sich jemals so falsch angefühlt.

„Nein“, schrie sie, ehe er die Frage aussprechen konnte.

Er starrte sie mit leicht geöffnetem Mund an, in seinen Augen die ersten Zeichen der Wut eines gebrochenen Herzens. Sie wusste, das hier konnte nur hässlich werden. Simon war wie das Feuer, wie ein Löwe, wie ein Krieger in der Schlacht. Er konnte nicht ohne Kampf verlieren. Und je mehr er verlor, desto mehr riss er mit sich. Sie kannte ihn zu gut.

Mit Tränen in den Augen ließ sie sich zu ihm auf die Knie sinken, ergriff seine Hände und klappte vorsichtig die Ringschatulle wieder zu. Ein endgültiges *Plopp* ertönte. „Nein, Simon. Das sind nicht wir. Und wir waren es nie. Ich wollte es immer. Aber das war nicht echt. Ich habe einen Wunsch auf dich projiziert, der nichts mit dir zu tun hatte.“

„Mit mir nichts zu tun hatte?“ Als die Erkenntnis in seine Augen trat und er sich von ihr losriss, um dann aufzustehen, brach ihr das Herz. „Du hast schon einen anderen?“

Sie erhob sich ebenfalls, allerdings hatte sie das Gefühl, dass sie sich nicht lange auf den Beinen würde halten können. „Glaub mir, das war alles andere als geplant. Ich hätte es dir längst sagen sollen, aber ich dachte, du hättest verstanden, dass es für uns kein Zurück mehr gibt.“

„Spar dir deine Floskeln“, sagte er kalt. „Super gemacht, Tamara, gratuliere. Du hast das Schauspiel wieder perfekt durchgezogen. Du hast alles so hingestellt, als wäre die Trennung meine Schuld, weil ich zu blöd war um zu begreifen, was ich an dir hatte. Womit du zum Teil ausnahmsweise mal recht behalten solltest. Und jetzt stehst du hier und sagst mir, dass du längst über mich hinweg bist.“

„So ist es nicht!“, sagte sie verzweifelt. „Du warst zehn Jahre Teil meines Lebens!“

„Das hat dir anscheinend schon gereicht, wenn du mich einfach so ad acta legen kannst. Gott, ich habe mich hier komplett zum Idioten gemacht! Ist dir eigentlich klar, dass ich diesem Henrik die ganze Story erzählt habe, um herkommen zu können?“

Sie fuhr zusammen, als hätte er sie geschlagen. „Henrik hat dich hergebracht?“

„Nein, dieser alte Bootsführer, aber was tut das denn jetzt zur Sache? Moment.“ Tamara hatte keine Zeit, die neue Information zu verarbeiten, weil in Simons Augen die nächste Erkenntnis flackerte. „Du hast etwas mit deinem Vermieter angefangen?“

„Simon, lass uns bitte bei uns bleiben.“

„Du bist wirklich erbärmlich, weißt du das? Und ich Blödmann schütte ihm auch noch mein Herz aus und lasse ihn alles in die Wege leiten. Ich hoffe, ihr habt schön über mich gelacht.“

„Ich wusste von nichts, das musst du mir glauben! Ich hatte nie vor, dass ...“

Er sah sie kalt an. „Dass du in seinem Bett landen würdest?“

„Du redest mit mir, als hätte ich dich betrogen, aber das habe ich nicht“, erwiderte sie, nun selbst wütend. Sie wollte sich zügeln. Sie wollte nicht, dass es so endete. „Ich habe mich von dir getrennt und dir mehr als einmal klar und deutlich zu verstehen gegeben, dass das endgültig ist!“

„Ja, deutlicher ging es wirklich nicht. Na, dann schönes Leben noch, Tamara. Und herzlichen Glückwunsch.“

Letzteres sagte er mit einem Blick auf ihre linke Hand, wo auf ihrem Ringfinger noch immer der Kinderring saß, den Henrik ihr vor einer gefühlten Ewigkeit am Schießstand in Dingle ergattert hatte.

Die Tür fiel hinter Simon ins Schloss. Tamara rannte zum Fenster. Wo wollte er denn bei diesem Sturm hin? Doch das Unwetter hatte sich verzogen, als hätte es niemals gewütet. Die Sonne strahlte von einem vergissmeinnichtblauen Himmel herunter. Hatte sich das Gewitter gleichzeitig mit ihrer Konfrontation entladen?

Wie betäubt beobachtete sie, wie er zum Strand lief, mit weit ausladenden Schritten, als könne er es nicht erwarten, so schnell wie möglich von hier wegzukommen. Unten im Boot wartete Rupert auf ihn. Urplötzlich wurde Tamara der Grund für seine Bärbeißigkeit an diesem Tag klar, und sie konnte es nicht fassen. Hatte Henrik Rupert etwa angewiesen, Simon herzubringen, damit er Tamara einen Antrag machen konnte? Warum solle er etwas so Verrücktes tun?

Eines war klar: Henrik hatte zu keinem Zeitpunkt an eine so ernsthafte Beziehung mit ihr gedacht, wie es bisher den Anschein gehabt hatte. Das erschütterte sie zutiefst. Sie drehte sich um und starrte auf den mit Rosenblütenblättern übersäten Tisch, ehe sie eine der Vasen packte und mit einem lauten, animalischen Schrei zu Boden warf. Das Porzellan zerbrach in eintausend Scherben, so wie ihr Herz. Sie sank zu Boden und begann hemmungslos zu weinen bis sie glaubte, keine Tränen mehr in sich zu haben.

„Und ich blöde Kuh wollte dir hier feierlich eröffnen, dass ich in Irland bleiben werde."

Aber sie hatte eine wichtige Lektion gelernt, derer sie sich bis vor Kurzem nicht sicher gewesen war – sie wollte auch ohne Henrik hierbleiben. In Irland und auf der Great Blasket heute Nacht. Und genau das würde sie auch tun.

Um nicht die ganze Zeit darüber nachzudenken, was hier gerade passiert war, fegte sie die Scherben zusammen, versenkte alle Blumen im Mülleimer und nahm sie sich kurzerhand ihre Schreibutensilien aus ihrer Tasche. Sie wischte die Rosenblätter vom Tisch und begann, wie eine Besessene ihren Roman fertigzustellen.

Kapitel

Dreiundzwanzig

Rupert hielt nichts von Leuten, die sich in die Angelegenheiten anderer einmischten. Es sei denn, sie hatten einen triftigen Grund dazu. Und bei Gott, den hatte er, wenn er mit ansehen musste, wie sich zwei junge Menschen unnötig das Leben schwer machten, anstatt das zu tun, was in dem Falle natürlich gewesen wäre. Seine Miene verfinsterte sich bei der Erinnerung an den todunglücklichen, wütenden jungen Mann, den er gerade zum Festland gebracht hatte. Rupert hatte gewartet, bis er sich ein Taxi gerufen hatte, ehe er in sein Auto gestiegen war und Vollgas gegeben hatte. Er war schnell gefahren, aber er hatte bereits während der langen, schweigsamen Bootsfahrt von Great Blasket nach Dunquin genügend Zeit gehabt, über die Ge-schehnisse der letzten zwei Stunden nachzudenken.

Nach Henriks Anruf hatte er geahnt, dass diese Sache nur schiefgehen konnte. Er wollte Tamara also die Chance auf ihre große Liebe lassen. Ärgerlich schüttelte Rupert den Kopf. Blinde Gutmütigkeit war ein Fehler. Aber er war der Meinung, dass die Jugend ihre Lektionen auf die harte Tour lernen musste, indem man sie einfach machen ließ. Doch dann gab es irgendwann einen Punkt, an dem man sich schuldig machte, wenn man als erfahrener Älterer den Geschehnissen weiter seinen Lauf ließ. Diesen Punkt hatten sie erreicht.

Er parkte seinen Wagen vor Henriks Haustür, hielt sich nicht mit Anklopfen auf und trat ein. Wie von einem jungen, unglücklichen Iren nicht anders zu erwarten, fand Rupert Henrik in der Küche vor einem gefüllten Whiskey-Glas vor. „Ich wusste nicht, dass du der Typ bist, der seine Sorgen ertränkt."

„Ich habe noch nicht angefangen", erwiderte Henrik düster. „Und ich bin heute nicht in der Stimmung für Gesellschaft."

„Versinkst hier in deinem Selbstmitleid. Ich hätte weitaus mehr von dir erwartet", sagte Rupert naserümpfend, nahm Henriks Glas und stürzte den Inhalt hinunter.

Henrik sah ihn böse an. „Ich habe weiß Gott mehr gegeben, als irgendjemand von mir hätte erwarten können."

„Ich wette, du hältst dich jetzt für unglaublich edel."

Henriks Faust landete krachend auf dem Tisch. „Sie ist die Liebe meines Lebens, verdammt!"

Rupert sah den jungen Mann, den er immer nur geduldig und freundlich kannte, aufmerksam an und nickte. „In der Tat, das ist sie. Aber sehr viel scheinst du ja nicht von ihr zu halten."

„Wie meinst du das?", fragte Henrik aufgebracht.

„Glaubst du nicht, sie wäre längst nach Deutschland zurückgegangen, wenn sie sich nach ihrem Ex-Freund gesehnt hätte?"

„Da wusste sie noch nicht, dass er sie heiraten will", sagte Henrik abweisend. „Was tut das jetzt noch zur Sache? Es ist zu spät, oder?"

„Genau, es ist zu spät. Denn anstatt dich wie ein Mann zu verhalten, hast du dich völlig lächerlich gemacht", erwiderte Rupert gnadenlos. „Die Kleine sitzt nun mutterseelenallein auf einer verlassenen Insel und weint sich vermutlich die Augen aus."

Henrik starrte ihn an. „Was? Aber ich dachte ..."

„Offenbar hast du gar nicht gedacht", sagte Rupert. „Du hast zwei Menschen sehr unglücklich gemacht, weil du den Helden spielen wolltest. Der junge Mann sollte bald mit seinem Taxi zurück am Flughafen in Shannon sein."

„Sie hat ihn abgewiesen?" Henrik sprang auf. „Kannst du mich zu ihr bringen?"

„Nur deswegen bin ich hier", erwiderte Rupert, goss sich noch einen Whiskey ein und stürzte ihn abermals herunter. „Du müsstest allerdings fahren. Ich habe bereits getrunken."

Wie in einem Film bretterte Henrik in halsbrecherischem Tempo nach Dunquin und stellte seinen Wagen mit lautem Reifenquietschen quer am Pier ab, ehe er hinaussprang. Es goss wie aus Kübeln. Der Sturm, der sich vor einer Stunde zurückgezogen hatte, hatte es sich anders überlegt und war zurück, um nun mit doppelter Kraft zu wüten.

„Du bleibst hier. Ich schaffe das allein!", brüllte Henrik über das wütende Tosen des Meeres hinweg.

Aber Rupert machte sich bereits am Boot zu schaffen. „Du glaubst doch nicht allen Ernstes, dass ich einen Grünschnabel wie dich bei dem Sturm mit meinem Boot allein lasse."

„Rupert, du hast getrunken."

„Ein richtiger Ire läuft erst mit einem Gläschen Whiskey zu Hochtouren auf. Was ist jetzt? Willst du hier Wurzeln schlagen? Auf der Insel gibt es keine Elektrizität und ein Sturm wütet, wahrscheinlich ist die Kleine krank vor Angst."

Das Argument war überzeugend genug, dass Henrik ohne weitere Diskussion ins Boot sprang. Als sie gegen die ersten Wellen ankämpften, war er dem Herrn im Himmel dankbar für Ruperts Sturheit. Alleine hätte er es nie und nimmer zum Ufer der Blasket geschafft. Es war purer Wahnsinn, sich bei diesem Wetter auf dem Meer aufzuhalten. Immerhin befand sich Tamara in

Sicherheit, aber Henrik konnte den Gedanken daran nicht ertragen, wie sie allein in der Hütte saß und wegen ihm litt.

Er war von Regen und seinem eigenen Schweiß durchnässt, als das Boot unsanft auf dem Strand aufsetzte. Mit vereinten Kräften zogen sie es über den Sand und sicherten es.

„Ich suche bei Sarah und Miles Unterschlupf und erwarte, dass du alles geregelt hast, wenn der Sturm vorbei ist!" Mit diesen Worten kehrte Rupert ihm den Rücken zu, sodass sich Henrik wie ein Schuljunge fühlte, der nach einem besonders dummen Streich die Folgen tragen musste.

Er kämpfte sich durch den Regen den Hang hinauf. Wegen des dichten Dunstschleiers war das Haus nicht zu sehen, obwohl es sich in unmittelbarer Nähe befinden musste. Der Himmel war jetzt beinahe nachtschwarz. Das Meer schrie gegen das laute Donnergrollen an. Henrik konnte sich nicht erinnern, wann er zuletzt einen solch heftigen Sturm über die Insel hatte ziehen sehen.

Endlich tauchte das alte Steinhaus auf. Ein schwacher Lichtschein drang durch die Fensterläden nach draußen. Völlig außer sich vor Sorge und Verzweiflung hielt er sich nicht mit Klopfen auf, sondern riss die Tür auf und sah sich um.

Tamara hockte weder weinend in einer Ecke, noch hatte sie ängstlich die Arme um die Knie geschlungen. Sie saß am Esstisch, einen Stapel beschriebener Blätter vor sich, und wurde von unzähligen Kerzen beleuchtet. Sie sah ihn ruhig an. „Es tut mir leid, Henrik, aber ich habe heute Abend keine Lust auf Besuch. Ich arbeite, wie du siehst."

Sowohl ihre Ruhe als auch ihre Reaktion sorgten dafür, dass er sich wie ein kompletter Trottel fühlte. Er vergaß alles, was er eigentlich sagen wollte, als fassungslose Wut in ihm hochkroch. „Ist dir eigentlich klar, dass ich gerade mein Leben aufs Spiel gesetzt habe, um jetzt hier bei dir sein zu können?“

Sie räumte seelenruhig die Blätter zusammen, dann erhob sie sich und setzte Tee auf. „Das tut mir leid für dich, aber darum hat dich niemand gebeten. Wenn ich mich recht erinnere, waren wir schon vor Stunden hier verabredet. Du hast den Plan geändert, nun habe ich eigene Pläne gemacht.“

Sein Blick glitt zum Mülleimer, der vor Rosenblättern überquoll. In diesem Moment wurde er sich bewusst, wie kurz er davor gewesen war, sie für immer zu verlieren ... wie nah er noch immer daran war. Er durchquerte den Raum und griff panisch nach ihrer Hand, doch sie riss sich sofort von ihm los. „Verdammt, Tamara! Hör mich wenigstens an!“

„Wie kannst du es wagen, hier zu erscheinen und irgendetwas von mir zu erwarten? Weißt du, was du uns damit angetan hast?“ In ihren Augen erkannte er hinter dem Zorn einen tiefsitzenden Schmerz und wusste, dass sie mit *uns* Simon und sich meinte.

„Wir haben zehn Jahre unseres Lebens miteinander verbracht!“, stieß sie schweratmend aus. „Ich habe all das hinter mir gelassen. Für dich. Gott, es war von Anfang an für dich. Schon als ich dich in Dublin traf, wusste ich, dass Simon nicht der Mann für mein Leben ist. Aber anstatt meiner Entscheidung und mir zu vertrauen, musstest du den Ritter spielen. Weißt du eigentlich, was du in ihm angerichtet hast? Er ist mit aller Hoffnung dieser Welt hierhergekommen, nur um zu erfahren, dass ich mich für dich entschieden habe!“

Henrik zuckte zusammen. „Tamara, ich wollte doch nur, dass du weißt, welche Möglichkeiten du hast, um deine Wahl treffen zu können.“

„Wie edel von dir“, höhnte sie. „Ist dir auch einmal durch deinen Dickschädel gegangen, dass ich mir dieser Möglichkeiten die ganze Zeit über bewusst gewesen bin, während wir das Bett geteilt haben? Ich habe mich in dir getäuscht, Henrik. Du bist nicht der Mann, den ich in dir gesehen habe. Bitte geh jetzt!"

„Nein", sagte er verzweifelt. „So beendest du das mit uns nicht. Ich lasse nicht zu, dass du nach Deutschland zurückkehrst, während die Dinge so zwischen uns stehen und alles Schöne, das wir miteinander geteilt haben, unter deiner Wut begräbst."

„Das musst du auch nicht, denn ich werde bleiben."

Ihm klappte die Kinnlade herunter. „Du bleibst? Hier? In Coumeenoole?"

„Ich bleibe auf Dingle. Coumeenoole Beach ist zu eng, hier ist kein Platz mehr für mich. Ich werde einen anderen Ort finden, der auf mich wartet. Du siehst, ich bin sehr wohl in der Lage, meine eigenen Entscheidungen zu treffen, unabhängig von dir."

Er wusste nicht, ob er lachen oder weinen sollte. Die Nachricht, dass sie in Irland – ja, sogar hier auf Dingle – bleiben würde, war fantastisch. Aber der Ton, in dem sie mit ihm sprach, jagte ihm kalte Schauer über den Rücken. „Ich weiß nicht, was ich sagen soll. Ich bin unbeschreiblich froh, dass du hierbleibst."

Sie zuckte die Schultern und nippte an ihrem Tee. Ganz untypisch für sie, hatte sie keine Tasse für ihn mitgemacht – ein deutliches Zeichen dafür, dass er nicht willkommen war. „Das hat nichts mit dir zu tun, Henrik. Ich habe mich in das Land verliebt, das ist alles."

Sofort brodelte es wieder in ihm. Tamara hatte das einzigartige Talent, Knöpfe bei ihm zu drücken, die seine unerschütterliche Gelassenheit ins Wanken brachten. „Ich habe einen Fehler gemacht, aber das ist noch lange kein Grund, alles, was zwischen uns ist, für null und nichtig zu erklären. Das ist nicht fair! Ich war dumm, aber bringt die Liebe uns nicht dazu, genau solche Dummheiten zu begehen?"

„Verschon mich mit deiner irischen Romantik", sagte sie kühl. „Ich bin fertig mit dir, Henrik."

Ihm fehlten die Worte. Das konnte es doch nicht gewesen sein. Sie wirkte so unnachgiebig wie ein Fels. Das war überhaupt nicht mehr die lebenslustige, einfühlsame Frau, die er kennengelernt hatte. War er wirklich zu weit gegangen und hatte nun die Liebe seines Lebens verloren?

Als er den Blick senkte, fiel ihm der Ring an ihrem Finger auf. Es war der kitschige Kinderring, den er ihr auf dem Jahrmarkt gegeben hatte. Er konnte nicht fassen, dass sie ihn die ganze Zeit über getragen und er es nicht bemerkt hatte. Er berührte ihren Arm und drückte ihn sanft nach oben, sodass der Ring im Licht der Kerzen funkelte. „Und warum trägst du den hier dann die ganze Zeit?"

In dieser einen Sekunde sah er die Maske fallen und all die zerbrochenen Träume, die sich darunter befanden.

***

Nein, sie durfte jetzt nicht schwach werden! Wenn sie diese Schwäche und alle Gefühle, die damit einhergingen, einmal zuließ, würde sie nicht stark genug sein, um sich so lange von ihm fernzuhalten, bis sie wieder klar denken konnte. Und sich seiner Gefühle sicher war.

„Tamara, ich war ein ignoranter Idiot. Jetzt sieh mich doch an! Ich bin so schnell hergekommen, wie ich konnte, und ich würde alles wieder rückgängig machen, wenn es mir möglich wäre. Aber alles was ich tun kann ist, mich zu entschuldigen und es wiedergutzumachen." Er war nass bis auf die Haut, und die

Erschöpfung zeichnete einen gefährlich attraktiven Zug um seinen Mund.

Sie entzog ihm ihre Hand, ehe sie sich vorsichtig den Ring abzog. „Ich weiß nur, dass ich gar nichts mehr weiß. Simon hier zu sehen und ihn in dieser Situation erneut abweisen zu müssen, war zu viel für mich. Ich hatte den Eindruck, du wolltest damit galant unsere Verbindung lösen. Damit gibt es für mich keinen Grund mehr, den hier zu tragen. Es war ohnehin albern von mir.“

Als sie den Ring auf den Tisch gelegt hatte, griff Henrik abermals nach ihrer Hand. In seinen Augen las sie so viele Emotionen, dass ihre Welt kurz aus den Angeln geriet.

„Es tut mir unendlich leid, dass ich durch diese dumme Aktion den Eindruck bei dir geweckt habe, dich nicht hier haben zu wollen. Denn nie im Leben habe ich etwas mehr gewollt. Du sagst, du brauchst Zeit? Die kannst du haben. Von mir aus alle Zeit dieser Welt. Ich glaube allerdings, dass es etwas anderes ist, was du willst: das Gefühl, gebraucht zu werden. Akzeptiert zu werden, wie du bist. Jemanden, der dir deine Freiheiten lässt und neben dir geht. Einen Mann, der im Sturm an deiner Seite ist und mit dir im Regen des Lebens tanzt.“

„Wie kommst du dazu, mir zu sagen, was ich brauche?“ Unwillig wollte sie ihm ihre Hand entziehen, weil sie spürte, wie seine Worte ihre hart errichtete Barriere durchbrachen.

Doch er hielt sie fest. „Du willst jemanden, der sein Leben mit dir teilt. Ich bin dazu bereit, wenn du es bist. Den Ring hast du getragen, weil dir Symbole wichtig sind. Weil du loyal und fest zu den Menschen stehst, die du liebst. Du sagst, es gäbe keinen Grund mehr, ihn noch zu tragen. Damit hattest du Recht.“

Der Kloß in ihrem Hals hinderte sie am Sprechen. Henrik hatte sie zerbrochen und in einer Art und Weise wieder zusammengesetzt, wie sie es nie für möglich gehalten hätte. Alles, was ihr jetzt noch blieb, war hilfloses Beobachten. Beobachten, wie er sanft ihr Leben in seine Hände nahm und mit seinem verwob, als er das schlichte Kästchen aus seiner Hosentasche holte. Er klappte es auf, und der Anblick des verschnörkelten Rings mit dem gekrönten Herz presste alle Luft aus ihren Lungen. „Henrik! Was tust du denn da?"

Er kniete sich zu ihren Füßen, und ihr Herz explodierte. „Mein Leben mit dir teilen. Wenn du es willst. Siehst du irgendeinen Grund, diesen Ring zu tragen?"

Die Mauer zerbarst. Halb lachend, halb weinend warf sich Tamara auf die Knie und in seine Arme, sodass er das Gleichgewicht verlor und der Länge nach auf den Rücken fiel. Sie lag auf ihm und explodierte beinahe vor Glück. „Ich weiß eine Millionen Gründe, diesen Ring zu tragen."

Und während sie sich küssten, rutschte der Claddagh-Ring über ihren Finger und passte wie von Zauberhand haargenau. So lagen sie auf dem harten Steinboden der alten Hütte aus einer längst vergessenen Zeit, während Blitze über den schwarzen Himmel zuckten und die Kerzenflammen fröhlich tanzten.

Henrik presste sein Gesicht in ihr Haar. „Himmel, wie sehr ich dich liebe."

Sie schloss glücklich die Augen und hatte nach ihren zahllosen Reisen endlich das Gefühl, wirklich angekommen zu sein.

Epilog

Daisys Schreie erschütterten das kleine Fischerhaus in seinen Grundfesten, während Sean ihre Hand hielt und hilflos dabei zusah, wie seine Frau den Kopf von einer Seite auf die andere warf.

„Um Gottes willen!", rief Tamara in fassungsloser Panik. „Wir müssen sie in ein Krankenhaus bringen!"

Das war der Moment, in dem Henrik entschied, dass seine Verlobte keine Hilfe mehr für ihre beste Freundin darstellte. Sanft nahm er sie am Arm und lotste sie aus dem Zimmer. Die Kinder waren sicher bei Seans Eltern untergebracht. „Alles ist gut, Tamara. Es ist nichts Ungewöhnliches, dass die Frauen in Dingle ihre Kinder zuhause zur Welt bringen. Daisy hat das schon dreimal gemacht. Und Molly wesentlich öfter dabei geholfen. Wenn irgendetwas nicht stimmt, merkt sie es als Erste und würde sofort einen Arzt rufen. Alles läuft bestens."

Hinter der Tür ertönte wieder ein markerschütternder Schrei, wie der eines verwundeten Tieres. Am liebsten hätte sich Tamara die Hände gegen die Ohren gepresst. „Es läuft alles bestens? Das kann doch nicht dein Ernst sein! Diese Tortur geht seit sage und schreibe acht Stunden so. Er bringt sie um. Warum tut Sean ihr das immer wieder an?"

„Ich vermute, Daisy war maßgeblich daran beteiligt", erwiderte Henrik.

„Du Satan! Mir tust du das nicht an, damit du es weißt!"

„Pscht. Hör doch mal", sagte Henrik.

Da wurde sie sich der Stille bewusst, die das Haus plötzlich ergriffen hatte. In diesem Bruchteil einer Sekunde wagte keiner von beiden, auch nur Atem zu

..olen. Dann ertönte ein Klatschen, dicht gefolgt von dem kräftigen Schrei eines Säuglings und Mollys fröhlicher Stimme. „Na bitte! Ein kerngesunder Bursche!"

Tamara und Henrik sahen einander erstaunt an.

„Da drinnen ist ein Baby", sagte Tamara, als hätte sie noch nie etwas so Wundersames erlebt.

„Und es ist ein Junge", erwiderte Henrik lachend und zog sie in seine Arme.

Da flog die Tür auf, und Sean stand vor ihnen, grinsend von einem Ohr zum anderen. „Gott hat mir einen Sohn geschenkt!"

„Vor allem hat deine Frau dir einen Sohn geschenkt", erwiderte Tamara streng. Noch immer hatte sie Daisys Schreie in den Ohren.

Lachend zog Sean sie und Henrik in den Raum. „Kommt ihn euch ansehen!"

Daisy lag erschöpft im Bett. Vorhin hatte sie wie eine Tote ausgesehen. Jetzt war ihre Haut rosig, die Augen glänzten, und sie wirkte wie eine Göttin.

„Du lebst!" Tamara strich Daisy über den nackten Arm, als wäre sie aus Porzellan.

Diese lachte. „Ich habe mich nie lebendiger gefühlt. Sieh ihn dir an!"

Tamaras Blick fiel auf das winzige Baby, das an Daisys Brust schlief. „O mein Gott! Wie klein er ist!", sagte sie, von einer heftigen Rührung erfasst.

„Nimm ihn ruhig auf den Arm", ermutigte Daisy sie.

„O nein, nein, nein", wehrte sie schnell ab und trat zur Sicherheit einige Schritte zurück.

Sean nahm seinen Sohn sanft auf die Arme und drückte ihn dann in Tamaras Hände. In diesem Augenblick wurde ihr klar, dass sie noch nie ein Baby gehalten hatte. Überwältigt von den aufwallenden Gefühlen sah sie Henrik an.

„Ich vermute, deine Worte von vorhin sind damit hinfällig."

Sie konnte nur hilflos nicken, ehe sie sich an Sean wandte. „Es ist ein Wunder. Dass er plötzlich hier ist und … einfach alles.“

Sean nickte. „Das ist es.“

„Wie werdet ihr ihn nennen?“, wollte Henrik wissen.

Sean und Daisy strahlten einander an, ehe es aus beiden gleichzeitig heraussprudelte: „Davin.“

„Den Namen hatten wir seit Daisys erster Schwangerschaft auf der Wunschliste“, erklärte Sean.

„Das zeigt wieder, dass sich Beharrlichkeit auszahlt. Herzlichen Glückwunsch, ihr zwei!“, sagte Henrik.

Tamara küsste Davin sanft auf die Stirn, sog den Babygeruch seiner Haut ein und wusste, dass mit seinem Leben auch ihres ganz neu begonnen hatte.